사소한 차이가

1등을
만든다

사소한 차이가

1등을 만든다

제대로 된 공부법을 익히면 누구나 1등이 될 수 있다

김도희 지음

프로방스

"공부는 도대체
어떻게 해야 하는 걸까?"

내가 학창시절 가장 많이 했던 질문이다. 공부를 하고 싶어도 도대체 어떻게 공부를 해야 할지 몰라 막막했다. 정말 공부가 하고 싶었지만 방법을 알 수 없어 고민하고 방황했다. 그래서 공부법을 몰라 고생하는 학생들이 더 이상 있어서는 안 된다고 생각했다. 나의 이야기를 통해 공부가 어려운 학생들에게 희망과 해답을 선물할 수 있기를 소망한다.

고3을 맞이하는 평범했던 어느 겨울날, 책상 앞에 앉은 나의 모습이 참 안쓰러웠다. 공부에 스트레스를 받고 힘들어 어두워진 나의 표정에서는 나를 찾을 수 없었다. 그리고 문득 지금 내가 하고 있는 공부가 정말 맞는 건지 의문이 들었다. 도대체 '어떻게 하는 공부가 제대로 된 공부인 걸까?' 머릿속은 온통 이 생각들뿐이었다. 주변 선생님들과 선배들, 친구들에게 나의 고민을 털어놓았다. 그러나 돌아오는 대답은 한결같았다.

"공부 방법? 그런 게 어디 있어. 공부는 무조건 오래 앉아서 하면 되는 거야."

무조건 오래 앉아서 공부를 하는 것이 방법이라는 말들은 그 당시 나에게 충격적이었다. 단순히 오래 앉아서 책을 보는 것이 공부 방법 이라니 이해할 수 없었다. 그 누구도 나의 말에 귀 기울여주지 않았다. 그리고 주변을 둘러보아도 그저 초점 없이 기계적으로 책을 펴는 친구들만 보였다. 그동안 책을 펴 공부를 한다고 해도 큰 변화가 없었던 내게는 대책이 필요했다. 기계적으로 책을 펴고 문제집을 푸는 것만 으로는 해결할 수 없는 문제였다. 그래서 나는 스스로 해답을 찾기로 결심했다.

어떻게 공부를 하는 것이 나에게 도움이 되는 것인지 정확한 분석 이 필요했다. 주변에 공부를 잘하는 친구들을 벤치마킹해 보기도 하고, 책도 읽어가며 무엇을 더 채워야 하는지 고민했다. 고3이라는 중요한 시기에 이런 행동을 하는 나는 엉뚱하고 이상한 학생으로 취급 되었다. 수능이 코앞으로 다가오고 뾰족한 해법을 찾지 못했기에 결국 모든 것을 접고 다시 책을 펴는 기계가 되었다.

운이 좋게 대학에 들어간 나는 잠시 공부라는 속박에서 벗어나려 했다. 사실 제대로 공부를 해 본 적도 없었지만 말이다. 열정적인 20살을 보내고 나니, 문득 앞으로 내가 무엇을 하며 먹고살아야 할지에 대한 고민이 들었다. 돌아보니 나는 노는 것 외에 아무것도 한 것이 없었다. 결국 공부가 필요했다. 그동안 공부는 뒷전이었던 내가 공부를 하려니 또다시 막막해졌다. 무엇부터 해야 할지, 얼마나 해야 할지 도통 감이 잡히지 않았다. 고등학교 때와는 다르게 전공 교재 외에는 풀어볼 문제집도 없었다.

차원이 다른 공부였다. 더 막막했다. 도대체 어떻게 해야 하는 걸까 고민하던 중 고등학교 때 내가 잠깐씩 공부해서 결과가 좋았던 때를 떠올렸다. 그렇게 나는 나만의 공부 방법을 찾기 위한 연구를 시작했다. 먼저 나를 연구하고, 시간관리 등등 다양한 정보를 수집하고 나만의 공부법을 찾았다. 그리고 적용했다. 딱 3개월의 기한을 두고 하루도 빠짐없이 내가 찾은 공부법을 실천했다. 그 결과 나는 학과 수석이라는 영광을 얻을 수 있었다.

제대로 된 방법으로 올바르게 공부를 하니 결과는 자연스레 성공적이었다. 공부에 요령이 생기자 자격증 등 다양한 분야로 확대하여 적용하기 시작했다. 그 역시 매우 좋은 결과들을 얻을 수 있었다. 스스로 임상 실험을 거친 결과를 동생과 주변 친구들에게 적용해 보았을 때도 결과는 매우 좋았다. 그래서 다짐했다. 나처럼 공부하는 방법을 몰라서 답답한 학생들에게 도움을 주어야겠다고.

주위를 둘러보면 생각보다 '공부방법'을 몰라서 공부를 못하는 학생들이 많다. 그러나 이들에게 뾰족한 해답을 주거나 방법을 제시해줄 수 있는 경우는 드물다. 때문에 이러한 학생들은 자신의 답답함을 해결하지 못한 채 공부라는 짐을 얹고 또다시 책상 앞에 앉는다. 점점 더 무거워지는 공부의 무게에 몸과 마음이 병들어가는 것도 모르는 채.

나의 이야기로서 그들의 어깨에 지워진 무거운 짐을 나누고자 한다. 많은 학생들이 이 책을 통해 공부법에 대한 속 시원한 해답을 얻고, 가벼운 마음으로 공부를 즐길 수 있기를 소망한다.

2018년 5월. 학습컨설턴트 & 공부법 코치

김도희

차례

04   머리말

1장
1등과 꼴찌의 차이,
공부 방법에 있다

13   01 : 똑같이 8시간을 공부해도 왜 성적은 다를까?
19   02 : '잘'난 공부 vs '못'난 공부
25   03 : 1등의 비결은 공부법에 있다
31   04 : 공부를 하려면 공부법부터 공부하자
37   05 : 1등은 IQ로 되는 것이 아니다
43   06 : 1등은 똑똑하게 공부한다
49   07 : '막'하는 공부는 열등감을 낳는다
55   08 : 사소한 차이가 1등을 만든다

2장
누구나
공부습관을 기르면
공신이 된다

63   01 : 공신이 되고 싶다면 공부 습관부터 바로잡자
69   02 : 습관이 곧 성적이다
75   03 : 작심삼일을 10번만 하면 평생습관이 된다
81   04 : 1등의 공부 습관 vs 꼴찌의 공부 습관
87   05 : '복습'이 가장 쉬운 공부법이다
93   06 : 1등은 자신과 경쟁한다
99   07 : 공부와 연애는 통하는 것이 있다
105   08 : 잠들기 전 5분이 성적을 좌우한다

3장
공부습관을 만드는
8가지 법칙

113   01 : 나의 강점과 약점을 파악하라
119   02 : 자투리 시간을 활용하라
125   03 : 매일 목표를 시각화하라
131   04 : 공부도 분위기가 필요하다

137   05 : 내가 닮고 싶은 사람을 정하자

143   06 : 목표는 1주일 단위로 구체적으로 설정하라

149   07 : 공부도 체력이 필수다

155   08 : '잘'하려고 하지 마라

4장
상위 1%의
성적을 거두는
8가지 공부 비법

163   01 : 제1법칙- 매일 배운 내용은 쉬는 시간에 복습하라

169   02 : 제2법칙- 공부의 시작은 가벼워야 한다

175   03 : 제3법칙 - 공부는 적립식으로 하라

181   04 : 제4법칙 - 책의 내용은 반드시 내 것으로 정리하라

187   05 : 제5법칙 - 중요한 내용은 반드시 암기하라

193   06 : 제6법칙 - 공부를 해야 할 시간엔 모든 유혹을 뿌리쳐라

199   07 : 제7법칙 - 공부'만'하지 마라

205   08 : 제8법칙 - 스스로를 믿어라

5장
세상이 변해도
공부 잘하는 방법은
변하지 않는다

213   01 : 세상이 변해도 복습은 가장 중요한 공부법이다

219   02 : 왜 1등은 하나같이 '기본'에 충실할까

225   03 : 공부의 도움닫기는 공부법에 있다

231   04 : 제대로 된 공부법은 절대 흔들리지 않는다

237   05 : 자존감이 높아야 성적도 올라간다

243   06 : 매일 꾸준함의 힘을 믿어라

249   07 : 나를 가치 있게 만드는 공부가 진짜 공부다

1 장

1등과 꼴찌의 차이,
공부 방법에 있다

01

똑같이 8시간을 공부해도
왜 성적은 다를까?

"선생님, 1등이 하루에 5시간을 공부한대서 저도 5시간 앉아서 공부했는데 성적은 안 올라요."

당연한 이야기다. 모든 사람은 공평하게 하루 24시간을 선물 받았다. 하지만 그 시간을 사용하는 방법은 모두 다르다. 예를 들면 하루 5시간의 수면을 취하고 나머지 시간은 일을 하거나 공부를 하는 사람도 있지만, 하루 12시간을 잠으로 보내는 사람도 있다. 공부도 마찬가지다. 똑같이 1시간을 공부해도 책 1권을 모두 복습하는 사람이 있는 반면, 단 10장도 못 보고 끝내는 사람도 있다. 이렇듯 공부한 시간이 같다고 해서 성적도 같을 수는 없다. 왜 이런 차이가 생겨나는 것일까?

우리는 각기 다른 경험을 하며 매일을 살아간다. 회사에 출근하거나 학교에 등교하는 것과 같은 일상은 비슷해 보인다. 하지만 개인이 가진 생각과 가치관은 모두 다르다. 같은 일일지라도, 각자의 상황과 환경에 따라 느끼는 바가 천차만별이기 때문에 차이가 생길 수밖에 없다. 특히 공부에 있어서 그 차이는 더 극명하게 나타난다. 똑같은 교과서로 같은 선생님께 수업을 들어도, 모든 학생들의 성적이 같지 않은 것이 대표적인 예다. 개인별로 책을 활용하는 방법이나 관심분야가 다르다. 물론 타고난 기질 자체도 모두 다르다. 어떤 학생은 책을 한 번만 읽어도 머릿속에 책 내용이 선명하게 남을 수 있지만 어떤 학생은 5번을 읽어도 새롭게 느껴진다. 혹은 8시간을 앉아 있어도 집중을 할 수 있는 학생이 있는 반면 10분만 앉아있어도 움직이고 싶어 온몸이 근질거리는 학생도 있다. 때문에 공부를 할 때에는 스스로에게 맞는 공부법을 찾는 것이 최우선이다.

1등을 하는 학생들은 대부분 자신이 정한 공부 시간에 맞게끔 공부하도록 습관화되어 있다. 그 시간 안에서, 공부를 하는 분량이나 과목역시도 정해져 있을 것이다. 그냥 5시간을 무턱대고 앉아서 공부하는 것이 아니라는 이야기다. 철저하게 본인에게 맞는 계획을 가지고 공부를 하고 있기에 1등이 가능한 것이다. 겉으로 보기에는 그냥 공부하는 것처럼 보여도 1등은 자기만의 특별한 공부법을 가지고 있다. 여기서 중요한 것은 '자기만의 공부법'이라는 것이다. 그저 책상 앞에 오래 앉아 있었다거나 공부 좀 하는 학생들의 계획표를 보고 무작정 따라하는 것은 나 자신에게는 전혀 도움이 되지 않는다.

성적이라는 것이 공부법에 엄청난 영향을 받는다는 것을 고등학교에 들어와서 처음 느꼈다. 나는 다른 수학강사들과는 달리 참 유별난 학창시절을 보냈다. 공부에 빠져있는 완벽한 모범생이 아니었다. 얌전한 학생이기는 하였으나 은근히 공부는 안 하던 학생이었다. 할 일을 하고 놀면 부모님께 혼나지 않을 거란 생각에 벼락 치기를 굉장히 즐겼던 학생이기도 했다. 심지어 조금만 공부해도 성적이 잘 나오는 행운도 함께했다. 중학교 때는 길면 일주일, 짧으면 3일 정도를 공부해도 평균적으로 반에서 2~5등은 유지했다. 나의 학생들에게 이런 나의 이야기를 해준다. 듣고 나면 감탄과 동시에 자신도 일주일만 공부하겠다고 말한다. 하지만 내겐 벼락치기에도 나만의 신념이 있었다. 반드시 해야 할 것을 정해놓고 일주일 동안 엄청난 몰입을 했던 것이다. 약 한 달 동안 할 법한 공부 분량을 하루 만에 끝내는 나만의 노하우가 있었기에 가능했다.

고등학교 때도 당연히 이 방법이 통할 것이라 생각했다. 그런데 결과는 비참했다. 생애 태어나 처음 받아본 성적이었다. 일주일간 식음을 전폐할 정도의 충격이었다. 벼락치기의 폐해였다. 이대로 공부하다간 인생이 망할 수도 있겠다는 두려움이 엄습했다. 그때부터 나는 내게 맞는 공부법을 찾기 시작했다. 당시 고1이었던 나는 수학문제가 안 풀릴 때가 많았다. 다른 건 무작정 외우거나 어찌하겠는데 도저히 수학문제는 답이 없었다. 아무리 좋아하는 과목이라도 자꾸 막히다 보니 의욕이 떨어지고 있었다. 안되겠다 싶어서 친구들을 찾거나 선생님을 찾아가 모르는 문제는 끝까지 질문했다. 그렇게 알게 된 문제들은 풀이 과정을 가리고 다시 풀어보았다. 그럼에도 안 풀리는 문제는 풀이를 다시 한 번 보고 될 때까지 풀었다. 이 과정을 반복하며 책을 통째로 외웠다.

약 한 달 후 다음 시험에서 나는 원래의 성적을 되찾을 수 있었다. 그때 깨달았다. 공부는 절대적으로 자신에게 맞는 방법이 필요하다는 것을. 고등학교에 입학할 때까지 그렇게 열심히 공부하던 때는 그때가 최초였다. 내가 공부에 제대로 미치게 된 건 대학교 2학년 때였다. 입학 후 1년은 누구보다 열심히 놀았다. 친구들과 함께 대학 생활을 즐기는 데 1등이었다. 그러던 어느 날 '내 머릿속에 대체 남아있는 지식은 뭐지?'라는 생각이 스쳤다. 이대론 안 되겠다 싶었다. 그래서 공부를 하기로 결심했다. 막상 공부를 하려고 보니 중, 고등학교 때와는 달랐다. 그 당시는 시중에 문제집들이 굉장히 많아서, 잘 모르겠으면 참고할 것들이 많았기에 공부하기가 편했다. 심지어 학원에서 선생님들이 잘 나오는 유형이나 중요한 부분을 찍어주니 그리 어렵지 않았다. 하지만 대학은 달랐다. 아무도 이야기해주지 않는다. 철저히 스스로 공부해야 했다. 심지어 시험 범위가 시험 전 날 나오기도 했다. 확연히 다른 학습 환경에 덜컥 겁이 났다. 주변에 물어보아도 뚜렷한 방법을 아는 사람이 없었다. 결국 스스로 나에게 맞는 공부 방법을 찾아야 했다. 그래서 나는 일단 나부터 분석하기로 했다.

공부를 잘하는 학생들은 공통된 특징이 있다. 스스로에 대해 척척박사라는 것이다. 자신이 무엇을 좋아하고 잘하는지, 혹은 무엇을 싫어하고 못하는지에 대해 정확히 파악하고 있다. 때문에 자신에게 딱 맞는 공부법을 갖출 수 있는 것이다. 여러분도 공신이 되고 싶은가? 그렇다면 공부법을 찾기 전에 '나'부터 분석하자. '적을 알고 나를 알면 백전백승'이라는 말이 있다. 나를 분석하는 것이 공부에서 승리하는 첫 번째 방법이다. '분석'이라고 해서 거창하게 성향 검사를 받는다든가 IQ 검사를 하라는 것이 아니다. 기본적으로 나의 취향에 대해서는 완벽하게 파악을 해놓자는 의미이다.

나의 예를 들자면 '나는 밥보다 면을 좋아한다. 그리고 시끄러운 곳보다는 미술관을 좋아한다. 몸을 쓰며 움직이는 것보다 머리를 쓰는 것에 더 탁월하다.'처럼 나에 대해 스스로 정리해보자는 것이다. 그래야 나에게 맞는 공부법을 찾기가 수월하다.

내가 활용한 방법은 아주 간단하다. 먼저 주변이 조용한 곳이나 혼자 생각할 수 있는 공간이 필요하다. 그럴 여건이 안 된다면 이어폰을 활용하는 것도 하나의 방법이다. 깨끗한 A4용지 1장을 준비한 후 이를 4등분 하여 접는다. 맨 왼쪽 위 칸에는 '내가 좋아하는 것', 오른쪽 위 칸에는 '내가 싫어하는 것', 그리고 왼쪽 아래 칸에는 '내가 잘하는 것', 오른쪽 아래 칸에는 '내가 두려워하는 것'이라는 제목을 쓴다. 각 칸에 10개 정도씩 적어보자. 아주 사소한 것이라도 좋다. 처음에는 3개씩도 적기가 어려울 것이다. 나도 그랬다. 그러나 가만히 스스로에 대해 생각하다 보면 어느새 모든 칸이 꽉 차 있을 것이다. 만약 써 내려가기가 어렵다면 그만큼 우리는 스스로에 대해 생각해본 적이 없다는 의미이기도 하다. 이 기회에 눈을 감고 차분히 나에 대해 생각해보자.

네 개의 칸을 모두 채운 후에는 내가 작성한 내용을 차근히 읽어보자. 내가 평소 몰랐던 나에 대해 새롭게 알게 되는 부분이 있을 것이다. 더불어 나는 어떤 사람인가에 대해 더 깊이 생각하게 된다. 내가 몰랐던 나에 대해 발견하게 되어 재미있고 신기할 것이다. 이런 분석이 없이 주변에서 좋다고 하는 공부법을 무작정 따라만 하다 보면 결국 나의 공부는 끝없이 제자리걸음을 하게 될 것이다. 자! 이제 작성한 '나의 분석 리포트'를 토대로 이제 선택을 해야 한다. 나는 조용한 분위기를 좋아하는가? 아니면 시끄러운 분위기를 더 좋아하는가?

공부는 각자의 성향과 분위기에 따라 능률이 달라진다. 때문에 내가 선호하는 분위기도 나만의 공부법을 찾는데 있어 중요한 요소이다. 나의 경우는 조용해야만 집중이 잘 되는 편이다. 그래서 모두가 잠든 새벽 시간을 공부시간으로 정하였다. 게다가 나는 잠이 별로 없는 편이었다. 대신 아침에 일찍 일어나는 것은 너무 힘들었기에 새벽을 선택할 수밖에 없었다. 만약 자신의 성향이 나와 반대라면 일찍 자고 아침에 일찍 일어나는 쪽을 택하면 된다. 이런 작은 선택들이 모여 나만의 'DIY 공부법'이 완성된다. 오직 나만을 위한 공부법 말이다. 단, 한 가지만 주의하자. 공부법이 꼭 '완벽'할 필요는 없다. 더불어 타인과 비교할 필요도 없다. 물론 꼭 빠져서는 안 되는 부분들이 있긴 하지만 그건 3,4장에서 자세하게 다루기로 한다.

02

'잘'난 공부
vs '못'난 공부

　'직업엔 귀천이 없다'라는 말이 있다. 공부에도 귀천이 없다. 어떤 공부든 공부는 가치 있고 귀한 것이다. 아무리 사소한 것일지라도 배운다는 것은 매우 값진 일이기 때문이다. 다만 공부는 '귀천'대신 '잘난 공부'와 '못난 공부'로 나눌 수 있다. 어떤 방법으로 공부하느냐가 내 머릿속에 얼마만큼의 지식을 남기는가에 결정적인 영향을 미치기 때문이다.

　공부라고 하는 것은 생각보다 강한 의지가 많이 필요하다. 책상에 1분이라도 더 앉아 있기 위해선 마음속의 나와 수 천 번을 싸워야 한다. 그래서 공부는 자기와의 싸움이라고 하지 않는가. 말이 1분이지 학생들의 입장에선 1년 같을 것이다. 학교와 학원에서 하루 종일 앉아있다 오면 그저 앉아있는 것만으로도 지칠 수밖에 없을 테니까. 나도 마찬가지였다. 내가 고등학생이었던 시절에는 학원들에 10시 제한이 없었다. 그래서 학원 수업이 새벽 1시에 시작하기도 했다.

수업 중에 선생님이 잔소리라도 하게 되면 새벽 4시가 넘어야 수업이 끝났다. 집에 들어와서는 30분도 채 못 자고 일어나 학교에 갔던 때도 있었다. 그러다 보니 나를 위한 공부를 하기보단 그냥 시간 채우기식 공부를 하고 있다고 느껴지기 시작했다. 왜냐하면 늦게까지 학원에서 수업을 들었다는 것이 나를 합리화시키기 좋은 핑계였기 때문이다.

그렇다고 해서 성적이 눈에 띄게 향상되거나 변화된 것은 없었다. 오히려 체력이 급격히 약해져 병원 신세를 져야 할 일이 많아졌다. 오랜 시간 동안 학원에서 수업을 듣다 보니 수면시간도 턱없이 부족했다. 진짜 내 공부를 할 시간은 없었다. 그러다 보니 내게 남는 것은 하나도 없음을 점점 느끼기 시작했다. 시험 기간에는 학원에서 대부분 자습을 했다. 그때가 되어서야 비로소 배운 내용을 내 것으로 정리할 수 있었다.

이렇게 반짝 시험공부를 하면 성적은 나왔지만 머리에 남는 것은 없었다. 모의고사 성적이 그 사실을 증명했다. 공부하느라 고생은 한 것 같지만 성적이 시원치 않자 점점 의욕이 사라지기 시작했다. 처음부터 너무 무리를 했던 탓이다. 제대로 공부를 해 본 적이 없던 나는 이미 시작도 하기 전에 모든 힘이 빠졌다. 그래서 한동안 방황하기 시작했다.

'내가 진짜 머리가 나쁜 건 아닐까?' 혹은 '공부는 나랑 안 맞아!'라는 생각들이 머릿속에 가득했다. 학원을 빠지게 되는 날도 많았고 공부에 흥미를 잃었다. 이런 고민을 얘기할 데가 없었다. 선생님들은 그저 열심히 하라는 말 뿐이셨다. 도대체 어떤 공부가 제대로 된 공부인지 몰랐기에 답답했다. 그리고 막막했다. 결국 시험 때만 벼락치기하던 습관이 다시 고개를 내밀기 시작했다. 중학교 때와는 달리 고등학교에서는 벼락치기가 통하지 않았다. 내 성적표는 참 못난 결과를 보여주었다. 마치 내 모습을 반영하는 것 같아 자괴감이 커져갔다. 한동안 책은 쳐다보기도 싫었고 학교 수업도 재미가 없었다.

내가 이런 방황을 끝낼 수 있었던 것은 부모님의 영향이 컸다. 내가 아무리 책 대신 텔레비전을 보고 있어도 부모님께선 묵묵히 기다려 주셨다. 스스로 공부할 때까지. 실컷 방황을 했던 나는 더 이상 이렇게 놀 수만은 없다는 생각에 마음을 다잡았다. 그리고 책상에 앉았다. 하지만 어떻게 공부해야 할까에 대해 고민이 많았기에 쉽게 책을 펼 수 없었다. 한참을 생각하다, 일단 내가 흥미로워했던 수학책을 펼쳤다. 문제를 풀다 보면 기분이 좋아질 거라는 기대감이 있었다. 그런데 내 기대와는 달리 한 문제도 풀어낼 수가 없었다. 신나게 놀았던 결과로 내 머릿속은 백지가 되어버렸기 때문이다. 아무리 떠올리려고 해도 생각나는 것이 없었고 심지어 알고 있던 문제들도 풀리지가 않았다. 당황한 나는 해설지를 보았으나 아는 게 없으니 이해가 될 리 만무했다. 결국 나는 1단원 첫 장부터 새롭게 공부해야 했다. 그동안 그렇게 밤을 새워가며 학원에 다닌 보람이 한순간에 무너졌던 것이다. 그리고 뼈에 사무치는 교훈을 얻었다. 아무리 좋은 선생님께 수업을 들어도 스스로가 정리하지 않은 공부는 못난 공부밖에 안 된다는 것을.

그래서 과감하게 결단했다. 배운 내용을 내 것으로 정리하는 시간을 무조건 만들자고. 다음날부터 학교가 끝난 후, 약 한 시간 전에 학원으로 가서 아무도 없는 빈 강의실에 앉았다. 학교에서 배운 내용들 위주로 과목별 정리노트를 만들었다. 조용히 혼자 공부를 하다 보니 그 시간이 너무 소중했다. 집중해서 공부를 하다 보면, 그 한 시간이 순식간에 지났다. 그리고 얼마 지나지 않아 친구들이 몰려오기 시작했다. 때문에 나는 최대한 시간을 활용해야 했다.

처음엔 그 한 시간이 얼마나 큰 영향을 미칠지 생각하지 못했다. 하루 이틀 꾸준하게 매일 배운 내용을 정리하고 복습을 하니, 선생님께서 하시는 말씀이 더 쉽게 이해되기 시작했다. 수업을 들으면서 중요한 내용이 무엇인지 빠르게 받아들이고 이해하며 심지어 문제도 술술 풀었다. 나아가 친구들에게 수학이나 국어 등을 설명해 줄 정도로 이해도가 높아졌다. 그러다 보니 자연스레 몇몇의 친구들과 서로 설명하고 질문하는 식의 토론식 수업을 진행하게 되었다. 내가 이미 알고 있던 부분이라도 친구가 더 쉽게 설명해주거나, 혹은 친구가 몰랐던 부분을 내가 쉽게 설명해주며 공부하다 보니 공부의 질이 달라졌다. 지금 내가 아이들에게 적용하는 또래 멘토링이 이런 형태이다. 서로 가르쳐주다 보면 은근히 경쟁도 되고 자극도 되기에 동기부여에도 긍정적인 영향을 주었다. 친구에게 더 많이 가르쳐주고 싶어서 공부를 하게 되기 때문이다. 나는 그 시간을 매우 즐겼다.

물론 중학교 때도 수학을 어려워하는 친구를 집으로 초대해 함께 공부했던 적이 있다. 수학을 특히 힘들어했던 친구였기에 도와주고 싶은 마음이 컸다. 문제 푸는 방법을 하나하나 쉽게 가르쳐주며 친구가 성적을 올릴 수 있도록 최대한 도왔다. 시험 결과 그 친구의 수학 성적은 40점 이상 올랐다. 친구에게 설명을 해주면서 나는 자연스레 복습을 하게 되었고 덕분에 좋은 성적을 유지할 수 있었던 것이다.

이처럼 누군가에게 설명을 해주는 일은 결론적으로 내게 복습의 효과를 가져다주었다. 더불어 친구들과 한 문제에 대해 함께 고민하고 생각하다 보니 공부의 깊이도 달라졌다. 책을 덮어도 문제가 떠오르고, 책을 보지 않아도 설명이 가능할 정도로 머릿속에 남는 공부가 된 것이다. 그래서 나는 또 한 번 친구들을 돕기로 했다. 시험 전 날 도서관에서 5시간 동안 3명의 친구들에게 무료로 수학 과외를 하기로 했다.

중요한 개념 설명을 해주고 교과서 문제를 일일이 다 풀어줬다. 세 친구에게 반복적으로 설명을 해주고 문제를 풀어주다 보니 난 자연스럽게 책을 통째로 외울 수 있었다. 몇 쪽에 어떤 문제가 있는지 정확하게 기억할 수 있을 정도로 문제집과 교과서를 통째로 외웠다.

'내가 이렇게 공부를 할 수 있다니!' 그저 놀라웠다. 시험 결과는 예상한 대로 성공적이었다. 세 명 모두 좋은 성적을 받았다. 친구들은 평균적으로 30점 이상 수학 성적이 올랐고 나 역시 상위권 성적을 유지했다. 이렇게 공부를 하다 보니 공부가 흥미로웠다. 계속해서 공부를 하고 싶어졌다. 게다가 나만 좋은 것이 아니라 누군가에게 도움이 될 수 있다는 사실에 스스로 뿌듯했다.

벼락치기로 공부했던 때에는 그저 좋은 성적만이 목표였다. 친구들이 어떻든 나는 내 성적만 잘 나오면 된다고 생각했다. 기본적으로 운이 좋았기에 조금만 공부해도 성적이 잘 나온다는 건방진 생각과 함께 어리석은 공부를 하고 있던 것이다. 짧은 시간에 좋은 성적을 내고

자 했으니 내가 생각해도 욕심이 과했다. 결국 내게 남아있는 지식은 하나도 없었고 교만함만 남았다. 이 얼마나 못난 행동이었는지 새삼 반성하게 된다.

못난 공부란 이런 것이다. 스스로에게 전혀 도움이 되지 않는 공부. 책상에 앉아있던 시간만 환산하며 '나는 오래 앉아있었어'라는 승리감에 취해 공부의 본질을 저버리는 공부가 바로 못난 공부다. 공부법을 바꾸기 전까지 나는 그렇게 못난 공부를 했던 것이다.

하지만 공부법을 바꾸어 나에게 남는 공부를 하니 모든 것이 변했다. 누군가에게 도움이 될 수 있다는 희망과 나 역시 하면 된다는 자신감이 생긴 것이다. 더불어 시험이 끝나고도 머릿속엔 그동안 공부했던 내용이 남아있었다. 심지어 아직도 그때 배운 내용을 기억하고 있다면 믿어지겠는가? 제대로 공부해 놓은 덕분이었다.

나를 채우는 공부, 이것이 진짜 '잘'난 공부다. 타고나길 좋은 조건을 가지고 잘났다는 의미가 아니다. 좋은 성적만을 위한 공부도 아니다. 스스로에게 도움이 되는 공부. 나아가 타인에게까지 도움을 주는 공부가 진짜 공부라는 것이다. '잘'난 공부를 하게 되면 성적은 당연히 따라온다. 그것이 공부의 본질이다.

03

1등의 비결은
공부법에 있다

"선생님~ 선생님도 공부하기 싫을 때가 있으셨어요?"

오늘도 한 학생이 나에게 물었다.

"그럼 당연하지! 선생님도 공부하기 싫어서 학원 땡땡이치고 놀러 가기도 했는걸."

이 말을 해주니 다들 믿기지 않는 표정이었다. 세상에! 수학학원 부원장이라는 사람이 학원도 빼먹고 놀았다니. 이어서 다른 학생이 질문을 했다.

"그런데 어떻게 공부를 잘 하셨어요?"

"노는 것도 신념이 필요해. 난 나만의 철학이 있었어."

앞에서 이미 언급했듯이 나는 그저 부모님께 혼나지 않을 정도로만 공부했다. 그래서 그 당시 나의 좌우명은 '놀 땐 신나게 놀고, 공부할 땐 미친 듯이 하자!'였다. 시험기간에 이 좌우명은 빛을 발했다. 누가 보아도 너무 노는 걸 좋아했기 때문이다. 친구들이랑 쇼핑도 하고 맛집도 찾아다니며 신나게 놀았다.

그럼에도 시험기간에는 일체 어떤 것도 하지 않고 공부에 매진했다. 나는 공부할 기간에 맞춰 매일 해야 할 목표량을 정확하게 정해놓았다. 만약 한 장이라도 달성하지 못했다면 잠을 줄여서라도 공부를 하고 잠들었다. 잠이 별로 없기도 했지만 벼락치기를 하는 기간이 길지 않았기에 어쩔 수 없이 잠을 줄여야 했다.

체력이 그리 좋지 않았던 내가 그렇게 잠을 줄이니 코피가 쏟아졌다. 누가 보면 진짜 전교 1등인 줄 알았을 것이다. 그렇게 5일을 바짝 공부했더니 반에서 2등을 했다. 이러니 내가 신나게 놀 수밖에 없던 것이다. 운이 잘 따라주는 덕분에 시험을 보면 성적이 좋았다. 차라리 성적이라도 나빴으면 '역시 난 머리가 안 좋으니 노력을 해야 하는구나.' 하고 공부에 전념했을 것이다. 그러나 내 노력에 비해 성적이 많이 좋게 나오는 편이라 '조금만 하면 되는걸. 뭐~'하는 교만함에 취해 살았다.

나의 아이들은 '부럽다'를 연신 외쳐댄다. 그리고는 선생님이니까 가능한 거라고 하면서 지레 겁을 먹는다. 물론 벼락치기를 권장하는 건 절대 아니다. 절대! 가장 못난 공부가 바로 벼락치기이기에 아이들에게 매일 조금씩 꾸준함을 유지하라고 이야기한다. 그런데 궁금하지 않은가? 어떻게 단 3일 혹은 5일 정도의 시간만을 공부하고도 상위권 성적을 유지할 수 있었는지 말이다.

잠깐 앞에서 언급했지만 나는 벼락치기를 하더라도 어설프게 하지 않았다. 남들이 한 달 반 정도 공부할 양을 단기간에 몰입해서 해치웠던 것이다. 거의 책을 씹어 먹는 수준이었다. 그러기 위해서는 나만의 철칙이 필요했다. 바로 철저한 공부 계획과 요점정리 노트였다. 요점 정리라고 해서 그냥 책을 베껴 쓰는 것이 아니다. 물론 이해가 안 되는 경우에는 그대로 베껴 쓰기도 했다. 쓰고 나서 여러 번 읽어보고 이해 한 후에 다시 나만의 방식으로 요약정리를 했다.

보통 교과서엔 선생님들께서 중요하다고 말씀하신 부분들에 밑줄 이 쳐 있거나 필기가 되어 있었다. 요약정리를 하기 전에 일단 내용들 을 읽어본 후 무엇이 중요하고 아닌지를 걸러내야 했다. 그래서 나는 항상 요약정리를 하기 전 공부할 범위까지 교과서를 처음부터 꼼꼼하 고 빠르게 읽어보았다. 그리고 준비해 둔 나만의 요약노트에 필요한 부분을 옮겨 적었다. 물론 모두 직접 손으로 정리했다. 게다가 중요도 에 따라 색색의 펜을 활용하기까지 했다. 어떤 이는 벼락치기라 시간 도 없는데 이렇게까지 했냐고 물을 것이다. 그러나 한 번 제대로 정리 해놓으면 오히려 공부 시간은 단축된다. 더군다나 책의 내용을 보며 요약해서 적다 보면 혼자 읊조리게 된다. 즉 노트에 쓰는 동시에 외우 게 되는 것이다. 눈으로 보고 입으로 말하며 손으로 쓰게 되면 우리 뇌 는 더 활성화된다. 그리고 이러한 반복과정을 통해 그 내용을 장기기 억으로 저장한다. 나는 이렇게 정성 들여 정리를 해놓은 후에 꼭 하는 일이 있었다. 각 과목별로 가장 중요한 부분을 다시 새 종이에 정리했 다. 그리고 그 내용을 다시 읽고 외우기를 반복했다.

이렇게 전 과목을 공부하면 대부분의 내용이 머릿속에 쏙쏙 들어 왔다. 물론 시험이 끝나고 나면 사라졌지만 말이다. 벼락치기였음에도 수학의 경우는 무조건 교과서를 세 번 이상 풀었고, 영어의 경우는 시험 범위 내의 모든 본문을 외워버렸다. 벼락치기가 맞나 싶을 정도로 단시간에 공부에 몰입했다. 암기하는 기계 수준은 아니었지만 단어 하나를 외울 때도 나만의 방법을 찾았다. 예를 들면 일본어 표현 중에 '도우 이따시 마시테'라는 말이 있다. 누군가 고마움을 표현했을 때 쓰는 표현으로 '천만에요.' 라는 뜻이다. 나는 이 문장을 상황극을 만들어 암기했다.

누군가 '(피자) 도우가 이따~~시 맛있대!'라고 하면 '천만에요'라고 인사하는 것이다. 대부분 이런 방법을 사용하여 암기했다. 때문에 외우는 것에 크게 어려움이 없었다. 당시 친구들에게도 나의 방법을 전수했다. 오죽하면 '쉽게 공부하는 방법'에 대한 책을 쓰라고 할 정도였다. 그리고 그 말은 현실이 되었다.

돌이켜보면 나는 내게 맞는 공부법을 찾기 위해 다양한 것들을 시도했다. 어떤 것이 스스로에게 적합한 공부 방법인지 알기 위해선 직접 경험해 보는 것만큼 좋은 것은 없다고 생각했기 때문이다. 그 덕분에 현재 아이들과 멘토링을 진행할 때 아이들 성향에 맞는 공부법을 제안하기도 매우 수월하다.

여기서 재미있는 사실은 내가 이야기했던 내용들은 누구나 한 번쯤 고개를 끄덕일만한 일반적인 내용이라는 것이다. 그런데 그 이야기를 듣고 실행해 본 아이들의 반응은 달랐다.

"맞아요. 선생님처럼 노트에 과목별로 정리했더니 50점대였던 과학이 90점대로 올랐어요!"

반면에,

"선생님 말씀 듣고 저도 시험기간에 요점정리 해봤는데 전 성적이 별 차이가 없었어요."

같은 공부법을 적용했음에도 불구하고 왜 다른 반응이 나오는 것일까? 두 학생 모두 요약정리를 했다. 요약정리라는 단어는 같지만 막상 아이들의 노트를 보면 그 내용은 완벽하게 달랐다. 한 학생은 여러 색깔의 펜을 활용하여 중요도를 표시하며, 필요하고 중요한 부분만 정리했다. 다른 한 학생은 한 가지 색의 펜으로 교과서의 내용을 그대로 옮겨 적어 놨다.

결국 같은 행동을 했음에도 불구하고 각자의 정리 방법이 달랐기 때문에 결과 역시 다를 수밖에 없었다. 요약정리도 하나의 공부법이다. 그래서 요약정리를 얼마나 효율적으로 하느냐에 따라 100점을 받을 수도 있고, 아닐 수도 있다. 하지만 이보다 더 중요한 것이 있다. 바로 이 요약정리노트를 어떻게 활용하는가이다. 이에 따라 성적이 좌우된다는 것이다. 그저 열심히 정리만 해놓고 펴보지 않았다면, 애꿎은 종이와 소중한 시간만 낭비한 셈이다. 집안의 가보로 물려줄 것이 아니라면 최대한 활용해야 한다. 물론 아무것도 하지 않은 것보다는 낫겠지만 그렇게 노력해놓고 다시 펴보지 않는다면 큰 의미가 없기 때문이다.

이쯤 되면 '아, 역시 1등은 아무나 되는 것이 아니구나.'라고 생각하고 겁먹는 학생이 있을 수 있다. 다시 한 번 말하지만, 나도 했다. 1등. 그것도 대학교에서 학과 수석을 말이다. 내가 특별해 보이는가. 천만의 말씀이다. 나는 눈 두 개, 코는 하나, 입술도 하나이다. 그리고 열 손가락과 열 개의 발가락을 가지고 태어난 지극히 평범한 사람이다. 이렇게 평범한 나도 해냈는데 왜 여러분은 하지 못할 것이라 생각하는가. '나는 못하겠구나.'라고 생각하기 이전에 시도부터 해보자. 행동하지 않고서 결과를 단정 짓는 것은 아마추어나 하는 일이다.

앞선 내용들을 통해, 1등을 하기 위해서는 공부법을 제대로 섭렵하고 있어야 한다는 사실을 깨달았을 것이다. 물론 본인의 공부법을 찾는 게 어려워 또 한 번 좌절할 준비를 할 수도 있다. 원래 값진 것일수록 쉽게 얻어지는 것은 아니다. 그렇다고 해서 그것을 얻지 못하는 것은 절대 아니다.

지금까지 반복해서 이야기했던 것처럼 1등의 핵심 비결은 공부법에 있다. 공부를 잘하고 싶다면 나만의 공부법에 대해 조금 더 심도 있게 생각해 볼 필요가 있다. 그냥 단순하게 책만 보거나 모든 내용을 그대로 옮겨 적는 식의 공부로는 절대 1등이 될 수 없기 때문이다. 그럼 지금부터 이기는 공부 방법에 대한 공부를 시작해보자.

04

공부를 하려면
공부법부터 공부하자

"선생님! 공부를 어떻게 해야 할지 도저히 모르겠어요."

시험기간이 되면 아이들에게 이런 질문을 많이 받는다. 나도 학창 시절에 스스로에게 가장 많이 던졌던 질문이다. 공부를 하고는 싶은데 당최 방법을 모르기에 답답했다. 남들은 알아서 척척 잘만 하는 공부가 나에겐 왜 이렇게 막막했던 걸까?

그 당시 내 질문에 대답해줄 수 있는 사람은 없었다. 공부를 잘하는 친구들에게 물어보면 각자의 방법을 얘기해주었지만 무엇이 맞는 공부법인지 몰랐기에 그저 혼란스럽기만 했다. 한참 혼돈의 시기를 거치고 나니 공부법이 더 중요하게 느껴졌다. 덕분에 공부에 대해 진지하게 생각하기 시작했다.

공부를 시작하기 전에 미리 작성해둔 '나의 분석 리포트'를 가만히 살펴보았다. '나는 누구인가'부터 시작하여 나에 대해 더 강하게 탐구

했다. 그리고 빈 종이에 내가 알고 있는 공부법들을 적어 내려갔다. 나의 성향에 맞는 공부법에 표시를 해나가며 공부 방향에 대해 생각했다. 진짜 공부를 잘하기 위해선 내게 최적화된 공부법을 찾아야 했기 때문이다. 거듭 이야기하지만 중·고등학교 시절의 나는 필요한 경우에만 반짝 몰입하여 공부를 했다. 때문에 당시에는 그때에 맞는 공부를 했을 뿐, 진지하게 공부법에 대해 생각해보거나 꾸준히 실행한 적이 없었다. 많은 공부법 중에 내가 선택한 방향은 '무조건 여러 번 반복하기'였다.

내가 제대로 공부를 시작하게 된 것은 대학교 2학년에 들어서면서부터였다. 대학교에 입학하고 나서 1년 동안은 공부에 전혀 관심이 없었다. 심지어 공부라는 것을 잊고 있었다. 게다가 대학에서는 이런 나를 통제하지 않는다. 물론 집에서도 마찬가지였다. 모든 것이 자율적이기 때문에 나를 통제할 수 있는 건 자신뿐이었다. 심지어 대학생의 방학은 길기까지 하다. 보통 3개월 정도 학교를 다니면 금세 방학이 찾아온다. 이 얼마나 놀기 좋은 환경인가!

그런 내가 대학교 2학년에 들어서자 문득 이런 생각이 들었다. '내가 공부를 한다면 과연 어디까지 할 수 있을까?' 하는 호기심이 생겼다. 사력을 다해본 적이 없는 나였기에 스스로의 한계가 궁금했다. 벼락치기가 아닌 진짜 공부를 하며 나의 한계를 시험해보고 싶었다. 일단 1학기 학과 수석을 목표로 했다. 내 노력의 결과를 확인할 수 있는 방법 중 가장 빠르고 간단한 것이 정기시험이었기 때문이다. 그렇게 나의 진짜 공부는 이토록 단순한 생각에서 시작됐다.

이제 스스로에 대한 분석도 끝났고 공부 방향도 잡았다. 그런데 막상 공부를 하려고 보니 뭐부터 해야 할지 도무지 감이 잡히지 않았다. 무조건 반복을 해야겠다고 방향은 잡았지만 몇 번을 반복해야 하며 어떤 식으로 복습을 할지 아무것도 정한 것이 없었다. 심지어 공부에 얼마의 시간을 투자해야 하는지 조차 생각하지 않았던 것이다. 제대로 공부를 하기 위해서 중요한 것 중 하나가 바로 '시간관리'이다. 나에 대한 분석은 앞에서 끝냈으니 이제 내게 주어진 시간이 얼마나 되는지 점검해야 했다.

종이 한 장을 꺼내어 일주일간의 나의 강의 시간표와 일과표를 한눈에 알아보기 쉽게 정리했다. 일단 학교 강의를 듣는 시간과 아르바이트를 하는 시간 등 일상적인 부분을 채워나갔다. 그렇게 하고 나니 일주일 간 내게 주어진 시간이 얼마나 있는지 쉽게 알아볼 수 있었다. 매일 똑같은 시간이 주어진 것은 아니었다. 어떤 날은 수업 중간에 2시간 정도가 비었고, 어떤 날은 수업이 일찍 끝나서 저녁 시간을 활용할 수 있었다. 물론 그렇게 비어있는 시간이라고 해서 항상 한가한 것은 아니었다. 매주 해야 할 과제의 양이 적지 않았기 때문이다.

일어날 수 있는 변수를 모두 따져서 계산해보니 평균적으로 하루에 4~6시간 정도가 나에게 주어졌다. 자투리시간 까지 다 합친 시간이었다. 이전 수업과 다음 수업 중간에 휴식 시간이 생기는 경우가 생각보다 많았다. 그래서 각 건물별 이동시간을 계산하여 계획을 세워야 했다. 수업이 없는 시간에는 도서관 열람실을 활용할 예정이었기 때문이다. 어느 곳으로 이동하든 대략 10분 정도를 잡았다. 그리고 모든 강의가 시작하기 10분 전에 강의실을 도착하는 것을 기준으로 하면 1시간 중 딱 40분이 남았다.

수업이 끝난 후의 시간은 내가 얼마든 활용할 수 있었지만 이렇게 공강이 생겼을 때 어떻게 시간을 효율적으로 쓸 수 있을까가 가장 큰 고민이었다. 처음엔 '고작 40분 동안 내가 무슨 공부를 할 수 있을까?' 하는 의문이 들었다. 그런데 막상 40분을 10분 단위로 쪼개고 그걸 다시 1분 단위로 쪼개어 계획을 세우다 보니 활용할 수 있는 방법은 굉장히 많았다. 직전 수업 내용을 다시 읽고 정리하고 암기하고 나서도 시간이 남을 정도였으니 말이다.

그때부터 나의 모든 시간관리는 분 단위로 이루어졌다. 예를 들면 30분의 시간이 주어졌을 때를 가정하자. 10분 동안은 방금 들었던 수업 부분의 책을 읽는다. 그리고 과목별 정리 노트에 정리를 한다. 정리하는 시간은 15분 정도 소요된다. 그리고 5분 중 3분 동안은 정리한 내용을 다시 읽으며 암기한다. 남은 2분은 다음 수업을 위해, 혹은 이동을 위해 준비한다.

이렇게 분 단위로 시간을 활용하다 보니 똑같은 24시간을 살아감에도 불구하고 엄청난 일들을 해내기 시작했다. 물론 처음에는 시행착오도 많이 겪었다. 시간에만 집착하는 바람에 정작 해야 할 일을 하지 못하는 일도 많았다. 그 짧은 시간들을 활용하는 데 서툴렀기 때문에 계획대로 해내지 못하는 부분 역시 많았다. 하지만 조급해하지 않았다. 나 스스로에게 이러한 시간관리가 습관화되기까지 약 2주 정도의 기한을 주기로 약속했기 때문이다. 매일 시도하고 반복하다 보니 일주일도 채 안되어 익숙해졌다. 오히려 이렇게 시간을 사용하는 것이 굉장히 편하게 느껴졌다. 역시 무엇이든 반복하다 보면 자연스레 습관이 되기 마련이다.

주어진 시간을 나의 상황에 맞게 자유자재로 활용할 수 있게 되었으니 이제 복습하는 방법을 정해야 했다. 처음부터 책의 내용을 요약하고 외우려고 하니 도저히 머릿속에 들어오질 않았다. 대학의 전공서 들은 학창시절의 책들과 두께부터가 다르다. 게다가 대부분 한자로 쓰였거나 생소한 내용들이 많기 때문에 한 번 읽어서는 대체 무슨 말인지 알아듣기가 어려웠다. 그러다 보니 자연스레 '이 많은 걸 어떻게 공부하지, 큰일이네.'라며 온갖 걱정이 앞서게 된다.

어떻게 해야 할지 오랜 고민 끝에 결국 나는 그냥 책을 읽는 것부터 시작하기로 다짐했다. 말 그대로 독서였다. 처음엔 소설책 읽듯이 가볍게 읽었다. 알아듣지 못하는 용어가 나와도 개의치 않았다. 그러다 보니 술술 읽히기 시작했다. 물론 뜻은 몰랐지만 말이다.

한 번 읽고 난 후에는 노트북을 켜놓고 다시 읽기 시작했다. 그리곤 모르는 용어가 나오면 즉각적으로 검색했다. 모든 내용을 완벽하게 알려고 한 것이 아니라는 것이 핵심이다. 단지 단어의 뜻을 검색해서 뜻을 이해했고 다시 책을 읽어 나갔다. 그렇게 두 번을 읽어보면 책이 어떤 내용을 말하고 있는지 조금 보이기 시작했다. 내용이 눈에 들어오기 시작하면 소리 내어 읽거나 밑줄을 그어가며 읽었다.

내가 정한 공부의 방향은 '무조건 반복하기'였기에 여러 번 읽고 쓰기를 반복했다. 매번 읽는 방법을 다르게 하여 읽다 보니 어느새 책의 내용을 다 외울 정도였다. 사람이 보통 8번 정도를 반복하게 되면 기억하고 싶지 않아도 이미 그 부분은 장기기억으로 저장되기 때문에 눈을 감아도 생생하게 떠오른다.

그렇게 공부를 하기 시작하니 처음엔 더딘 것 같던 공부에 속도가 붙었다. 게다가 공부가 재밌게 느껴졌다. 이해가 어려울 것이다. 나 스스로도 굉장히 놀랐으니까 말이다. '공부가 어떻게 재밌을 수가 있지?'라고 생각할 수 있다. 하지만 사람은 아는 만큼 보인다고 했다. 아는 것들이 생기기 시작하면 놀랍게도 공부가 재밌어진다. 어떤 기분인지 궁금하다면 지금 당장 공부를 시작해보자. 새로운 세상을 경험하게 될 것이다. 내가 알고 있는 것을 누군가에게 자꾸만 설명하고 싶고 알리고 싶어진다. 그럴 땐 벽을 붙들고서라도 공부한 내용을 설명해보자. 여러 번 반복하여 습득한 후 직접 설명을 하게 되면 공부의 효과는 배가 된다.

공부라는 것이 신기하게도 하면 할수록 더 할 게 많아지고, 알고 싶은 것도 늘어난다. 이 과정이 바로 진짜 공부의 심화과정이다. 복잡하고 어려운 문제만을 풀어내는 것이 아니라 학문에 대해 끊임없이 탐구하게 되는 과정. 이것이 진짜 공부다. 진짜 공부를 하기 전, 나에게 맞는 공부법부터 공부하자!

05

1등은 IQ로 되는 것이
아니다

일반적으로 '영재'라고 불리는 아이들의 IQ는 몇이나 될까? 모두가 멘사에 가입할 정도로 IQ가 높을까? 우리나라 영재교육진흥법 제5조에서는 영재교육대상자에 대해 다음과 같이 고시한다. '일반 지능, 특수 학문 적성, 창의적 사고 능력, 예술적 재능, 신체적 재능, 기타 특별한 재능 중 어느 각각의 사항에 대하여 뛰어나거나 잠재력이 우수한 사람 중 당해 영재교육기관 판별 기준에 적합한 자.' 여기서 알 수 있는 것은 영재라고 하는 아이들도 모두 IQ가 선천적으로 좋은 것만은 아니라는 것이다. 평균 정도의 IQ를 가졌더라도 잠재적 능력이나 과제에 대한 집착력 및 창의력 등이 우수한 아이들이 대부분 영재라고 불린다.

그렇다면 1등이라고 해서 모두 IQ가 높을까? 이 질문의 대답 역시 NO이다. 물론 선천적인 지능지수가 높은 학생들도 있다. 하지만 대부분은 IQ가 높기 때문에 공부를 잘하는 것이 아니다. 앞에서 언급한 바와 같이 1등은 자신에 대해 잘 알고 있다. 본인이 무엇에 강하고 어떤 부분이 취약한지에 대한 파악이 잘 되어 있다. 때문에 부족한 부분을 채우면 지속적으로 발전이 가능한 것이다. 더불어 모르는 것에 대한 집착력이 일반 학생들보다 강한 편이다.

모르는 부분이 있을 땐 알 때까지 스스로 파고들거나, 이해가 될 때까지 선생님들께 질문을 한다. 이런 성향을 가진 학생들은 한 문제를 푸는 데 5시간의 고민을 하기도 한다. 뜻대로 문제가 안 풀리면 울기도 하며 문제 해결에 대한 의지가 굉장히 강하다. 이렇게 끝까지 알고자 하는 강한 의지가 1등을 만드는 것이다.

학생이라면 누구나 공부를 잘하고 싶은 마음을 가지고 있을 것이다. 물론 선천적인 조건이 좋은 편이라면 별생각이 없을 수도 있지만 대부분 잘하고 싶을 것이다. 그렇다고 해서 잘하고 싶어 하는 학생들 모두가 공부를 잘하는 것은 아니다. 잘하고 싶은 마음을 어떤 식으로 행동에 옮기느냐에 따라 성적이 좌우된다. 보통의 학생들은 자신들이 정한 기준까지 해보고 안 되면 바로 포기한다.

특히 자신에 대해 확신이 없거나 공부라는 단어만으로도 겁부터 내는 경우에는 포기 역시 빠르다. '내가 어떻게 1등을 하겠어.'하며 시작도 전에 백기부터 든다. 이런 생각들이 머릿속에 가득하다 보니 공부에 대한 의지도 약할 수밖에 없다. 그리고는 이렇게 이야기한다. '난 머리가 좋지 않아서 1등을 할 수 없다.'라고.

그런데 내 경우처럼 '머리만 믿고' 건방지게 공부를 했을 땐 어떤 결과가 나올까? 벼락치기로 단기간에는 성적을 낼 수 있다. 하지만 장

기간을 두고 보았을 땐 1등은 차지할 수 없다. 내가 그랬다. 반 2등, 전교 10등까진 가능했지만 어찌 됐든 1등은 할 수 없었다. 교만하게 공부했기에 간절함과 의지가 없었기 때문이다. 그리고는 '이 정도면 잘한 거지 뭐.'하며 스스로를 합리화 시켰다. 더구나 뚜렷한 목표를 정하지 않았던 나는 군이 최고가 되어야 할 이유도 없었다. 내 미래에 대한 간절함이 생기기 전까지 나는 변하지 않았다.

　왜 공부를 해야 하는지에 대해 그저 혼란스럽기만 했다. 그래서 단순히 성적만을 위한 공부를 했다. 공부의 본질보다는 겉으로 보이는 성적과 등수만 중요시했던 것이다. 성적이 전부는 아니었지만 어찌 됐든 부모님이나 학교에서는 결과가 중요했다. 그렇게 나는 누군가에게 잘 보이기 위한 '못난 공부'를 하고 있었다. 그것도 벼락치기로 말이다.

　사람은 자신이 좋아하는 것을 할 때 가장 의욕적이고 열정적이다. 좋아하는 일을 하고 있노라면 배도 고프지 않고 잠도 잊은 채 그 일에 몰두하게 된다. 일부러 생각하지 않아도 하루 종일 좋아하는 것들이 머릿속을 떠나지 않는다. 때문에 누가 시키지 않았음에도 자발적으로 일을 하거나 공부를 하게 된다. 그러나 반대의 경우라면 무언가를 내 의지로 행한다는 것이 결코 쉽지 않다. 어쩔 수 없이 해야 한다는 생각에 짓눌리기 때문에 '하기 싫다'라는 부정적인 메시지가 가득할 뿐이다. 더불어 그 생각들로 인해 부담을 느끼고 점점 더 의욕을 잃게 된다.

　나의 경우는 운동을 무척 싫어한다. 운동이라고는 숨 쉬는 것 외에는 하지 않을 정도로 운동을 하지 않는다. 아이러니한 것은 나의 아버지는 스포츠 감독이라는 사실이다. 내가 운동 대신 공부를 택한 이유 중 하나가 바로 이것이다. 운동은 워낙 타고난 정신력과 선천적인 능력을 요하기에 난 꿈도 꾸지 않았다. 심지어 체육대회나 체력 테스트가 있기 전 날에는 과도한 스트레스로 고열에 시달릴 정도였다. 여전히 내게 운동은 피하고 싶은 일이다. 학생들에게 공부는 내게 운동과 같은 존재일 것이다.

초등부 수업을 하다 보면 제일 많이 듣는 질문이 '공부는 왜 해야 해요?'라는 말이다. 그 아이들보다 조금 더 살아본 입장에서 아무리 공부의 필요성에 대해 설명해도 4~5학년 학생들이 이해하기엔 세상이 너무 어렵다. 결론적으로 본인의 꿈을 이루기 위해 필요하다고 간결하게 이야기한다. 한편으로는 아이들에게 '꿈'을 강요하는 것 같아 마음이 쓰리다.

그래도 다행인 것은 나이가 어린 학생일수록 하고 싶은 일들이 많다. 정말 일주일 사이에 두세 번은 꿈이 바뀌는 것 같다. 그만큼 가능성도 있고 시간도 있기 때문에 이 시기의 아이들에겐 공부의 본질을 가르치기가 훨씬 수월하다. 하지만 중학교 3학년 정도가 되면 아이들의 표정부터가 다르다. 입시라는 부담이 크게 작용하기 때문이다.

사람들은 살면서 각자 자신이 어려워하는 일들을 적어도 하나씩은 가지고 있다. 그러나 그 문제들을 바라보고 해결해 나가는 마음가짐은 모두 다르다. 가령 학교를 가야 하는데 주머니에 돈이 없다. 이 상황에서 사람들은 어떻게 반응할까? 어떤 이는 '할 수 없지, 걸어가지 뭐!'하고 가볍게 넘기는 반면, 어떤 이는 눈물을 터뜨리며 안절부절 못한다. 이처럼 공부를 할 때도 마찬가지다. 앞서 말한 것과 같이 공부법이나 시간 관리도 중요하지만 어떠한 마음으로 공부를 바라보는가도 꽤 중요한 요소이다.

'공부'라는 말 자체가 부담이 되는 학생들은 심리적으로 많이 불안하다. 잘해야 한다는 강박관념에 사로잡히기 때문이다. 누군가 '너 진짜 잘해야 해!'라고 꼬집어 말하지 않아도 스스로 그러한 압박에 시달리며 힘들어하는 학생들이 있다. 그런 학생들은 대부분 시험 종소리만 들어도 복통을 호소한다.

아무리 열심히 공부를 했다고 하더라도 이러한 변수로 인해 시험을 다 못 풀거나 망치는 경우가 생각보다 많이 발생한다. 때문에 이와 같은 심리적인 부담을 떨쳐내기 위해선 스스로의 마인드 컨트롤이 필수다.

국가대표 운동선수들 역시 훈련과 함께 심리 상담을 받는다고 한다. 4년간의 노력을 한순간에 망칠 수 있다는 부담감이 앞서기 때문이다. '잘해야 한다.'는 부담을 떨쳐버리자. 그깟 숫자에 연연하느라 불안감이 커지게 되면 막상 시험 당일에 모든 공든 탑이 무너진다. 실제로 아이들을 가르치다 보면 시험 일주일 전부터 스트레스와 불안감이 특히 심한 아이들이 있다. 식욕도 없어지고 수면 장애까지 와서 아무것도 할 수 없는 지경에 이른다. 급기야 시험이 시작하자마자 속이 좋지 않아, 답을 모두 찍고 화장실로 뛰쳐나가는 아이들도 여럿 있다. 그동안 열심히 공부했던 본인의 노력이 한순간에 수포로 돌아가는 것이다. 얼마나 속상하겠는가.

위와 같은 학생들을 위해 나는 실제 시험 분위기를 만들어주고 그 상황을 극복하게 하는 등 아이들이 불안감을 이겨낼 수 있게 도와준다. 하지만 그 트라우마를 극복하기 어려운 상황의 아이들이 대부분이다. 때문에 본인이 스스로 공부에 대한 부담과 스트레스를 완화할 수 있는 돌파구를 찾아놓아야 한다.

주변에 공부 좀 한다고 하는 학생들의 경우, 대부분은 공부만 할 것이라는 우리의 생각과는 달리 자신만의 취미활동을 꼭 하나씩 가지고 있다. 내가 중학교 때 전교 2등을 했던 나의 친구 역시 그랬다. 공부를 하다가 머리가 아프거나 집중이 안 되면 퍼즐을 맞췄다. 다른 분야로 관심을 돌렸다가 공부를 하면 훨씬 더 집중이 잘된다고 했다. 본인의 노력에 대한 충분한 보상을 함으로써 심리적 부담감을 줄일 수 있는 것이다. 그렇다고 해서 매일 몇 시간씩 게임만 붙들고 있으라는 이야기는 아니라는 사실을 기억해주길 당부한다.

세상엔 여러 부류의 1등이 있다. 기본적으로 머리가 좋아 쉽고 빠르게 공부할 수 있는 1등이 있고 피나는 노력 끝에 거머쥔 1등도 있다. 그리고 스스로 공부를 즐기다 보니 1등을 하게 된 학생도 있다. 기왕 공부를 해서 1등을 하고 싶다면 나는 가장 마지막의 경우를 선택하길 소망한다.

직접 경험해본 바로는 주어진 조건이 좋으면 그 가치를 모른다. 그리고 성적이라는 것에 부담을 느끼면 결국 오래가지 못한다. 오히려 감정 소모와 에너지 소모가 굉장히 크기 때문에 건강상의 문제가 발생한다. 공부를 즐기라는 말이 이상하게 들릴 수 있지만 한 번쯤 시도해보는 건 어떨까. 조금만 미쳐보면 세상이 즐겁다. 여러분도 할 수 있다.

06

1등은
똑똑하게 공부한다

우리 주변에 공부를 잘하고 똑똑한 친구들을 보면 흔히 '똑 소리 난다'는 말을 자주 듣는다. 성적이 좋기 때문에 못하는 것 없이 뭐든 잘할 것 같은 이미지 덕분이다. 물론 그 이미지는 1등이라는 타이틀이 만들어주기도 하지만 말이다. 그런 친구들을 보면 우리는 마냥 부러워만 한다. '우와~ 좋겠다. 공부도 잘하고.' 부러우면 지는 것이라며 돌아서서는 '이놈의 공부! 공부!' 하고 한탄하고 있지는 않은가?

주변에서 '누군가 좋은 대학에 들어갔다'더라, 혹은 '좋은 성적을 받았다'더라 하면 우리는 일단 부러워하거나 질투를 하기 시작한다. 물론 나 역시 그랬다. '진짜 좋겠다!'하면서도 한편으로는 질투가 났다. 하지만 얼마 지나지 않아 오히려 그 질투가 내게는 오기로 작용하여 나를 책상 앞으로 이끌어주었다. 오래 지속되지는 못해도 나에게 확실한 동기부여가 되었다. 여기저기서 그런 소식들을 듣고 있노라면 답답했다. 흔히들 말하는 '엄친딸'은 어딜 갔다더라 등의 소식은 내게 엄청난 부담이었다. 물론 나의 부모님께서는 소식을 전해주시기만 할 뿐 공부하라는 말씀은 전혀 하지 않으셨다. 그러나 내겐 침묵이 더 무섭고 부담됐다.

고등학교 때였다. 한 번은, 대체 1등은 어떻게 공부하는지 너무 궁금해서 관찰을 하기로 했다. 참고로 고3 때 같은 반엔 전교 2등, 전교 5등이 함께 있었다. 뿐만 아니라 전교 20 등 이내의 아이들이 많았다. 그러니 조금만 고개를 돌리면 우등생들의 공부법을 쉽게 관찰할 수 있었다. 나 역시 반에서 4~7등 정도의 수준을 유지했지만, 그저 운으로 버틴 것이었기에 입시가 다가오자 초조할 수밖에 없었다.

전교 2등을 하던 친구와 전교 5등을 하던 친구의 성격은 전혀 달랐다. 한 명은 굉장히 활발하고 학교 활동에도 열심이었다. 심지어 연애도 열심이었던 걸로 기억한다. 또 다른 친구는 누가 봐도 모범생인 친구였다. 그런 두 친구를 유심히 관찰하기 시작했다. 대체 뭐가 다른 걸까.

전교 2등인 친구는 가지고 있는 기질 자체가 좋았다. 머리도 좋은 편이고 이해력도 좋은 편이라 지식을 습득하는 속도가 굉장히 빨랐다. 문제를 풀어내는 속도 역시 빨랐으며 집중력도 꽤나 좋았다. 새로운 것을 받아들이면 자기 것으로 바꾸는 데 능했다. 이 친구는 쾌활한 성격이라 다른 친구가 질문을 하면 가르쳐 주는 것을 즐기는 편이었다.

반면에 전교 5등인 친구는 조용한 편이었으나 내공이 있는 친구였다. 학급회장으로서의 책임감도 많은 학생이었다. 그 친구는 꾸준함과

성실함이 가장 큰 장점이었다. 쉬는 시간이나 자투리 시간을 매우 잘 활용하는 친구였다. 전교 2등인 친구와는 다르게 정적인 분위기를 가졌으며 노트 정리에 굉장히 뛰어났다. 시간 관리 역시 철저했으며 늘 스터디 플래너에 본인이 실행한 공부 계획들을 지워나갔다.

완벽히 다른 성향임에도 불구하고 이 두 친구는 공통점이 있었다. 두 친구 모두 자신만의 방식으로 공부를 한다는 것이었다. 그리고 각자의 방식을 통해 공부를 즐기고 있었다. 더불어 두 명의 친구들은 무엇보다 자신의 목표가 뚜렷했다. 스스로 본인의 성향을 정확하게 파악하고 있었기 때문에 매일 많은 양을 공부함에도 쉽게 지치지 않았다. 이런 친구들을 보고 있자니 많은 생각들이 내 머릿속을 스쳤다.

지금이야, 수학을 가르치는 학원 강사이자 부원장으로 공부를 즐기고 있지만 당시는 아니었다. '나는 대체 어떻게 공부해야 하지?'하며 걱정이 한가득이었다. 거듭 반복하지만 나는 대학교 2학년이 되기 전까지 공부와는 그리 친하지 않았다.

예민한 성격 탓에 고3이 된 나는 몸이 자주 아팠다. 막상 수험생이 되고 나니 공부를 해야겠다는 압박이 밀려왔다. 그와 함께 몸에 이상신호도 더 자주 등장했다. 그래서 공부를 하는 날보다는 오히려 쉬는 날이 더 많았다. 이때에도 우리 부모님께서는 그 흔한 공부 잔소리를 한 번도 한 적이 없으셨다. '고3인데 공부 안하니?'라는 말은 오히려 친구들에게 들었다. 주변을 둘러보면 모두 공부를 하고 있었다. 그 속에서 나는 걱정만 하며 하루하루를 보내고 있었다.

고3이 되면 매월 모의고사를 치르게 된다. 4월에도 역시 모의고사를 봤다. 그런데 탐구과목 4개 중 1과목이 50점 만점에 18점이 나온 것이다. 스스로 생각해도 참 어이가 없었다. 나는 고1도 고2도 아닌 고3이었기에. 당황했다. 그리고 초조했다. 이러다 진짜 대학을 못 갈수도 있겠구나 싶었다. 그러다 보니 공부의 필요성을 느꼈다.

나는 불같은 성격이라, 내가 필요로 하고 해야겠다고 다짐하면 앞뒤 재지 않고 달려든다. 그래서 나는 일단 반 1,2등에게 탐구영역을 어떻게 공부하는지 물어보기 시작했다. 친구들은 학원을 다니거나 과외를 하기도 했고, 인터넷 강의를 듣기도 했다. 당시 나는 통학하는 시간이 꽤 길었기에 최대한 시간을 줄이고자 인터넷 강의를 선택했다. 다들 알다시피 인터넷으로 강의를 듣는다는 것은 생각보다 쉽지 않은 일이다.

누군가 통제를 해 주지도 않고 나의 스케줄을 챙겨주지 않기 때문에 철저히 내가 알아서 공부해야 했다. 가장 먼저 인터넷 강의를 볼 시간과 분량을 정했다. 내 목표는 다음 모의고사까지 18점짜리 탐구 과목의 점수를 40점으로 올리는 것이었다. 모의고사 시험 범위를 확인 후 나는 남은 시간에 맞게 계획을 세워 강의를 듣기 시작했다. 처음엔 무슨 말인지 당최 알아들을 수가 없었다. 기초 지식이 없었기 때문이다.

그래서 나는 같은 강의를 2번씩 듣기로 했다. 그러다 보니 시간이 두 배로 걸렸다. 하지만 포기하지 않았다. 두 번을 반복하여 들어도 어려웠던 터라 자습 시간이나 자투리 시간에 틈만 나면 책을 들여다보았다. 전교 5등인 친구가 그랬던 것처럼 나는 쉬는 시간을 활용하기로 했다. 해당 교시의 수업이 끝나고 나면 바로 문제집을 꺼내어 풀어보고 틀린 문제까지 확인했다. 처음에는 낯선 듯하더니 점점 익숙해졌다. 공부라는 것이 그렇다. 계속하다 보면 금방 요령이 생긴다. 때문에 '꾸준함'이 가장 중요하다.

그리고 그 꾸준한 반복이 바로 공부습관이다. 이러한 사실을 고3이 아닌 중3 때 알았으면 얼마나 좋았을까. 후회한들 소용없었다. 빠르게 체념했다. 쉬는 시간 10분을 잘 활용하면 문제집의 소단원 1개를 풀고 채점까지도 가능했다. 그래서 각 쉬는 시간별로 풀어야 할 문제집을 정해놓고 책상에 붙여놓았다. 그전까지는 쉬는 시간만 되면 친구들과 이야기를 나누거나 매점에 뛰어가곤 했다. 그런데 막상 공부를 하기로 마음을 먹으니 화장실 가는 시간도 아깝게 느껴졌다. 사람은 적응의 동물이라는 말을 실감하는 순간이었다. 그리고 또 하나. 역시 공부를 잘하는 아이들은 똑 소리 나게 공부하고 있다는 사실도 새삼 느꼈다.

조퇴를 하는 바람에 필기를 못한 경우엔 전교 2등과 5등 친구들의 책을 빌려 보곤 했다. 요약정리 학원이라도 다니는 것은 아닐까 하는 생각이 들었다. 그만큼 알아보기 쉽게 정리가 잘되어 있었다. '괜히 1 등이 아니구나.' 하는 생각이 들었다. 나도 나름 정리 좀 하는 학생이었지만 비교가 되지 않았다. 가끔 친구의 책을 빌려 필기를 하면서 나는 그 친구의 필기법을 나름대로 분석했다.

그리고 필요한 부분은 내게 맞게끔 적용했다. 일종의 벤치마킹이었던 것이다. 그랬더니 훨씬 눈에 잘 들어오고 암기하기도 쉬웠다. 그렇게 나는 공부가 습관이 되어가고 있었다. 그동안 며칠 반짝 밤새워하던 벼락치기가 얼마나 무모한 일인지 스스로 반성하며 말이다.

그리고 얼마 후 모의고사를 치렀다. 18점의 대 굴욕을 안겨준 탐구

영역의 점수가 가장 관건이었다. 충격과 동시에 나름의 최선을 다했기에 기대가 컸다. 다행히 시험 결과는 내가 목표했던 40점을 뛰어넘는 점수를 받게 되었다. '됐다! 내가 해냈다!'하는 안도의 마음과 함께 앞으로도 할 수 있겠다는 희망이 샘솟았다. "똑" 소리 나게 공부했더니 성적도 눈에 띄게 달라짐을 직접 경험했다. 목표치를 이뤄 냄으로써 공부법의 효과를 증명한 것이었다. 나는 그 기쁨을 놓치고 싶지 않았다. 내게 확실한 동기부여가 된 시점이었다.

이제 공부 방법의 기초를 알았으니 응용이 필요했다. 그래서 나는 반 1등인 친구에게 가서 물었다. 모의고사 공부 외에 무엇을 더 해야 하는지 조언을 구했다. 그 친구는 꽤 많은 양의 독서를 하고 있었다. 더불어 신문 사설들을 요약하고 정리하며 논술시험도 준비하고 있었다. 발끝만 보고 사는 나와는 확실히 달랐다.

친구는 나보다 한 발 아니 다섯 발자국 앞서 미래를 생각하고 대비하고 있었다. 친구임에도 불구하고 참 대단하단 생각에 존경심마저 들었다. 역시 1등은 공부도 참 똑똑하게 해나가고 있었다. 조금 늦은 출발을 한 나였지만, 많은 실패 끝에 그만큼 똑똑하게 공부를 해나가기 시작했다.

07

'막'하는 공부는
열등감을 낳는다

중학교 1학년 때의 일이다. 시험이 얼마 남지 않았는데 해놓은 공부라곤 아무것도 없었다. 물론 머리로는 공부를 해야 한다는 걸 누구보다 잘 알고 있었다. 하지만 실감 나지 않았다. 난 초등학교를 갓 졸업한 새내기였기에. '중간고사'라는 말도 낯설었고 OMR 카드도 낯설었다. 모든 게 서툴렀던 그때의 나는 시험이라는 것에 대해서도 아무 생각이 없었다. 어떻게 공부를 해야 하는지 전혀 감도 안 잡혔다. 초등학생 때와는 달리 배우는 과목의 수는 너무 많았다. 선생님들도 모두 새로웠고 적응하는 것만으로도 정신이 없었다. 시험이 매우 중요하다고 강조하시는 선생님들 덕에 부담감은 배로 늘어났다.

상황은 학원에서도 마찬가지였다. 당시 나는 영, 수 전문학원을 다니고 있었다. 전문과목만 공부하다 중학교에 입학하니 새로운 과목이 쏟아져 나왔다. 기술가정과 같은 과목들은 이름부터 낯선 존재였다.

그렇게 정신없던 와중에 학원에서 시험 대비 암기과목 수업을 해준다는 이야기를 들었다. 다행이었다. 막막하던 차에 그나마 빛이 보이는 듯했다. 시험이 다가오자 학원에서는 중간고사 대비 교재를 주고 시험대비 공부를 시켰다. 나는 시키는 대로 했다. 막막했던 공부가 순조롭게 진행되는 듯했다. 그런데 숨은 복병이 나타났다. 바로 한국사라는 과목이었다. 일단 책이 너무 두꺼워 거부감이 컸던 과목이다. 게다가 내용도 너무 많았다. 시험 범위도 타 과목에 비해 꽤 많았다. 아무리 학원에서 공부를 시켜도 연도와 왕의 이름이 미치도록 안 외워졌다. 쪽지시험도 매번 꼴찌였다. 그러자 이런 생각이 들기 시작했다.

'나는 진짜 바보인 걸까.'

한국사 때문에 학원에서는 공개적으로 망신을 당하기 일쑤였다. 안 그래도 어려워했던 과목이었는데 망신까지 당하고 나니 자존심이 상했다. 창피했고 의욕도 사라졌다. 그래서 나는 반에서 한국사를 제일 잘하는 친구를 찾아갔다.

"넌 한국사 공부 어떻게 하니?"

"나? 그냥 사극도 보고하니까 자연스레 외워지던데."

'헉'소리가 났다. 그 많은 내용들이 그냥 외워진다니. 내겐 상상할 수도 없는 일이었다. 그렇게 발만 동동 구르고 있던 차에 다른 친구 한 명이 내게 말했다. 자신의 오빠가 역사를 진짜 잘한다고 말이다. 그래서 대체 어떻게 공부를 하기에 역사를 그렇게 잘하냐고 되물었다. 친구가 말해준 방법은 시험 한 달 전부터 한국사 교과서를 똑같이 베껴 쓴다는 것이었다. 내겐 시간이 없었다. 일주일도 채 남지 않았는데 한국사만 붙잡고 공부할 수는 없는 노릇이었다. 다른 방법들이 없는지

수소문을 했다. 하지만 하나같이 그냥 공부한다는 말뿐이었고, 나는 또다시 좌절했다.

결국 나는 친구 오빠가 한다는 방법으로 공부를 하기로 했다. 선택의 여지가 없었다. 첫 장부터 하나도 빠짐없이 빈 종이에 옮겨 적었다. 말 그대로 옮겨 적기만 했다. 머릿속에 남는 내용은 하나도 없었다. 몇 시간씩 옮겨 적는 데에만 초점을 맞추다 보니 당최 다른 공부는 할 수가 없었다. 그래도 이렇게 해서 역사는 전교 1등이라고 하니 중간에 그만 둘 수도 없었다. 손에 물집이 잡힐 정도로 베껴 썼는데 그만두면 내 노력이 너무 아깝지 않은가. '기왕 시작한 거 끝까지 해보자'라는 오기로 시험 범위까지 모두 옮겨 적었다. 빼곡하게 채워진 A4 용지를 보고 있자니 도대체 무엇이 무엇인지 도통 정리가 되지 않았다.

몇 년도에 무슨 사건이 있었는지 어떤 왕이 통치하고 있었는지는 물론이고 역사의 흐름을 전혀 알 수가 없었다. 뒤죽박죽 엉켜버린 기억에 머리가 터질 것만 같았다. 그렇게 나는 중간고사를 보게 되었다. 시험지를 받았을 때의 나의 기분은 이랬다.

'하, 이게 다 뭔 소리야! 망했다!'

제일 많은 시간을 쏟았던 과목이었기에 더 화가 났다. 매일 4~5시간씩 책을 베끼며 나름 노력했다고 생각했다. 그렇게 공부하면 되는 줄 알았으니까. 그런데 결과는 참담했다. 첫 시험임에도 다른 과목은 80~90점대 후반이었다. 하지만 역사는 70점대였다. 처음엔 점수가 잘못된 줄 알았다. 믿기지 않았다. 아니 받아들이기 싫었다.

문제는 이게 끝이 아니었다. 시험이 끝나고 학원에 가니 사회 선생님이 나를 기다리고 있었다. 기억 속의 사회 선생님은 푸근한 타입의 여자 선생이셨다. 유머감각도 있으셨고 잘 가르치셨기에 좋은 선생님이라 생각했다. 내가 이 엄청난 성적을 받아오기 전까진. 나의 점수를 들으시더니 갑자기 표정이 확 바뀌셨다. 처음엔 이유를 몰랐다. 그 시험이 끝나고 학원이 확장되며 사회 과목이 정규수업으로 자리 잡았다. 그 선생님과 일주일에 두 번씩 만나야 했다. 한국사에 충격이 가시지 않았던 내게, 이어지는 한국사와 사회 수업은 쉽지 않았다. 그래도 열심히 들었다. 그런데 수업 때마다 선생님께서 가자미눈으로 나를 흘겨보기 시작했다. 가뜩이나 속상한 내게 그 눈빛은 큰 상처였다.

열심히 가르쳐주신 선생님께 죄송한 마음이 들었다. 그래서 기말고사에선 꼭 만회해야겠다고 다짐했다. 어려웠지만 다시 한국사를 공부했다. 중간고사를 봤을 때와 같은 방법으로 말이다. 한 달이라는 시간이 있었기 때문에 친구 오빠가 했던 공부법을 시도하면 가능하리란 희망이 있었다. 매일 빠지지 않고 한국사 교과서를 옮겨 적었다. 이해가 되든지 안 되든지 무작정 적기 시작했다. 그렇게 다 적고 나니 '와! 끝냈다'라는 마음만 남았다. 기대했던 결과가 아니었다.

분명 이렇게 하면 온통 한국사에 대한 내용으로 가득할 것 같았던 내 머릿속은 텅 비어있었다. 한 번으로는 부족한가 싶어 한 번을 더 쓰기 시작했다.

'이번엔 다르겠지?'

이게 웬걸! 달라지는 거라곤 아무것도 없었다. 난 그저 잉크와 종이만 낭비했던 것이다. 시험이 일주일 남았고 마음이 급해진 나는 눈에 보이는 대로 외우기 시작했다. 그런데 이렇게 공부해도 정말 아무 소용이 없었다. 불안감만 증폭될 뿐이었다.

자꾸만 나를 바라보던 선생님의 시선이 떠올랐다. 한국사 책을 펼때마다 손이 떨렸다. 잘해야겠다는 생각만이 가득했다. 스트레스가 커지다 보니 건망증이 심해지기 시작했다. 분명 외웠던 부분도 자꾸 잊어버렸다. 말 그대로 머릿속이 백지장 같았다. 나는 책장을 넘길 수가 없었다.

한 달 정도 나름 최선을 다했지만 기말고사 성적은 나아지지 않았다. 가채점을 마친 시험지를 들고 펑펑 울었다. 나는 공부를 해도 안된다고 생각했다. 스스로가 너무 못나 보였다. 다음 시험을 볼 힘도 없었다. 공부든 시험이든 모두 그만두고 싶을 정도로 괴로웠다. '한국사'라는 말만 들어도 심장이 뛰었다. 그 영향은 고등학교 때까지 이어졌다. 이런 일들이 내게는 트라우마로 남았다. 고작 중1밖에 안되던 나는 '노력해도 안 되는구나.'하고 생각했다. 그 뒤로 나는 의기소침해졌다. 자존감은 바닥을 쳤다.

그래서 발표를 시키거나 남들 앞에 서야 하는 상황이 다가오면 심장이 터질 것 같았다. 눈물이 핑 돌 정도로 긴장하고 겁을 냈다. 사춘기를 겪던 예민한 중학생에게 낮은 자존감은 결국 열등감을 선물했다. 활기찼던 나는 사라졌다. 공부가 너무 싫어졌다. 공부를 잘해야 하는 세상이 원망스러웠다. 그렇게 나의 모든 것이 부정으로 물들기 시작했다. '못'한다는 말이 너무 듣기 싫었다. 조금만 나에 대해 안 좋은 이야기가 들리면 과도하게 예민한 반응을 보였다. 스스로를 지키기 위한 방어기제로 과민반응이 나타나기 시작한 것이다.

자존감이 떨어지면 모든 것에 대해 열등의식이 생긴다. 외모, 키, 성적 등등. 내가 보는 세상은 모두 흙빛이었다. 아무리 예쁘게 보고 싶어도 빛나게 보이지 않았다. 친구들은 다 공부를 잘하는데 나는 이게 뭘까 싶었다. 잘하는 것이라곤 하나도 없다고 느껴졌고 그렇게 생각했다. 내 머릿속은 온통 부정적인 생각으로 가득했다. 심지어 누군가 칭찬을 해주는 것도 부담스러웠고 받아들이지 못했다. 점점 나는 스스로를 어둠 속에 가두기 시작했다.

이런 고민을 혼자 끌어안고 지냈다. 누구에게 말이라도 했으면 조금은 나았을 것을. 내 문제이기에 스스로 해결해야 한다고 생각했다. 부모님께도 말하고 싶지 않았다. 왠지 모르게 창피했고 죄송했다. 결국 이런 열등의식이 쌓이고 쌓이다 보니 나는 그 스트레스를 다 집에서 풀었다. 짜증을 내고 소리를 지르며 답답한 마음을 풀어냈다. 엉엉 울기도 하면서 스스로를 달랬다. 방향도 없이 '막'하던 공부가 이렇게까지 나를 힘들게 할 줄은 꿈에도 몰랐다. 모든 게 싫었다. 작고 여린 내 어깨 위에 공부라는 큰 짐이 지워진 기분이었다.

긴 어둠의 터널은 끝나지 않을 것 같았다. 그 이후 스트레스로 인해 몸이 자주 아팠다. 그러다 보니 학원을 빠지는 일이 잦았다. 결국 난 그 학원을 그만뒀다. 그동안의 부담감에서 해방되었다. 스트레스를 덜 받으니 키도 쑥쑥 자랐다. 하지만 학원을 그만두었다고 해서 공부를 하지 않을 수는 없는 노릇이었다. 그제서야 내 방식대로의 공부가 무엇인지에 대해 처음으로 고민하기 시작했다.

08

사소한 차이가
1등을 만든다

전에 이런 이야기를 들은 적이 있다. 내용은 이렇다. 천재들과 일반 학생들의 차이점을 관찰하기 위해 간단한 실험을 하였다고 한다. 똑같은 나이의 학생들에게 똑같은 문제를 나누어 준다. 그리고 한 팀은 소위 말하는 '천재', 나머지 한 팀은 '일반'학생으로 분리시켜 문제를 풀도록 했다. 결과는 흥미로웠다. '천재'팀과 '일반학생'팀의 정답률은 비슷했다. 주어진 문제가 어려웠던 건 두 팀 모두 마찬가지였다. 그런데 특이점을 발견했다. 실험은 두 팀 모두 동일한 조건이었지만 '일반학생'팀의 아이들은 실험을 시작한 지 30분 정도가 지나자 모두 포기했다. 그러나 '천재'팀의 학생들은 실험이 종료될 때까지 한 명도 시험지를 손에서 놓지 않았다고 한다. 어떤 차이인지 느껴지는가?

'천재와 바보는 한 끗 차이다.'라는 말이 있다. 이 실험에서도 알 수 있듯이 모르면 끝까지 알고자 하는 그 강한 의지와 끈기가 천재를 만들어 내는 것이다. 때문에 뛰어나게 머리가 좋지 않아도 누구나 1등을 할 수 있다. 끝까지 해낼 의지와 꾸준함만 있다면 말이다. 우리가 1등을 하지 못했던 이유는 몇 번 시도하다가 결과가 눈에 보이지 않으면 금방 포기했기 때문이다. '내가 이렇게 열심히 노력했는데 결과는 이게 뭐야.' 자책하며 결국 포기한다. 어쩌면 딱 한 번만 더 시도했더라면 성공적인 결과를 이루어낼 수 있었을지도 모른다.

물은 99°에서는 절대 끓지 않는다. 사소한 1°의 차이가 결과적으로 엄청난 차이를 만드는 것이다. 1°를 견디는 데는 보통 이상의 노력과 의지가 필요하지만 다른 사람들도 했는데 나라고 못할 일이 뭐가 있겠는가. 문제를 바라보는 시각을 바꾸면 공부를 하기가 한결 수월해진다.

자존감이 바닥까지 떨어진 나는 다시 공부를 하기가 두려워졌다. '다시 해봐도 안 되면 어쩌지?'하는 생각 때문이었다. 한참을 고민한 끝에 내가 못하는 것보다 잘하는 것에 집중하기로 생각을 바꿨다. 당시 나는 영어와 수학을 굉장히 좋아했었다. 영어는 어릴 때부터 놀이나 수업을 통해 흥미를 가지고 있었다. 물론 지금은 보디랭귀지로 살아가는 처지이지만 말이다. 그리고 그 당시 내 눈엔 어려운 문제를 척척 풀어내는 수학 선생님이 굉장히 멋있어 보였다. 그래서 공부를 열심히 해서 예쁨을 받고 싶었다. 무언가 목표가 생기니 조금씩 두려움이 사라졌다. 게다가 2학기가 되니 한국사를 배우지 않고 사회를 배웠기에 '한국사'라는 과목에 대한 부담이 줄어들었다.

당시 학원을 다니고 있지 않았던 나는 스스로 공부해야 했다. 처음으로 자기 주도적으로 공부를 해야 하는 상황이었다. 일단 영어 교과서를 폈다. 학원에서 공부했던 방법을 떠올려봤다. 영어 단어와 본문을 외운 후 문제를 풀었던 방법을 적용하기로 했다. 하루에 영어 교과서 본문을 1과씩 외우고, 학교에서 선생님이 필기해주신 내용을 자습서에 적기 시작했다. 다른 과목은 몰라도 수학과 영어는 하루도 빠지지 않고 공부하기로 마음먹었기에 매일 한두 시간씩 책상 앞에 앉았다.

생각보다 혼자 공부하는 것이 쉬운 것은 아니었다. 꾸준함도 꾸준함이지만 내가 올바르게 공부하고 있는지 점검하기가 어려웠다. 게다가 '내가 혼자 해낼 수 있을까?' 하는 생각이 스멀스멀 스며들었다. 그럴 때마다 '나는 할 수 있다!'를 외쳤다. 우습게 들릴지 모르겠지만 이러한 사소한 긍정의 힘은 결정적인 순간에 큰 힘을 발휘한다. 나는 매일 아침 등교를 하기 전에 거울에 비친 나를 바라보았다. 그리고 나의 눈을 바라보며 '나는 할 수 있다! 나는 할 수 있다!'를 10번씩 외쳤다.

그럴 때마다 신기하게도 정말 힘이 솟아나는 기분이었다. 바닥까지 떨어졌던 자신감이 조금씩 차오르기 시작했다. 학교가 끝나고 오면 매일 한두 시간을 그렇게 스스로 공부했다. 수학 문제를 풀다가 보면 잘 안 풀리는 문제들이 생겼다. 그럴 땐 일어나서도 생각하고 누워서도 생각했다. '경직된 행동은 경직된 사고를 낳는다.'는 말을 떠올렸다. 그래서 공부가 안 될 때는 공부환경을 바꿨다. 그러면 안 보이던 문제들이 술술 풀렸다. 많은 시간을 공부하진 않았지만 '나는 매일 꾸준하게 공부하기'를 실천했다. '교과서 처음부터 끝까지 3번씩 풀기!' 처럼 스스로 규칙을 정하고 실행했다.

부담 없이 공부하다 보니 오히려 공부의 능률이 오르는 기분이었다. 나는 이렇게 모든 과목을 각각의 규칙을 정하여 공부하기 시작했다. 아마 사력을 다했던 대학교 때의 공부법은 이때의 영향을 받은 듯하다. 내가 기억하진 못했어도 몸에 익혀놓았기에 자연스레 녹아들었는지도 모르겠다. 그렇게 한 달 반 정도를 꾸준히 공부했다. 나와의 약속을 지키면서. 그리고 어김없이 2학기 중간고사가 다가왔다. 드디어 내가 공부한 결과를 확인받을 수 있는 기회였다. 생각보다 기대되는 시험이었다. 하지만 한편으로는 걱정도 됐다. 혼자 공부했기에 부족한 부분이 많았을 거라 생각했기 때문이다.

대망의 중간고사를 무사히 마쳤다. 시험을 보는 기간에는 심장이 떨려서 채점을 할 수 없었다. 기대하는 만큼 실망할까 두려웠기 때문이다. 그래서 모든 시험을 마치고 난 뒤에 한꺼번에 채점을 했다. 결과는 어땠을까. 채점을 마친 나는 소리를 질렀다. 왜냐고? 생각하던 것 이상으로 결과는 만족스러웠다. 부모님께서도 크게 기대를 안 하고 계셨기에 80점대 이상만 받으면 잘한 것이라 생각했다. 그런데 영어와 수학이 100점이 나온 것이 아닌가!

다른 과목들 역시 80점대 후반이나 90점대로 다 높은 성적이었다. 어둡고 긴 터널을 빠져나온 기분이었다. 특별할 것도 없는 공부였지만 엄청난 결과를 얻었고, 나는 행복했다. 그동안의 설움이 한 번에 씻겨 내려갔다. '나는 역시 노력해도 안 돼.'라고 자책을 일삼았던 나였다. 그런데 이제는 '나도 할 수 있다!'라고 바뀐 것이다. 물론 공부에서 성적이 전부는 아니다. 하지만 혼자 공부하며 나를 시험할 수 있는 방법은 성적이었다. 더 놀라운 것은 얼마 지나지 않아 학교에서 상장을 받아온 것이다. 무려 '성적우수상'을 말이다.

그것도 한 과목이 아니었다. 6과목 정도의 성적우수상을 받았다. 시험을 봤던 과목은 9~10개 정도였으니 엄청난 일이 아닌가! 나는 뛸 듯이 기뻤다. 학교를 마치자마자 상장을 들고는 집으로 뛰어 들어갔다.

"엄마!! 엄마!! 나 상장 받았어요!!!"

동네가 떠나가라 엄마를 찾았다. 나의 상장을 보신 어머니께서는 매우 좋아하셨다. 그리고 잘했다며 나를 토닥여주셨다.

만약 내가 그때 성적의 변화를 맛보지 못했다면 어땠을까 생각했다. 아마 역시나 나는 안 된다며 포기하고 방황했을 것이다. 그리고 지금의 나는 없었을 것이다. 사소하게 만들어 놓은 스스로와의 약속과 공부습관이 결과를 180° 바꾸어 놓은 것이다. 생각해보라. 매일 빠짐없이 하는 하루 한 시간의 공부가 그리 거창한 습관은 아니다. 사실 아주 사소한 것이다. 한 시간이면 소설책을 반도 못 읽지만, 이 시간들이 매일 모이면 엄청난 효과를 낸다.

코끼리를 먹는 방법에 대해 알고 있는가? 그 방법은 '한 번에 한 입씩 먹는다.'라고 한다. 처음에는 그 큰 코끼리를 어떻게 먹느냐고 반문할 것이다. 그러나 정답을 듣고 나면 모두들 고개를 끄덕인다. 어려울 것 같은 일도 차근차근 한 번에 하나씩 해내면 가능하다는 것이다. 사소해 보이는 하나의 습관이 이렇게 큰 결과를 불러온다. 여러분은 어떤 습관을 가지고 있는지 생각해보자. 혹시 내가 가진 습관은 너무 사소한 것이라 창피하다며 금방 포기하거나 잊고 살지는 않는가?

처음부터 대단한 사람은 없다. 우리가 황금을 얻기 위해선 그에 따른 노력이 필요하다. 단지 그 노력들이 굳이 거창하거나 대단하지 않아도 된다는 것을 기억하자. 조금씩이라도 매일 꾸준히 해나가면 우리도 성공을 거머쥘 수 있다. 공부에서도 예외는 아니다. 하루 한 시간 혹은 하루 10분이라도 꾸준하게 실행한다면 반드시 목표 점수를 이룰 수 있다.

2 장

누구나 공부습관을 기르면
공신이 된다

01

공신이 되고 싶다면
공부 습관부터 바로잡자

흔히 사람들은 공부를 잘하기 위해서는 머리가 좋아야 한다고 생각한다. 그런데 머리만 좋다고 해서 과연 공부를 잘할까. 좋은 머리를 제대로 활용하지 못하면 결코 공신이 될 수 없다. 심지어 '천재'라고 부르는 사람들도 성공을 위해서 꾸준한 노력을 했다. 가지고 있는 기질이 남들보다 유리했기에 일반적인 사람들보다 속도가 빨랐을 뿐이다. '그 사람이야 머리가 좋으니까 당연히 공부를 잘했지'라고 판단하는 것은 명백한 일반화의 오류이다.

내가 가르치는 학생들 중에서도 이런 경우들이 많기 때문이다. 특히 중·고등부 아이들과 수업을 하다 보면 이런 부류의 학생들이 꼭 한 명씩은 있다. 설명을 해주거나 문제를 풀려보면 이해력도 좋고 응용력도 좋다는 걸 느낀다. 그런데 정말 노력을 전혀 안 한다. 조금만 공부를 하면 좋은 성과를 얻을 수 있는 게 분명함에도 그 '조금만'이 실행이 안 된다. 물론 스스로 머리가 좋다는 걸 인지하고 있는 경우가 특히 더 그렇다. 마음먹고 공부를 하면 얼마든지 할 수 있다고 생각하기 때문이다.

그런데 그런 경우는 생각보다 드물다. 그저 평균 이상 정도를 유지할 뿐이다. 그 정도에 만족하고 공부를 습관화하지 않으면 결국 그마저도 오래가지 못한다. 정말 뛰어난 학생이 아니고서야. 이런 결과를 예측하면서도 우리가 꾸준히 공부를 하지 못하는 것 역시 습관의 차이다.

많은 학생들에게 공부를 하라고 하면 그저 마지못해 숙제를 하는 것이 전부다. 숙제가 공부라고 생각하기 때문이다. 물론 숙제는 그날의 수업내용을 정리하는 일종의 도구이다. 하지만 대부분은 숙제를 매일 나누어 하는 것이 아니라 한꺼번에 몰아서 한다. 그러다 보니 자꾸 하기 싫어지고 미루게 된다. 결국은 일정한 과제량을 다 못하거나, 혹은 배운 내용이지만 생각이 나질 않아서 못했다고 한다. 어른들 입장에서 보면 이틀 전에 배운 내용이 왜 기억이 나질 않느냐고 따져 물을 것이다. 하지만 그럴 수밖에 없다. 인간은 '망각의 동물'이기 때문이다.

오늘 배운 내용을 다시 읽어보거나 공부하지 않으면 다음날 내 머릿속에는 그 지식에 대해 30%밖에 남지 않는다. 조금 더 극단적으로 말하자면 수업이 끝난 후 10분이 지나면 이미 우리 머릿속은 망각이 진행된다. 때문에 선생님들이 그렇게 '복습'을 강조하는 것이다.

더도 말고 덜도 말고 매 수업이 끝나고 10분, 아니 5분만 활용해도 기억의 70%가 사라지는 일을 막을 수 있다. 별것 아닌 일 같지만 이런 공부습관을 조금만 바꾸어도 성적은 눈에 띄게 달라진다는 사실을 대부분 모르고 있다. 그저 어떻게든 남과 비교하여 자신이 안 되는 이유만 찾고 있다. 그런데 생각보다 우리는 대단한 존재라는 걸 <u>스스로</u> 인정했으면 좋겠다.

　나는 이러한 이야기를 실제 수업 중에 많이 해주는 편이다. 왜냐하면 이 모든 것이 내가 겪었던 일이기 때문이다. 정말 징그러울 정도로 공부를 안 하기도 했고, 지독할 정도로 공부에 미쳐보기도 했다. 두 경우를 모두 겪어본 사람이다. 보통 수학학원 부원장이라고 하면 어릴 때부터 공부에만 집중하고 몰입했던 사람이라고 생각한다. 물론 나도 그런 이야기를 많이 듣는다. 하지만 나는 노는 걸 무척 좋아했던 학생이다. 기대했던 모범생이 아니라 실망했다면 죄송하다는 말을 전하고 싶다.

　다시 본론으로 돌아오자. 열심히 놀았던 내가 학과 수석을 했다면 여러분은 당연히 할 수 있다. 아니, 더 잘 해낼 것이다. 1등은 붙박이가 아니니까 언제든 여러분이 주인공이 될 수 있다. 다만 단박에 빠른 변화를 원한다면 쉽지 않을 수 있다. 왜 꼭 빠른 변화가 필요한가? 급할수록 돌아가라고 했다. 조급해하지 말자. 습관이라고 하는 것은 최소 21일의 적응기를 거친다. 그러니 내가 공부 습관을 바꾸고 제대로 공부한 지 3일쯤 지나서 결과가 안 나온다고 떼쓰지 말자. 무엇이든 인내의 시간이 필요한 것이다.

　그리고 지금 당장 1등이 아니라고 해서, 잘하지 못한다고 해서 포기할 생각도 도망칠 생각도 하지 말자. 잘하는 것보다 꾸준하게 하는 사람이 최후의 승자가 된다는 사실도 꼭 기억하길 당부한다. 나의 경우는 전자에 해당됐다. '지금 나는 1등이 아니고 공부를 꾸준히 한 것도 아닌데 과연 가능할까?' 의심하고 또 의심했다. 그러나 단연코 이렇게 걱정하고 의심한다고 해서 갑자기 내가 1등을 하는 것은 아니다. 그 시간에 차라리 내가 어떤 공부습관을 길러야 할지 고민하는 편이 더 현실적이다.

혹시 생각이 많은 편인가? '내가 잘할 수 있을까? 못 지키면 어쩌지?' 이런 생각들이 물밀 듯이 밀려온다면 지금 당장 펜과 종이를 꺼내자. 그리고 내 목표 점수, 혹은 내가 할 수 있을 만큼의 공부 분량을 적어보자. 하루에 문제집 2장 풀기와 같이 단순하고 간결하게. 눈에 보이지 않는 걱정을 하기보단 내가 할 수 있는 것들을 시각화하자. 생각이란 것은 끝이 없어서 하면 할수록 더 복잡해진다. 그럴 땐 적절하게 끊어주는 것도 내 의지를 유지하는 데 도움이 된다. 이 역시 내 머릿속이 복잡해지면 실행하던 방법이다. 나는 지금도 마찬가지로 머릿속이 생각들로 가득 차면 펜을 꺼내서 종이에 적어본다. 그러면 어렵고 무서울 것 같은 일들이 생각보다 가볍게 보인다.

나를 힘들게 하는 생각들을 물리치는 방법! 이 역시 공부 습관 중 하나이다. 공부습관이라고 해서 공부만 하는 것이란 고정관념은 넣어두자. 마음이 건강하고 생각이 맑아야 공부도 잘 된다. 내가 정한 일일 공부 분량을 항상 눈에 보이는 곳에 두자. 그리고 하나씩 해나갈 때마다 빨간펜으로 쭉 지워나가면 된다. 하나씩 목표량을 해치워나갈 때마다 생각지도 못한 성취감을 얻게 된다. 더구나 나처럼 단순한 사람이라면 그 성취감을 맛본 후 더 신이 나서 공부하게 될 것이다. 아주 작은 일이라도, 내가 해냈다는 사실이 나를 움직이는 힘이 되기 때문이다.

하루, 이틀이 지나고 일주일이 지나면 스스로가 굉장히 뿌듯해진다. 공부 분량이 얼마든 관계없다. 내가 일주일 동안 하루도 빠지지 않고 공부했다는 것이 중요하다. 그에 대한 만족감 역시 굉장히 클 것이다. 그러면 또 일주일을 꾸준히 공부할 힘을 얻게 된다. 2주 정도 매일 빠짐없이 공부하며 책상에 앉는 것과 책을 보는 것이 익숙해졌다면 공부 분량을 늘리면 된다. 갑자기 2배로 늘린다거나 하는 욕심을 과감히 버리자. 지금 정한 양에서 딱 2장 정도만 늘리면 된다. 공부시간도 더도 덜도 말고 30분만 늘리자. 차근차근 단계별로 늘려가는 것이 핵심이다. 점진적으로 계획했던 목표를 늘려나가면, 한 달 뒤에는 생각했던 것보다 많은 것들을 얻게 된다.

1년이 지나도 문제집 한 권을 다 못 풀던 내가 문제집을 다 풀었을 수도 있다. 어떤 학생은 책상에 10분도 채 못 앉아있었지만, 이제는 한 시간 정도 공부하는 것은 가벼운 일상이 되는 것이다. 말 그대로 일상이 되면, 공부를 해야 한다는 부담이 사라진다. 놀랍지 않은가? 그냥 저절로 공부를 하게 되는 것이다. 마치 우리가 배가 고프면 밥을 먹듯이. 자연스럽게. 이것이 바로 습관의 힘이다. 작은 습관이라도 꾸준하게 하다 보면 스스로가 원하는 좋은 방향으로 바뀌게 된다.

내 공부습관 중 하나는 아침에 눈을 뜨자마자 책상에 앉아 책을 펴는 것이었다. 처음엔 일어나는 것조차 힘겨웠다. 늦은 시간까지 공부를 했기 때문에 특히 더 그랬다. 알람 소리가 들리면 천 근 같이 무거운 눈꺼풀을 들어 올리기가 여간 힘든 일이 아니었다. 눈을 떠도 책상까지 움직이는 게 생각보다 쉽지 않았다. '5분만 더 잘까'하는 생각이 나를 유혹하기 때문이다. 그런데 이런 습관이 익숙해지면 눈뜨자마자 책상 앞에 앉아있는 나를 발견하게 된다.

그때부턴 공부도 일상이 되는 것이다. 이렇게 꾸준히 공부 습관을 몸에 익혀두면 어떤 공부를 하든 간에 공부가 수월해진다. 자, 그럼 이제부터 공부와 친해져보자.

02

습관이 곧 성적이다

　나의 대학생활은 매우 즐거웠다. 1학년 때는 소위 '술독'에 빠져 살았다고 해도 과언이 아니다. 지금은 마시지 못하지만 그때는 정말 세상 술은 다 마신 것 같았다. 술보다는 그 분위기가 좋았다. 내가 좋아하는 사람들과 함께하는 그 시간을 즐겼다. 매일 같이. 대학에 들어가니 통제하는 사람도 없고, 마냥 신이 나서 매일 놀러 가는 기분으로 학교에 다녔다. 물론 그때는 강의가 재밌게 느껴지지 않았다. 매일 숙취로 괴로웠기 때문이다. 낮이든 밤이든 가리지 않았다. 시간이 나면 친구들로부터 연락이 왔다.

　"지금 xx 술집이니까 이리로 와!" 하면서 통학버스를 타고 집에 가려던 나를 붙들었다. "나 지금 버스 탔는데?"라는 나의 말은 전혀 개의치 않을 정도였다. 결국 정문을 나서던 버스를 세웠다. 버스 아저씨께 어찌나 혼이 났던지 아직도 그 날을 생각만 하면 아찔하다.

그렇게 열정적으로 놀다가 집에 들어가면 늦은 밤이 되었다. 입학 후 한동안은 자주 이런 생활이 반복되었다. 그럼에도 부모님께서 과연 아무 말씀 안하셨는지 궁금할 것이다. 놀랍게도 크게 혼내시거나 꾸짖지 않으셨다. 다만 약간의 잔소리를 듣는 정도였다. 난 성격상 해야 할 일이 있으면 일단 그건 하고 본다. 세상이 무너져도 말이다. 그런 내 성격을 잘 알고 계시다 보니 크게 혼내지 않으셨던 것이다. 대학에서 내가 해야 할 일은 일단 '출석과 과제'였다. 늦은 밤에 들어와도 심지어 잠을 못 자도 일단 학교에 갔다. 강의실 맨 뒤에 모자를 푹 눌러 쓰고서라도 말이다.

공부를 열심히 하지는 않았어도 할 일은 하고 놀자는 신념은 대학에서도 변하지 않았다. 그래서 해야 할 일은 꼭 제시간에 마쳤으며, 시험 기간엔 약간의 공부도 추가했다. 그런데 신기한 건 그렇게 놀던 내가 장학생이 되었다는 것이다. 우리 학교는 4단계의 성적 장학제도가 있었다. A~D 급까지 성적에 따라 장학금을 지급했다. A단계는 학과 수석 1명에게만 지급되는 장학금이었다. 당연히 A급 장학금을 받지는 못했다. 나는 D급 장학금을 받았다. 금액이 많지는 않았어도 장학금을 받았다는 사실에 부모님께서 좋아하셨다.

이렇게 놀았는데도 장학금을 주다냐며 반문하셨고 난 그저 웃었다. 이때까지만 해도 당연히 A급 장학금을 받으리라고는 전혀 생각하지 못했다. 그렇게 파란만장한 나의 대학교 1학년 생활은 끝이 났다. 새 학기가 시작되고 막상 정신을 차리고 보니 친구들은 벌써 취업이니 대학원이니 하며 미래를 준비하고 있었다. 매일 신나게 즐기기만 했던 나는 갑자기 걱정이 밀려왔다. '난 어떤 일을 해서 먹고살지?' 하며 불안감이 엄습했다. 일 년을 너무 놀아서인지 노는 것도 시들했다.

　이때다 싶어 공부를 하기로 마음먹었다. 사실 또 다른 결정적인 계기도 있었다. 그 당시 만나던 남자친구와 헤어지면서 문득 이런 생각이 들었다. 이별을 고한 것은 내 쪽이었지만 나중에 혹시나 길을 가다 마주쳤을 때 내가 진짜 멋있는 여자로 살고 있다는 것을 보여주고 싶었다. 그러기 위해서 당연히 공부가 필요했다. 좋은 곳에 취업을 하기 위해선 좋은 성적이 필요했기 때문이다.

　통학을 하던 나는 시간과 체력을 아끼기 위해 기숙사를 신청했다. 성적이 좋아야만 신청이 가능했지만 밑져야 본전이니 일단 시도했다. 운이 좋게도 나는 기숙사에 들어갈 수 있었다. 처음 해보는 단체생활이 부담스럽고 낯설게 느껴졌다. 그래서 기숙사에 입소한 후로 약 한 달 동안은 2시간도 제대로 잠들지 못했다. 예민한 성격 탓에 조금만 소리가 나면 깼기 때문이다. 그런 내가 공부를 하기 위해선 조용한 시간이 필요했다. 그래서 나는 새벽 시간에 공부를 하기로 마음먹은 것이다. 그리고 또 하나의 목표를 가졌다. '학과수석.' 그렇게 나는 목표를 향해 한 걸음씩 걸어 나가기 시작했다.

　기숙사는 밤 12시가 되면 통제실에서 모든 방의 불을 끄게 되어 있다. 4인실을 사용하던 나는 룸메이트들이 잠드는 새벽 2시부터 공부를 시작했다. 그전에 모든 과제들과 공부할 준비를 마쳤다. 잠이 부족한 날에는 미리 잠을 보충해두기도 했다. 그렇게 새벽에 주어지는 혼자만의 시간은 달콤했다. 캄캄한 방에 내 책상에 비추는 한 줄기 스탠드 조명이 나만을 위한 것 같아서 굉장히 기분이 좋았다. 책상엔 딱 필요한 책과 노트, 필기구만을 올려놓았다. 휴대폰과 노트북은 전원을 다 끈 상태로 눈에서 보이지 않게 치워뒀다. 그리고 가장 중요한 것, 거울도 책상에서 치웠다. 아무리 손대지 말아야지 하다가도 눈에 보이면 막상 만지게 되는 것이 사람 심리이다. 그래서 나는 아예 그런 요소를 전부 차단시켰다. '눈에서 멀어지면 마음에서 멀어진다.'는 말을 전자기기에 적용할 줄을 몰랐지만.

약 4시간 정도를 혼자 공부했다. 조용한 시간일지라도 완벽히 공부하기 위해 이어 플러그도 사용했다. 그리고 철저히 나만을 위한 공부에 집중했다. 매일 수업을 들은 내용을 정리했다. 복습인 것이다. 하루 3과목 정도의 강의가 있었다. 즉 매일 3과목을 복습한 것이다. 전공과목의 경우는 책을 보는 시간이 조금 길었다. 그래서 일단 독서를 하듯 빠르게 읽어나간 후 다시 노트에 정리를 하며 공부를 했다. 하루도 빠짐없이.

주말엔 기숙사에 외박이나 외출을 하는 경우가 많았다. 나는 대부분의 주말을 학교에서 보냈다. 집에 가면 집중하여 공부할 수 있는 시간이 얼마 없었기 때문이다. 그래서 '엄마, 저 오늘 시험공부 때문에 못 갈 것 같아요.' 라고 문자를 보냈다. 난생처음 딸을 출가시켜 본 부모님은 딸을 그리워했다. 그래서 내가 못 갈 것 같다는 문자를 보내면 많이 서운해하셨다. 말씀으로는 아니라고 하지만 느낄 수 있었다. 그런 부모님을 생각해서라도 열심히 공부해야 했다. '학과수석'이 되어 전액 장학금을 안겨드리고 싶었다. 조금 독하게 마음을 먹었다.

그러던 어느 날이었다. 전공 수업을 듣던 차에 PPT를 만들어 발표

하는 과제가 있었다. 그 당시 나는 PPT를 잘 다루지 못했다. 도서관에서 관련 책을 찾아 사용법을 익히고 과제를 하는데 꼬박 이틀하고도 반나절이 걸렸다. 먹지도 않았고 잠도 아껴가며 이틀 밤을 꼬박 새웠다. 강의를 듣고 난 모든 시간을 과제에 쏟아부었다. 그런데 그것이 화근이었다. 심혈을 기울여 과제를 완성하던 찰나에 컴퓨터에 오류가 난 것이다. 순간 온몸이 굳었다. 안 좋은 예감은 어쩜 그리도 잘 들어맞는 걸까. 먹는 시간과 자는 시간까지 다 포기하며 만든 나의 과제가 날아갔다. 흔적도 없이.

순간적으로 엄청난 스트레스를 받았다. 신경성 위염이 있던 내 위는 경련을 일으켰다. 엎친 데 덮친 격으로 편도선도 붓기 시작했다. 총체적 난국이었다. 갑자기 열이 39도가 넘게 올랐다. 기숙사에 있던 친한 언니가 날 부르러 왔다가 책상에 엎어진 나를 발견했다. 늘 책상 위에 올려져 있던 아스피린을 가져다 먹이고 응급처치를 했으나 상황은 악화됐다. 결국 구급차에 실려 갔다. 처음으로 마주한 응급실은 썩 좋지 않았다. 의사는 스트레스가 원인이라고 했다. 잠도 못 자고 먹지도 않아서 더욱 반응이 크게 온 거라며 수액을 맞고 돌아가라 했다.

하염없이 눈물이 흘렀다. 억울해서. 그런데 이미 상황은 돌이킬 수 없었다. 결국 나는 새벽 5시에 학교로 돌아가 처음부터 다시 과제를 해야 했다. 게다가 중간고사도 얼마 남지 않은 상황이었다. 4시간의 공부를 포기할 수는 없었다. 스스로에게 화도 나고 속상해서 처음엔 책이 눈에 들어오지 않았다. 그러나 확실히 매일 공부한 효과가 있었다. 조금 시간이 지나니 자연스레 공부에 익숙해지고 있었다.

한바탕 소동과 함께 과제를 마친 나는 숨 돌릴 틈도 없이 시험공부를 해야 했다. 응급실 사건 이후로 체력이 급격히 떨어졌지만 쉴 수 없었다. 하루 공부 목표치를 달성하는 게 힘에 부쳤다. 생각이 많아졌다. '그냥 자 버릴까.' 막상 쉬어야겠다고 마음먹어도 이미 꾸준히 몸에 익혀놓은 습관들은 어쩔 수 없었다. 나는 여느 때와 같이 책상에 앉았다. 그동안 공부한 내용을 가볍게 정리하는 식으로 공부했다. 그렇게 며칠 뒤 시험이 시작됐다.

대학의 시험은 고등학교 시험과는 전혀 다르다. 대부분 논술식 시험이기에 제대로 공부를 안 해 놓으면 세 줄도 못 쓰고 손을 놓게 된다. 그래서 더 철저하게 복습하고 정리하는 습관을 들이며 준비했다. 1학년 때는 3문제의 답지가 A3용지 한 장을 앞뒤로 모두 채우지 못했다. 때문에 모의고사 문제지 정도 크기의 큰 답안지는 휑했다.

그런데 다행히 이번엔 달랐다. 3문제에 관해 논술하는 것이었는데 종이가 부족했다. 조교 선생님께 추가 답안지를 받아 시험 시간을 꽉 채워서야 나는 시험장을 나올 수 있었다. 그리고 얼마 후 나는 등록금 고지서에 납부금액 '0'원이라는 선물을 받았다. 목표를 이룬 것이다. 단순한 것 같았던 나의 공부습관이 빛을 발하는 순간이었다.

03

작심삼일을 10번만 하면
평생습관이 된다

오늘도 여러분은 열심히 공부할 계획을 세웠을 것이다. 물론 어제도 그 전날도 마찬가지였을 것이다. 어떤가. 그 계획을 잘 지키고 있는가? 대부분의 학생들은 나에게 말한다.

"선생님 저 오늘 4시간 동안 공부했어요. 문제집도 10장이나 풀었어요."

자신들의 성과에 대해 자랑한다. 그런데 며칠이 지나고 다시 물어보면 전과는 전혀 다른 반응을 보인다. 그 중 하나가 '핑계'가 많아진다는 것이다. 어제는 피곤해서 못했고, 그 전날은 아파서 못했다는 둥 무언가를 했다는 말보다 못한 이유를 구구절절 늘어놓는다. 그렇게 합리화를 하고 위안을 삼다 보면 정확히 3일 만에 예전의 모습을 되찾는다. 그리고는 다시 계획을 세우기 시작한다. 실패한 계획을 만회하기 위해서 더 거창하고 무리하게 말이다.

사실 이러한 이유 때문에 실패를 반복하는 것이다. 이미 지나간 계획을 마음에 두어서는 안 된다. 그것에 얽매이기 시작하면 악순환이 시작되기 때문이다. '더 잘해야 해, 더 많이 공부해야 해'라는 생각이 결국 나를 망친다. 꾸준히 매일 계획을 실천하기 위해서는 욕심을 버려야 한다. 공부의 양보다는 질적인 부분에 초점을 맞춰야 한다. 예를 들어 '문제집 10장 풀기'보다는 '오늘 틀린 5문제 완벽하게 숙지하기'와 같은 것이 더 좋은 공부 계획이다. 무작정 많이 하려고만 하다 보면 어떻게든 그 양을 맞추기 위해 정작 진짜 중요한 요소는 놓치게 된다.

매일 꾸준히 해나가기가 힘들다면 나의 한계에 맞게 나누어 계획해 보자. 이는 대학생 때 내가 썼던 방법이기도 하다. 무턱대고 한 달 치 계획을 세우고 초반에 신나게 달리다가 결국 얼마 못가서 실패하길 반복했다. 그러다 보니 계획을 세우는 요령이 생겼다. 처음엔 일주일씩 나누어 계획을 세우기 시작했다. 매일 같은 계획을 일주일 동안 반복했다. 그리고 수월해지면 공부 분량을 조금씩 늘려 매주 반복했다. 그것도 시들해지면 요일별로 공부할 계획을 바꿨다. 월요일에는 수학 오답정리 30문제, 화요일에는 화학 2단원 씩 복습하기 이런 식으로 말이다. 한 아이스크림 광고 문구처럼 골라 쓰는 재미가 있었다.

학생들과 수업을 하다 보면 나처럼 욕심을 부리고 과도한 계획을 세우고 실패를 거듭한 친구들이 많다. 하루에 해야 할 리스트를 너무 많이 적어놓다 보니 하루도 제대로 못했다는 것이다. 공부를 하겠다고 해놓고는 매일 계획만 수정하다 끝난다며 하소연을 한다. 전날 세워둔 계획을 다 끝내지 못해서 어떻게 해야 할지 고민이라며 상담을 요청한다.

도대체 어떻게 계획을 세웠는지 궁금해서 그 학생의 스터디 플랜을 점검해주었다. 매일 공부할 계획이 유명 연예인 스케줄처럼 빼곡했다. 보기만 해도 '턱'하니 숨이 막혔다. 그러니 그 많은 일을 소화하기 어려울 수밖에.

그럴 때 나는 짧게 여러 번 나누어 공부할 계획을 세우기를 추천한다. 특히 이 학생처럼 하고자 하는 욕심이 많은 학생일수록 특히 더 강조해주는 편이다. 무턱대고 욕심만 부리고 계획을 세웠다가는 결국 아무것도 못하고 시간만 낭비하게 된다는 것을 이미 겪어 보아 잘 알기 때문이다.

가령 시험 2주 전부터 계획을 세운다고 하자. 학교를 마치고 학원에 오기 전까지 시간이 40분 정도 남는다면 그 시간을 활용하여 '오답 노트 5문제 하기'나 '문제집 한 장 반 풀기'처럼 짧지만 확실히 해낼 수 있는 형태로 계획을 잡는 것이다. 공부의 양도 양이지만 매일같이 공부한다는 사실이 더 중요하기 때문이다. 학원이 끝나고 집에 돌아왔을 때도 마찬가지이다. 분명 피곤하고 지쳐 있을 것이다. 때문에 늦은 시간까지 공부하는 것보다 과목별로 30분씩 나누어서 3과목 정도 공부하는 것이 훨씬 더 효과적이다. 피곤함에도 불구하고 3과목이나 공부했다는 만족감 덕분에 의욕이 더 활활 타오를 테니까. 게다가 그렇게 공부하면 놓치는 과목도 없고 부담도 덜 하기 때문에 효율적으로 공부할 수 있다.

계획이라고 해서 꼭 장기간을 정하여 무조건 많이 해내야 한다는 편견을 내려놓자. 작은 것이라도 포기하지 않고 꾸준히 해 나가는 것이 계획을 세우는 가장 큰 목표이니까. 자신의 한계치에 맞게 계획을 세우면 된다. 스스로 생각했을 때 어느 정도가 가능한지 한계치를 정하자. 일주일 정도는 꾸준히 할 수 있다고 판단된다면 그에 맞게 계획을 세우고 수정하면 된다. 일주일이 힘들다면 이틀도 괜찮다. 본인에게 맞게 설정하면 된다. 그래야 포기하지 않고 꾸준히 행동할 수 있게 된다. 부담이 될 정도로 계획을 세워놓으면 결국 실행도 못한 채 포기하게 된다.

'천 리 길도 한 걸음부터'라고 했다. 이렇게 하나씩 이루어내면서 차곡차곡 저장해 나가면 된다. 그렇게 10번을 반복하면 자연스레 체화되어 나중에는 흔들리지 않는 습관으로 자리 잡는다. 게다가 성취감을 느끼게 되면서 능률이 오를 수밖에 없다. 얼마나 단순한 이치인가. 이틀씩 10번이면 20일이고, 다시 10번을 반복하면 약 반 년의 시간이다. 그렇게 다시 한 번만 반복하면 1년이 지난다. 그때부턴 평생 습관이 된다.

이렇게 계획하는 방법은 어디에나 적용시킬 수 있다. 가장 대표적으로 매일 꾸준히 운동하기가 있다. 물론 앞서 언급한 것처럼 나는 운동이라면 질색을 한다. 그러나 한때 내가 운동중독이었다는 사실을 조심스레 고백해 본다. 과격한 운동을 했던 건 아니다. 단순히 다이어트를 위해 운동을 시작했다. 동기였던 친구가 다이어트 요가를 했다면서 알려줬던 동작을 따라 하기로 했다. 처음엔 40분 정도의 스트레칭으로 시작했다. 근력이라고는 하나도 없는 체질이기에 운동은 생각지도 않았기 때문이다. 그저 꾸준히 스트레칭을 하며 지방을 조금 줄이고 자세를 바르게 잡자는 정도로 시작했다.

그런데 운동을 하다 보니 점점 변화하는 내 모습을 보게 되었다. 점점 달라지는 모습을 보니 욕심이 생겼다. 그래서 스포츠 감독이신 아버지의 조언을 얻어 스트레칭의 종류를 하나씩 늘렸다. 유산소 운동만이 아니라 근력 운동도 해야 효과가 있다는 말을 들었다. 그럴 때마다 해야 할 운동을 하나씩 추가하기 시작했다. 늘어나는 운동량을 몸이 감당할 수 있도록 일주일마다 운동량을 늘려갔다. 40분의 스트레칭이 두 시간의 운동이 되어버린 것이다.

당연히 다이어트는 성공적이었다. 목표하던 체중도 달성했지만 나의 운동은 거기서 끝나지 않았다. 가볍게 시작했던 스트레칭이 두 시간의 운동으로 늘어났음에도 하나도 힘들지 않았다. 익숙함이 주는 힘이었다. 오히려 너무 습관이 되어버렸다. 운동을 하지 않으면 불안할 정도였다. 가족끼리 휴가를 갈 때도 1kg 짜리 아령을 들고 갔으니 말이다. 옆에서 가족들이 고기를 구워서 식사를 해도 나는 아랑곳하지 않고 운동을 했다. 그렇게 나는 일 년 동안 하루도 빠지지 않고 꾸준히 그 습관을 유지했다. 교생실습을 나가서도 말이다. 새벽에 집에 들어와도 나의 운동은 계속됐다. 그렇게 탄탄하게 운동으로 살이 빠지니 나중엔 굳이 운동을 하지 않아도 살이 찌지 않는 체질로 바뀌었다.

처음에 나에게 운동은 넘어야 할 큰 산이라고만 생각했다. 운동이라는 말만 들어도 머리가 아프고 온몸이 아픈 지경이었다. 대체 왜 운동을 해야 하는 거냐며 스트레스를 받기도 했다. 그런데 신기하게도 어렵게 보이는 원리를 쉽게 바라보면 행동하기도 수월해진다. 반대로 어렵게 바라보면 그 어떤 것보다 복잡하고 어렵게 보인다. 즉, 어려워

보이는 일도 스스로 편하게 생각할 때 비로소 길이 보인다.

　내가 잘하는 것이 바로 이것이다. 어려운 걸 쉽게 보는 것. 어려운 것을 어렵게 생각하고 받아들이는 것은 누구나 할 수 있다. 그러나 그것을 단순하게 생각하는 것은 생각보다 쉽지 않다. 그렇지만 그 역시 간단하다. 그저 '하면 되지!'라고 생각하면 된다. 이 단순한 원리로 나는 많은 것을 이루었다. 무엇이든 생각하고 마음먹기 나름이다. 계획도 세우기 나름이다. 쉽게 세우고 쉽게 행동하면 자연스레 내 것이 된다. 사물을 보는 눈을 단순하게 바꿔보자. 그리고 단순하게 시작해보자. 그 미약한 시작이 우리에게 평생의 습관을 선물할 테니.

04

1등의 공부 습관
vs 꼴찌의 공부 습관

　세상에는 다양한 사람들이 살고 있다. 그리고 다양한 방법으로 삶을 꾸리고 미래를 그려나가고 있다. 각 나라마다 생활습관이 다르고 교육 방법도 다르다. 미국의 경우는 중학교에 가서야 곱셈을 배우는 반면 우리나라는 초등학교 입학도 전에 구구단을 모두 외우게 한다. 심지어 9단이 아닌 20단까지 외우게 하는 경우도 심심찮게 볼 수 있다. 사실 구구단을 외우게 하는 것은 곱셈의 원리를 이해시키기보다는 연산을 조금 더 빠르게 하기 위한 목적이 더 강하다. 시간 내에 문제를 풀어내야 하기 때문에 빠르고 정확한 연산이 필수이기 때문이다. 그리고 그 기본이 구구단이 되어버렸다.

　실제로 내가 초등부 아이들과 수업을 하다 보면 곱셈의 원리를 이해하지 못한 채 그냥 곱셈구구를 하는 경우가 대부분이다. 곱셈이라는 것은 덧셈을 간단하게 표현한 것이라는 기본 원리조차 모르고 있다는 것이다. 이 학생이 중학교에 입학하여 거듭제곱이라는 것을 마주하게 되면 어떻게 될까? 매우 혼란스러울 것이다. 기본적인 개념과 원리에 대한 이해가 부족하니 그로부터 확장되는 내용들은 그저 외계 어처럼 들릴 테니 말이다. 결국 기본이 없는 공부는 속 빈 강정과 다를 바 없다.

나의 경우는 기본을 매우 중요시하는 편이다. 개념이 곧 응용의 기초가 되기 때문이다. 만약 방정식의 정의에 대해 설명을 해주었다면, 그 학생과 눈이 마주칠 때마다 방정식의 정의에 대해 묻는다. 타인에게 자신이 설명을 해줄 수 있게끔 말이다. 그런데 이런 과정 없이 무조건 어려운 문제를 푼다거나 선행학습을 진행하면 어떻게 될까? 예상한 대로 결국 그동안의 공부가 무너진다. 어릴 때에는 잘 모르지만 중학교 2학년만 되어도 그 결과가 한 눈에 나타난다.

'1등'을 하는 학생들이 공부하는 것을 한 번 보자. 예상외로 기본을 가장 중요시한다는 것을 알 수 있다는 것이다. 심화문제집을 풀고 있다고 하더라도 그 학생들에게 기본적인 정의와 원리를 물으면 술술 대답한다.

반면에 공부를 잘하지 못하는 학생들의 특징은 문제만 많이 푼다는 것이다. 한 문제를 풀더라도 관련된 개념을 제대로 이해하고 적용할 수 있어야 한다. 하지만 그런 것에는 전혀 관심 없이 문제를 많이 풀었다는 것으로 위안을 삼는다. 양적인 부분에서만 만족을 하고 질적인 부분은 간과한다. 그것이 꼴찌와 1등의 가장 큰 차이이다.

그래서 내가 수업하는 학생들에게는 무조건 기본 정의와 원리를 강조한다. 기본이 채워져 있지 않은 공부는 '밑 빠진 독에 물을 붓는 격'

과 같은 것이기 때문이다. 배운 내용을 말로 설명을 할 수 있다는 것은 그만큼 제대로 공부했다는 반증이기도 하다. 나 역시 공부를 할 때 누군가 있다고 생각하고 말로 되뇌며 공부했다. 강아지를 앉혀놓고 공부한 내용을 설명해주기도 하고, 허공에 대고 설명을 하기도 했다. 가끔 어머니께서 이상한 눈으로 쳐다보시기도 했지만 그렇게 공부를 하다 보면 내가 공부한 내용이 정확하게 머릿속에 남았다. 단순히 문제를 풀기 위한 개념 정립이 아닌, 원리를 이해함으로써 사고를 확장해 나가는 과정이었다. 단순히 책만 외우는 것이 아니라 이러한 과정을 통해 생각하는 힘이 길러진다. 그러나 무조건 많은 양의 문제풀이만을 했던 학생들의 경우는 생각하는 방법을 모른다.

그렇다면 두 번째 차이는 무엇일까? 1등은 시험 때가 아니어도 공부를 한다. 그러나 꼴찌는 시험이 다가와야 공부하기 시작한다. 한때는 나도 꼴찌의 공부습관을 가지고 있었다. 시험이라는 동기가 있어야만 억지로라도 책상에 앉았던 것이다. 하지만 1등의 공부 습관은 다르다. 단순히 눈앞의 시험에서 좋은 점수를 얻는 것이 다가 아니었다. 그들의 공부는 명확한 목표를 달성하기 위한 작은 씨앗을 심는 것과 같았다. 더 높은 곳으로 올라가기 위한 일종의 발판이었다. 그리고 그 씨앗에 매일같이 꾸준함이라는 물을 주었다. 그러면 그 씨앗은 무럭무럭 자라서 황금빛 열매를 선물했다. 그저 선생님이니까 하는 말이려니 생각할 것이다. 그래서 내 이야기를 들려주려 한다.

대학교 4학년 때의 일이다. 졸업을 위한 마지막 시험 기간이었다. 대부분 4학년 2학기엔 수업을 3개나 4개 정도밖에 듣지 않지만 나는 마지막 학기도 6개 정도의 수업을 듣느라 정신없이 보내던 날이었다. 마지막 시험 하나를 남겨두고 친구와 밥을 먹으러 갔다. 친구가 계산을 하기에 나는 밖에서 기다리고 있었다. 2층이라 계단으로 걸어내려가야 해서 그 계단의 끝에 서 있었다. 그때 나는 며칠 잠도 못 잤고 졸업을 앞두고 논문이며 시험이며 스트레스 받을 일도 많았던 터라 정신이 몽롱했다. 그러다가 걸려온 기분 나쁜 한 통의 전화로 인해 사고가 생긴 것이다. 전화를 건 상대와 심하게 말다툼을 하다가 서 있던 그대로 기절했다. 순간적으로 스트레스를 받아서 정신을 잃었던 것이다.

계단 끝에 서 있었던 나는 바닥까지 그대로 굴러떨어졌다. 중간에 정신이 들었다. 내가 굴러내려 가고 있다는 것을 느끼고는 다시 기절했다. 병원으로 옮겨진 나는 CT와 X-ray 등등 수많은 검사를 했다. 앞니가 3개나 부러졌고 얼굴은 피투성이가 되었다. 가벼운 뇌진탕과 전신 타박으로 이틀을 꼬박 병원에서 보냈다. 온몸이 아파서 움직일 수도 없었다. 아르바이트도 그만둬야 했다.

4학년이었던 나는 그 일이 있기 전까지도 여느 때와 같이 스스로 정한 공부시간을 지키며 공부를 해 왔다. 그날 들었던 강의는 바로 복습하고 정리하는 습관을 유지하고 있던 것이다. 얼마나 다행이던지. 그렇게 사고가 난 후 나는 앉아있기는커녕 누워있을 수도 없었다. 뇌진탕 증세로 두통이 너무 심해서 조금만 움직여도 뇌가 다 흔들리는 것 같았다. 그렇게 괴로워하던 중 내일이 시험 마지막 날이라는 사실이 불현듯 떠올랐다.

하늘이시여!

여태까지 쌓아온 노력의 결실을 아름답게 거두고 싶었다. 그런데 나는 움직일 수조차 없었다. 결단이 필요했다. 이를 악물고 학교를 가느냐 아니면 시험을 포기하느냐. 그래서 독하게 마음을 먹었다. 시험을 보러 학교에 가기로 결심한 것이다. 그때의 나는 연필을 손에 쥘 수도 없었다. 팔과 다리엔 붕대가 감겨 있었고 앞니는 3개나 부러진 상태였다. 코와 입술은 다 터지고 찢어져 눈 뜨고 봐줄 수 없었다. 그럼에도 불구하고 나는 시험을 보러 가야 했다.

아버지께 부탁을 드렸다. 내일 학교까지 데려다 달라고. 그렇게 나는 온몸을 옷으로 가리고 마스크와 모자까지 동원했다. 두 눈만 빼꼼히 내밀고 학교에 도착했다. 입안은 온통 상처였다. 때문에 말도 제대로 할 수 없었다. 시험이 시작되기 전 지도교수님을 찾았다. 어눌하게나마 상황 설명을 드렸다. 혹시나 시험 성적이 좋지 않으면 실망하실 것 같아 양해의 말씀을 드렸다. 붕대에 펜을 꽂고 한 글자씩 힘겹게 써내려갔다. 한 시간의 시험이 일 년처럼 길게 느껴졌다. 결과가 어떻든 일단 시험을 봤다는 사실에 마음을 놓을 수 있었다.

그 후 2주가 지났고 시험 결과가 발표됐다. 평소에 공부를 해두었기에 어찌 됐든 시험은 볼 수 있었지만 큰 기대는 없었다. 그런데 결과는 놀라웠다. 사고 후 힘겹게 보았던 시험의 결과가 100점이었다. 덕분에 마지막 시험도 학과 수석을 했다.

만약 내가 중학교 때처럼 공부를 했다면 상상할 수 없는 일이었을 것이다. 단순히 시험만을 위해 공부했다면 결코 이루어낼 수 없었을 것이다. 다행히 나는 공부의 목적을 찾았고 매일 꾸준히 공부하는 습관을 들여놓았기에 가능했다. 그만큼 꾸준함은 위대했다.

마지막으로 1등과 꼴찌의 공부습관의 차이점은 목표가 얼마나 뚜렷한가에 있다. 1등을 하는 학생들은 목표를 향해 매일 달린다. 그러나 목표가 없는 학생들의 경우에는 나침반이 없기 때문에 중간에 길을 잃는 경우가 허다하다. 내비게이션이 알려주는 최적 도로처럼 우리에게 있어서 목표는 공부의 안내자이다.

명확하게 목표를 설정하고 나면 내가 가야 할 방향과 길이 눈앞에 또렷이 나타나기 때문이다. 그래서 돌아가거나 헤매지 않아도 된다. 우리가 공부를 잘하고 싶다는 것만으로도 이미 멋진 꿈이다. 그 꿈을 조금만 더 구체화시키면 공부의 방향과 속도가 달라질 것이다.

1등이 되고 싶은가? 그렇다면 1등처럼 생각하고 공부해보자. 이제부터는 여러분이 그 주인공이다.

05

'복습'이 가장 쉬운
공부법이다

"선생님, 공부를 잘하고 싶은데 어떻게 시작해야 할지 모르겠어요."
나는 이렇게 묻는 학생들이 참 좋다. 그리고 부럽다. 고등학생이었던
내가 떠올랐다. 공부를 하고 싶어도 막상 시작하려고 하면 어떤 것부터
시작해야 할지 감이 안 잡혔다. 누군가에게 물어볼 수도 없었다. 어른
들이나 선생님들께 도움을 청해도 "공부는 그냥 하는 거지. 방법이 어
디 있니? 그냥 열심히 해."라는 대답이 돌아왔다. 나도 열심히 하고 싶
었다. 그런데 아무것도 모르는 데 대체 어떻게 열심히 하라는 말인가!

너무 답답했다. 화도 났다. 학교든 학원이든 공부를 하라고 하면서
왜 그 누구도 공부법에 대해서는 알려주지 않는 것이지 도무지 이해
가 가지 않았다. 그 '열심히'의 기준이 대체 무엇인가. 어떻게 해야 열
심히 공부하는 것인지 기준이라도 제시해줬으면 속 시원했을 것이다.
혼자 끙끙 앓았다. 좋은 대학을 가야하고 공부가 제일 중요하다고 하

지 않았는가. 누군가는 그 말에 대한 이유를 설명해주길 바랐다. 단순히 '그냥'이라는 말만 들어야 하는 게 제일 미칠 노릇이었다. 대체 그 '그냥'이라는 게 뭘까? 매일 이 생각뿐이었다. 당장 모의고사가 코앞이었지만 나는 이 질문에 대한 답을 찾아야 했다.

무식하면 용감하다 했던가. 나는 무작정 만나는 사람들마다 위와 같이 질문을 하기 시작했다. 주변 친구들도 예외는 아니었다. 대체 그냥 공부하라는 말이 무엇인지 알고 있는지 물었다. 그 말이 이해가 되냐고 이어 물었다. 그런데 그런 질문을 하자 모두 나를 이상한 눈빛으로 바라봤다.

"음…그냥 하는 게 그냥 하는 거지 뭐. 어차피 우리는 시험을 잘 봐야 하니까 그냥 하는 거잖아."

오히려 이렇게 본질적인 질문을 던지는 내가 친구들 사이에서 특이한 애가 되어버렸다. 공부는 안하고 딴 생각만 하는 애라고 생각하는 것이다. 나는 계속 '왜 다들 그냥 공부하는 거지?' 하고 속으로 생각했다.

그런 대답을 듣고 보니 대부분의 친구들은 공부하는 기계 같았다. 책을 펴고 문제를 풀고 채점을 한다. 그리고 틀린 문제를 다시 한 번 풀어보고 이어서 다른 문제들을 풀어나갔다. 어떤 친구는 하루에 과목별로 두 장을 풀고 어떤 친구는 시간이 되는대로 눈에 보이는 문제집을 풀었다. 문제를 푼다고 해도 모두 다 같은 방법으로 푸는 것은 아니었다. 모르는 문제가 나오면 책을 찾아보고 다시 문제를 풀던 친구도 있었고, 해설지를 보고 넘어가는 친구도 있었다. 모두가 다른 방법으로 그냥 그렇게 공부를 하고 있었다.

나도 공부를 해야만 했다. 성격상 궁금증이 해결이 되지 않은 상태에서는 무언가를 못한다. 그래서 일단 그냥 공부하라는 그 말을, 나에게 맞는 방법으로 하라는 뜻으로 결론을 지었다. 그러나 나에게 맞는 공부방법이 무엇인지 몰랐다. 어떤 것이 옳은 공부인 지도 몰랐기 때문에 여전히 방향을 잡지 못했다. 결국 친구들이 하고 있는 방법을 하나씩 돌아가면서 해봤다.

하루 100문제 풀기, 인터넷 강의 2시간씩 듣기 등등 다양한 방법들을 시도했다. 그럴수록 마음만 급해지고 문제는 하나도 풀리지 않았다. 정확히 말하면 문제를 풀려고 해도 아는 것이 없었다. 대책이 없었다. 시간만 보내고 있는 것 같아 갑자기 내 마음도 급해졌다. 그러다 보니 덜 힘들고 빠른 방법만 찾고 있었다. 잔꾀를 부릴 방법만 구상하고 있던 것이다.

처음부터 올바른 방법을 찾았더라면 아마 나는 엄청난 시간을 절약할 수 있었을 것이다. 요령만 찾다 보니 어느새 1학기는 끝이 나고 있었다. 말도 안 되는 상황이었다. '이게 뭐지 대체.' 허탈했다. 고민 끝에 나는 초심을 따르기로 했다. 선생님들이 복습을 그렇게 강조하는 데는 이유가 있으리라. 배운 내용을 집에 가서 보려니 피곤함에 아무것도 하기 싫어졌다. 한 시간만 쉬었다가 공부해야지 마음먹었지만 잠이 들거나 소파에 널브러지는 경우가 허다했다.

고3이 되면서 학원을 최소한으로 정리했기 때문에 딱히 나가서 공부할 일은 없어졌다. 집이라는 장소가 주는 익숙함에 마음이 편했다. 덕분에 공부를 하기는 너무 어려웠다. 그래서 매 교시 쉬는 시간을 통해 복습을 하기로 마음먹었다. 처음에는 친구들의 떠드는 소리와 생활 소음 등으로 집중이 전혀 안됐다. 다음날부터 이어 플러그를 사용하고 나니 고민 하나가 해결됐다. 10분 동안 할 수 있는 공부가 얼마나 될지 생각해 보았는가?

아마 집중하는데 10분이 걸릴 것이라고 할 것이다. 처음엔 나도 그 10분이 1분 같았다. 할 공부는 많은데 어떻게 시간을 나누어 쓸지 생각했다. 문제집을 펴보니 풀었던 문제들 중에서 틀리는 유형이 눈에 들어왔다. 그래서 각 과목별로 오답 유형을 정리하기로 했다. 접착식 메모지를 활용해서 틀린 유형의 기본 개념을 다시 살폈다. 관련 부분의 개념을 찾고 메모지에 옮기고 붙였다. 그리고 왜 틀렸는지 비교했다. 그랬더니 10분 동안 3문제가 가능했다. 그렇게 5번을 반복하면 15문제를 다시 풀어볼 수 있었다.

당시는 수능이 얼마 남지 않은 시기였다. 그래서 자습시간이 많았다. 50분의 시간을 오롯이 틀린 문제와 안 풀리는 유형들을 위주로 공부하는데 사용했다. 내가 잘못 알고 있던 것이나 제대로 정립이 안 된 개념을 다시 정리했다. 그리고 유사문제를 찾아 풀었다. 이미 풀어봤던 문제들도 최소 3번씩은 다시 풀었다. 그렇게 복습을 반복하다 보니 이해하지 못했던 부분들이 눈에 들어오기 시작했다. 아무리 공부해도 이해가 제대로 안되던 부분들이 하나씩 채워지기 시작했다. 그제야 내가 공부를 하고 있다는 생각을 했다.

'선생님들께서 복습을 그렇게 강조하셨던 이유가 있었구나.' 새삼 깨달았다. 그런데 왜 복습을 해도 안됐던 걸까? 정답은 반복 횟수에 있다. 나처럼 한두 번 보고 나서 많이 공부했다고 책을 덮는 학생들이 생각보다 많을 것이다. 자신의 기준에서 바라봤을 때 그 정도면 분명 복습을 한 것이고 충분하다고 판단되기도 할 것이다. 그런데 모르는 유형일수록 한두 번의 반복으로는 정확하게 머릿속에 이해가 되지 않는다. 게다가 한두 번 복습을 하고 일정 시간이 지나면 다시 펴보지 않기 때문에 장기기억으로 기억되지 않는 것이다. 그러다 결국 시험이 코앞으로 다가오면 '이건 그냥 틀려야겠다.'라고 하고 넘어가는 학생들도 있었다. 그 속엔 나도 포함되어 있었다.

시간이 얼마 없다 보니 일일이 다 챙겨가며 공부할 시간이 없었다. 후회했다. 진즉에 이렇게 복습했다면 지금쯤 얼마나 편하게 공부하고 있을까 생각했다. 후회할 시간도 없었다. 그래서 난 복습에 더 집중하기 시작했다. 아는 부분에 대해서는 심화 유형을 다루고 잘 모르는 부분에 대해서는 기초부터 익힌 후 응용으로 넘어갔다. 굳이 어려운 문제를 바라보고 있을 이유가 없었다. 어차피 개념을 모르면 심화 문제는 설명서를 봐도 이해가 되지 않았기 때문이다.

기본을 알면 모든 게 해결되었다. 가만 생각해보면 복습이 가장 완벽한 학습법이다. 실패하지 않는 확실하고 유일한 방법. 1등, 2등 할 것 없이 공부를 잘하는 친구들이 가지고 있던 가장 절대적인 공부법. 그런데 그 사실을 너무 늦게 깨달았다. 공부해야 한다는 이유를 찾고 나서도, 진짜 공부를 해야 한다는 것을 빌미로 회피하려고만 한 건 아닐까 반성했다. 그러다 결국 더 많은 시간을 놓쳤다. 마음이 급해졌다. 제대로 잠을 이루지 못할 정도로 걱정이 됐다. 그러다 보니 나는 계속 조금 더 쉽고 편하게 공부해보겠다고 요령을 피우느라 중요한 사실을 놓쳤던 것이다.

원래 남이 하면 다 멋있어 보이고 남이 가진 것이 더 커 보이는 법이다. 그래서 내가 알고 있는 사실은 너무 작게 생각했다. 겉멋만 든 공부를 하느라 많은 시간을 허비했다. 그러나 그 역시 감사했다. 원하는 만큼 시험을 잘 본 건 아니었다. 하지만 완벽한 복습을 통해서 나의 모의고사 성적은 지속적으로 향상되었다. 그동안 고생했던 시간은 이러한 결과를 위한 사소한 대가였으리라 생각했다.

이와 더불어 세상에서 복습만큼 완벽한 공부법은 없음을 제대로 깨달았다. 남녀노소를 불문하고 공부를 잘하든 못하든 관계없이 누구나 성공할 수 있는 공부법, 그것이 바로 복습이다. 공부에 성공하고 싶다면 지금 당장 복습부터 시작하자.

06

1등은 자신과 경쟁한다

나는 계획을 참 잘 세우는 편이다. 일정한 시간이 주어지고 해야 할 일이 있다면 우선순위에 맞게 척척 계획을 세운다. 공부를 할 때도 마찬가지였다. 가능한 공부시간을 확인하고 해야 할 공부 분량을 파악하면 어떻게 시간을 나누어 써야 하는지 머릿속에 그려졌다. 그 계획들을 바탕으로 공부를 했다. 졸업을 하고 일을 할 때도 마찬가지였다. 나는 무언가를 시작할 때는 항상 빈 종이에 시간과 해야 할 일을 꼭 나누어 써두고 시작했다.

이렇게 효율적으로 시간을 안배하고 계획하는 것이 하루아침에 이루어지는 것은 아니다. 일반적으로 시간을 효율적으로 지배하고 스스로를 잘 다스리는 사람들은 그리 많지 않기 때문이다. 똑같이 24시간이라는 하루를 매일 선물 받지만, 사용하는 방법은 다 제각각이다. 여러분과 나는 지금도 똑같은 하루를 살고 있다. 그러나 우리의 하루는 같을 수 없다. 공부를 계획하고 할 일을 계획하는 것은 주도적으로 시간을 다루는 일이다. 더 나아가 생각해보면 자신과의 싸움이기도 하다. 거창해보이지만 이것이 사실이다.

시간이 있다고 해서, 계획한 일을 수행하고 목표를 달성하는 데 모두가 성공하는 것은 아니다. 그 시간을 활용하고자 하는 의지가 필요하다는 것이다. 의지가 있어야만 행동도 뒤따른다. 스스로에게 당근과 채찍을 잘 사용해야만 그 의지를 오랫동안 유지할 수 있다. 흔히 꼴찌들이 작심삼일로 포기하는 것을 보고 '의지력이 약하다.'라고 하는 것이 이런 이유이다. 자신을 잘 다독이지 못했거나, 이미 포기와 체념을 했다면 많은 부분에서 의욕을 잃는다. 무언가 해야겠다는 생각조차 안 하는 것이다. 이미 마음속으로 모든 기대를 내려놓았기 때문에 노력의 필요성도 못 느끼게 된다. 당연히 계획이나 경쟁은 그들의 우선순위엔 없는 것이다. 그저 흘러가는 대로 따라갈 뿐이다.

그런데 1등을 하는 학생들은 다르다. 혹시 여러분 주변의 1등을 보며 '어떻게 저 많은 양의 공부를 다 해낼까?' 하는 생각을 해 본 적이 있지 않은가? 그들이 많은 양의 공부를 할 수 있는 이유는 주도적으로 계획하고 행동하기 때문이다. 더불어 자기 자신과의 싸움에서 늘 승리하고자 노력하기 때문에 가능한 것이다.

우리는 대부분 일정한 대상을 정해놓고 경쟁을 한다. 예를 들어 내가 반에서 7등이라면 4등, 5등이 되어야겠다고 목표 대상을 설정할 것이다. 그리고는 자신이 아닌 그 대상을 이기기 위해 노력을 쏟아붓는다. 목표가 눈앞에 보이기 때문에 더 많은 동기부여를 받게 되기도 한다. 그런데 1등의 경우는 경쟁 대상이 좀 다르다. '현재 1등이라면 다음에도 1등을 유지 해야지.'라든가 '이번엔 한 과목은 A였으니까 다음 시험에선 전 과목 A를 받아야지' 등의 목표를 설정한다.

　1등과 그렇지 않은 학생들의 경쟁이 어떻게 다른지 그 차이점이 느껴지는가? 1등은 이미 등수로서는 가장 높은 곳에 있기에 눈에 보이는 대상과 경쟁하려 하지 않는다. 대신 스스로의 한계와 매일 매 순간 경쟁한다. 학과 수석을 하고 났을 때 이런 기분을 제대로 경험했다. 놀기만 했던 스무 살의 내가 공부를 해야겠다고 마음먹었던 다양한 이유 중 하나가 '나의 한계'가 궁금해서였다. 그런데 막상 이루고 나니 신기하기도 하고 불안하기도 했다. 선두에 있다는 사실은 확실했다. 하지만 그 뒤엔 워낙 많은 경쟁자들이 있었기 때문에 언제 나의 자리를 빼앗길지 모른다는 생각이 들었다. 이어서 다음 학기에도 수석을 못하면 부모님께서 실망하실까 하는 걱정도 앞섰다.

　다양한 생각들이 밀려오자 갑자기 모든 것이 부담되기 시작했다. 주변에서 "전액 장학금 받았다며? 축하해."라는 인사를 받는 것만으로도 마음이 무거웠다. '다음 학기에 1등을 못하면 안 되겠구나' 하는 생각이 나를 짓눌렀다. 매일 피곤함에도 불구하고 재밌고 즐겁게 느껴졌던 공부가 한순간에 부담의 대상이 되었다. 마음이 편치 않으니 책이 눈에 들어오지 않았다. 아무리 읽고 또 읽어도 그저 스쳐 지나갈 뿐이었다. 머릿속에 전혀 남지 않았다. 며칠이 지나도 불안한 마음은 회복되지 않았다. 그래서 나는 나에게 보내는 편지 형식의 일기를 썼다.

　"도희야, 오늘도 공부하느라 힘들었지. 몸도 아팠고 잠도 3시간밖에 못 잤는데 열심히 강의 듣느라 고생했어. 이렇게 하루하루 모여진 노력들은 꼭 너를 빛나게 만들어 줄 거야."

위로가 되었다. 그리고 주변보다는 나에게 집중하기 시작했다. 이 기적으로 나만을 위한다는 의미가 아니다. 내가 원하는 목표에 초점을 맞췄다. 목표 역시 단순히 학과 수석을 하는 것이 아니었다. 어제의 나보다 한 걸음 더 발전한 나를 만나는 것을 목표로 삼았다. 어제 내가 한 시간을 공부했다면, 오늘은 한 시간 10분을 공부한다거나 지난주에 두 권의 책을 읽었다면 이번 주에는 세 권의 책을 읽었다. 타인과의 경쟁을 하던 내가 스스로 발전할 수 있는 방향으로 나 자신과 경쟁하기 시작했다.

매일이 수월하고 쉽지만은 않았다. 특히 응급실에 다녀오거나 과제가 한꺼번에 쏟아져 나오는 날에는 나를 이겨내기가 여간 어려운 일이 아니었다. 나는 매일의 목표가 뚜렷했다. 전날보다 조금씩 점진적으로 목표를 높여갔다. 물론 내가 해낼 수 있는 범위였고 매일 성공했다. 하지만 이렇게 생각지 못한 상황들이 발생하면 '내가 과연 할 수 있을까'하는 마음이 들었다. 몸이 힘들어지면 마음이 약해지기 때문에 눈물도 많아졌다. 공부를 하다가 갑자기 왈칵 눈물을 쏟기도 했다. 그것도 아주 서럽게. 오늘 하루할 일을 하지 않는다고 해서 누가 뭐라고 하는 것도 아닌데 고집을 부리는 내가 원망스러웠다.

그럴 때마다 '아 오늘은 그냥 쉴까'하는 달콤한 유혹이 다가왔다. 내가 조금만 스스로와 타협하면 되는 일이었다. 다시 말하지만 나에게 질타를 보낼 사람도 아무도 없었다. 흔들렸다. 정말 그냥 며칠만 쉬어버릴까. 문득 그런 생각이 머리를 스쳤다. 내가 나와의 약속도 지키지 않는다면 과연 다른 사람들과의 약속은 잘 지킬 수 있을까 싶었다.

순간 정신이 번쩍 들었다. 그리고 다시 책상 앞에 앉았다.

유혹의 손길에서 벗어났지만 마음이 복잡했다. 점점 기분이 가라앉았다. 나에게 힘을 줄 무언가가 필요했다. 매일 나에게 편지를 쓰는 것이 많은 위로가 되긴 했지만 조금 더 강한 것이 필요했던 것이다. 그때 나의 선택은 명언을 활용하는 것이었다. 큼지막한 접착식 메모지에 '피할 수 없으면 즐겨라!'를 써서 책상 앞에 붙여놓았다. 그것도 고개를 들면 바로 보이는 곳에다 말이다. 공부를 하다가 조금이라도 기분이 안 좋아지거나 지칠 땐 이 글을 읽었다.

고작 그 한마디로 무슨 힘이 나냐고 하겠지만, 생각보다 말과 글이 주는 힘은 강하다. 나는 매일같이 하루에 수 십 번도 더 그 글귀를 되뇌었다. 그래도 힘이 빠질 때면 일부러 크게 웃으며 "와! 재미있다."라고 외쳤다. 이런 내가 이상하게 보일 수 있다. 정신이 어떻게 된 건 아닌가 걱정이 될 수도 있다. 그러나 이렇게 하면 부정적인 요소가 긍정의 방향으로 바뀌었다. 다시 공부가 즐거워지고 재미있었다.

우리는 매일 무한 경쟁의 시대를 온몸으로 체험하며 살아간다. 친구와의 경쟁, 동료와의 경쟁, 그리고 나 자신과의 경쟁 등등. 그런데 이 중에서 가장 어려운 것은 자신과의 경쟁이다. 앞서 다른 경쟁들의 경우 그저 상대를 만나지 않음으로써 경쟁을 종결할 수 있다. 하지만 스스로와의 경쟁은 경우가 다르다. 좋든 싫든 매일 보아야 하고 평생 데리고 살아야 하는 게 자신이다. 때문에 보기 싫다고 해서 만나지 않을 수 있는 존재가 아니다.

이러한 이유로 경쟁보다는 타협이 훨씬 수월하다. 스스로에 대해 잘 알고 있다 보니 '오늘은 이 정도만 해도 괜찮겠지.'하며 한계에 대한 타협점을 찾으려 한다. 그런데 이렇게 자기합리화를 하는 순간 경쟁의 승패는 결정 된다. 그래서 1등은 타인과 경쟁하지 않는다. 나와의 경쟁에서 승리할 수 있다면 어떠한 경쟁에서도 승리할 수 있다는 것을 알고 있기 때문이다. 이제부터 우리도 타인이 아닌 나와의 경쟁을 시작해보자.

07

공부와 연애는
통하는 것이 있다

연애의 기본은 '밀당'이라는 말이 있다. 어느 정도 공감하는 말이다. 너무 밀기만 하거나 너무 당기기만 하면 그 연애는 오래가지 못한다. 적당히 서로 밀고 당길 줄 알아야 연애의 설렘을 유지할 수 있다. 그래야 약간의 긴장감이 생기고 사랑의 유효기간도 늘어나게 되는 것이다.

나는 나를 좋아해 주는 사람보다 내가 좋아하는 사람과 연애하는 것을 선호했다. 아무리 나를 좋아해도 내가 좋아하지 않으면 연애를 할 마음이 생기지 않았다. 내가 좋아하는 사람과는 함께하는 것만으로도 너무 행복했다. 매일이 설레어 무엇이든 다 해줄 수 있었다. 이 행복이 영원할 줄 알았다. 그런데 이런 연애는 오래 지나지 않아 결국 나 혼자 상처받고 끝나고 말았다.

반대로 일방적으로 사랑을 받다 보면 나중엔 사랑보단 미안함만 남는다. 아무리 상대가 괜찮다고 해도 내 마음이 편하지 않기 때문에 부담이 되기 시작한다. 달콤하고 행복하지는 못할망정 부담이라니. 당연히 이러한 연애는 오래갈 수 없다.

시소를 타듯이 사랑도 균형이 맞아야 한다. 한 쪽에만 치우치게 되면 실패할 수밖에 없다. 실패를 맛본 후에 새롭게 시작하는 연애는 이전보다 어느 정도 균형을 잡는 것이 수월해진다. 점점 균형을 유지하는 자신만의 기준이 생기기 때문이다. 공부에도 '밀당'이 필요하다. 공부에 너무 끌려가기만 해도 안 되고 그렇다고 해서 너무 끌고 와서도 안 된다. 공부에도 일정한 거리를 유지하는 것이 중요하다.

혹시 내가 공부에 너무 끌려가고 있는 건 아닌지 한 번 생각해보자. 지금 내가 어떤 이유로 공부를 하고 있는지, 무엇을 위한 공부인지에 대한 본질적인 의미를 잃었다면 끌려가는 공부일 가능성이 높다. 공부의 본질을 놓치면 그저 전교 등수나 성적만을 위한 못난 공부로 변질되기 때문이다. 반대로 공부를 너무 잘하려고만 하는 욕심 역시 버리는 것이 좋다. 욕심만 부린다고 해서 내가 갑자기 공부의 신이 될 수 있는 것도 아니기에. 욕심이 과하면 오히려 집착이 된다. 그로 인해 결국 나 자신이 힘들어진다. 굳이 신경 쓰지 않아도 될 것들까지 눈에 보이기 때문에 공부를 제대로 진행할 수 없게 된다.

연애와 공부의 또 다른 공통점은 둘 다 관심이 필요하다는 것이다. 연애를 하는 데 있어서 서로에 대한 관심은 필수다. 관심은 곧 애정 어린 마음이기 때문이다. 우리가 연애를 할 때 사랑하는 사람이 끼니는 거르지 않았는지, 잠은 잘 잤는지 궁금하지 않은가? 지금 뭐하고 있을지 관심이 생기지 않는가? 비가 오거나 눈이 오면 출근은 잘 했는지 걱정되지 않는가? 이렇게 사소한 것들도 궁금해지는 이유가 바로 애정이 있기 때문이다. 마음이 없다면 당연히 호기심도 생기지 않는다. 생각해보라. 그냥 지나가던 사람이 밥은 챙겨 먹었는지 궁금하던가? 아마 그런 적은 거의 없을 것이다. 이처럼 관심이라는 것은 애정이 수반되어야 생겨나는 것이다. 물론 도를 지나친 관심은 되레 독이 된다는 것을 명심하자.

공부도 이와 마찬가지다. 애정 어린 마음과 관심이 필요하다. 자주 바라보고 꾸준히 마음을 주어야 온전히 나의 것으로 만들 수 있다. 눈길도 한 번 주지 않은 채 쉽게 얻으려고만 한다면 그것은 욕심일 뿐이다. 욕심만으로는 원하는 성적을 얻을 수 없다. 공부에 대한 관심이 없다면 그에 따른 노력도 없다. 노력 없이는 당연히 원하는 결과도 없는 것이다. 때문에 공부라는 것은 자주 관심을 가지고 먼저 다가가야 한다. 이런 호기심과 애정은 나의 성적을 좌우하는 매우 중요한 요소이기 때문이다.

세 번째 공통점은 바로 믿음이다. 사랑하는 사람들 사이에서 사랑만큼 중요한 것이 믿음이다. 여기서 믿음이라고 하는 것은 상대방에 대한 믿음도 있지만 나 스스로에 대한 믿음도 포함된다. 연애를 하는 데 있어서 왜 자신에 대한 믿음이 필요할까. 일반적으로 자신을 믿지 못하는 사람은 다른 사람도 믿지 못하는 경향이 강하다. 그러다 보니 자꾸 의심하거나 부정적인 방향으로 생각이 흘러가게 된다. 별것도 아닌 사소한 일로도 다툼이 잦아지고 그로 인해 상처를 받게 된다. 때문에 건강하고 아름다운 사랑을 위해서는 상대에 대한 믿음과 함께 나에 대한 믿음도 필요한 것이다.

공부를 하는데 있어서도 믿음은 중요한 요소이다. 앞에서도 강조했지만 공부를 잘하는 학생들은 일반적인 학생들보다 자기 확신이 강한 편이다. '나는 할 수 있다'라는 마음이 굉장히 강한 편이기에, 스스로와의 경쟁에서도 이겨낼 수 있는 것이다. 1등을 하는 학생이 자신을 믿지 못했다면 자신의 역량을 더 펼칠 수 없었을 것이다.

나 역시 제대로 공부를 시작하기 전에는 단순히 노는 걸 좋아했을 뿐이다. 심지어 내가 공부를 한다고 했더니 주변에서 이렇게 말했다.

"네가 공부를 한다고? 됐어. 그냥 살던 대로 살아."

그만큼 내가 공부를 멀리했던 탓이다. 하지만 나는 노력하면 무조건 수석을 할 수 있다고 믿었다. 매일 꾸준하게 공부하면 반드시 노력의 결과가 성공적으로 이루어질 것이라는 강한 믿음이 있었다. 그러자 스스로 내면이 더 성장함을 매일 느꼈다. 즐거웠다. 공부를 하면서 힘들다는 생각보단 학과 수석의 영광을 거머쥘 순간을 자주 떠올렸다. 그 믿음이 점차 확신이 되었고 나의 꿈은 현실이 되었다.

마지막 공통점은 둘 다 거듭할수록 고수가 된다는 것이다. 연애라는 것이 하다 보면 자기만의 연애 기술을 습득하게 된다. 연인과 다투게 되었을 때를 생각하자. 물론 문제를 바라보는 눈은 개인별로 차이가 있다. 그런데 연인 사이에서의 문제를 바라보는 것은 나의 경험에 따라 특히 영향을 많이 받는다.

내 성격은 굉장히 불같은 편이다. 좋으면 좋고 아닌 것에 대해선 철저하게 냉정하다. 내가 판단했을 때 옳다고 생각하면 밀어붙이는 편이고, 그렇지 않다고 생각하면 그에 대한 해결책을 찾거나 빠르게 돌아서는 편이다. 그러다 보니 싸울 때도 크게 싸우는 편이었다.

처음 연애를 했을 때는 그냥 싫어하는 모습이 계속 보이면 혼자서 참다가 이별을 통보하는 편이었다. 상대에게 여러 번 이야기를 해도 변하는 모습이 안 보이면 함께 문제를 해결해나가려고 하기보다는 일방적으로 관계를 정리하는 편이었다.

그런 과정에서 상대뿐만이 아니라 나 스스로도 상처를 많이 받았다. 이렇게 연애를 하다 보니 싸우는 것도 기술이 필요하다는 걸 느꼈다. 기술적으로 싸우다 보면 서로 상처를 받는 경우도 적었다. 오히려 싸울 일도 줄어들었다.

공부도 마찬가지다. 공부의 기술이 나의 성적을 좌우한다. 그리고 나의 미래를 좌우한다. 어떠한 공부법을 적용하느냐에 따라 공부의 능률은 천차만별이다. 또한 대책도 없이 '막'하는 공부가 얼마나 위험한지 나의 이야기를 통해 듣지 않았는가! 물론 처음에는 나도 딱 맞는 공부법을 찾기까지 여러 번 실패를 반복했다. 하지만 포기하지 않고 다양한 방법들을 적용하고 시도해보았기에 적절한 공부법을 찾을 수 있었다. 그런데 더 재미있는 것은 나뿐만 아니라 나의 학생들에게 적용했을 때에도 굉장히 성공적이었다.

10년간 계속해서 적용시켜 보았을 때 수학 성적이 오르는 것은 당연한 일이었다. 더 나아가 암기과목을 정말 못하던 학생의 성적이 40점씩 올랐다. 처음 내가 생각했던 것보다 굉장히 결과가 매우 좋았다. 한두 명이 아니었다. 누구에게나 '먹히는 공부법'이었다.

만약 내가 공부에 실패하고 나서 바로 포기했다면 이러한 공부법을 찾을 수 없었을 것이다. 당연히 지금처럼 여러분을 위한 책을 쓰지도 못했을 것이다. 그러니 포기하지 말자. 지금 당장 눈앞에 화려한 성적이 나타나지 않았다고 해서 좌절하고 있는가? 그렇다면 연애하듯 공부해보는 건 어떨까.

08

잠들기 전 5분이
성적을 좌우한다

　오늘도 하루 종일 공부하느라 고생이 많았다. 매일 무거운 가방을 어깨에 메고 졸린 눈을 비비며 등교했을 여러분의 모습이 상상이 된다. 피곤에 지쳐있을 우리 학생들에게 작게나마 응원의 마음을 전하고 싶다. 시험에 대한 부담감과 강요받는 성적 등등 가방의 무게만큼이나 짊어진 공부의 무게도 꽤나 무거울 것이다. 가끔 억울하기도 할 것이고 속상하기도 할 것이다. 무던히 노력했음에도 성적이 안 나온다면 모든 게 싫어지고 다 그만두고 싶어질 것이다.

　내가 딱 그랬다. 성적에 울고 웃고 부담감을 이기려 도피처를 찾기도 했다. 한참의 방황을 했기에 여러분의 심정을 조금이나마 이해한다. 내가 책을 쓰려는 이유도 위와 같은 나의 경험담을 많은 학생들에게 전달해주고 싶어서이다. 공부를 해야 한다는 명확한 사실 앞에서 방황했던 내가 떠올랐다. 그리고 너무나 막막했던 나를 떠올렸다.

지금까지 약 10년 동안 학생들을 가르치며 수업 중에 많이 해주는 이야기도 바로 이런 것이다. 나는 이 답답함을 해결하기 위해 스스로 싸워야 했다. 누구의 도움도 받지 못한 채. 그래서 내가 가르치는 학생들은 조금이나마 이런 걱정과 부담을 덜어주고 싶었다. 공부법에 대해 조금이라도 이해하고 적용해보면 확실히 수월하게 공부를 할 수 있기 때문이다. 내가 겪어보지 않았다면 무엇이 중요하고 어떤 방법이 명확한 방법인지 여러분에게 자신 있게 말하지 못했을 것이다.

수학학원 부원장이라는 사람이 공부를 열심히 했다는 이야기보다 굉장히 열정적으로 즐기며 살았다고 이야기 하는 것이 우스울 수 있다. 하지만 나는 그런 경험이 있었기에 사력을 다해 공부에 매진할 수 있었다. 공부의 의미를 발견하고 가치를 찾을 수 있었다. 그저 공부만 꾸준히 열심히 했던 학생이었다면 그러지 못했을 것이다. 후회가 되기보다는 오히려 감사했다. 그 덕분에 여러분에게 나의 공부 노하우를 마음껏 전해줄 수 있으니 말이다.

앞에서 여러 번 언급한 것 같이 나는 새벽시간을 활용해서 나 혼자만의 공부를 즐겼다. 그렇다고 해서 전문가의 도움을 전혀 받지 않았던 것은 아니다. 학원을 통해 내가 모르는 부분을 채울 수 있었고 대학에서는 학과 교수님들의 강의를 가장 열심히 들었다. 대학은 따로 사교육을 할 수 없었기에 강의가 가장 중요한 요소였다. 이렇게 공부를 하기 위해 기본적으로 전문가로부터의 정보 습득이 최우선이다. 이는 대부분 마찬가지다. 지금 우리도 똑같은 교실에서 같은 선생님들께 수업을 듣고 있다. 그러나 모든 학생의 성적은 천차만별이다.

왜 이런 결과가 나올까? 이유는 간단하다. 강조하는 것처럼 공부법에 차이가 있기 때문이다. 수업을 듣고 난 후 우리는 거기서 공부를 끝낸다. 하지만 그것이 전부가 되면 안 된다. 만약 거기서 공부를 끝냈다면 우리의 뇌는 하루만 지나도 그 내용의 70%를 잊게 될 것이다. 반대로 수업을 듣고 난 후 집에 돌아가서든 쉬는 시간을 이용해서든 그 내용을 내 것으로 만드는 작업을 한다면 어떻게 될까? 결과적으로 배운 내용의 95% 이상이 머릿속에 남게 된다.

그 정도면 눈을 감아도 내가 무엇을 배웠는지가 선명하게 떠오른다. 나는 보통 수업을 마치고 나면 그 내용들을 이미지화 혹은 영상화시켜서 기억했다. 사진을 찍듯 그 상황과 내용을 오롯이 하나의 이미지로써 저장한 것이다. 배운 내용들이 한 편의 영화처럼 머릿속에 흘러갔다. 그것이 바로 '상기'라는 것이다. 수업이 끝난 직후 복습을 통해서 그날의 수업을 반복했다. 또한 과목별 정리노트를 이용해서 배운 내용을 매우 깔끔하게 요약정리하기도 했다.

앞에서 내가 지속적으로 강조했기 때문에 아마 여러분도 노트를 만들고 요약정리를 시작했을 수 있다. 그런데 그렇게 노트를 정리한 후에 내가 무엇을 기억하고 있는지 되새겨본 적이 있는가? 나는 정성 들여 모든 과목을 요약정리 하고 그날 배웠던 내용을 다시 한 번 읽어보았다. 이미 수업시간에도 한 번 들었던 내용이다.

거기에 이렇게 읽어보기까지 하면 하루 동안 최소한 3번은 본 격이다. 생각보다 쉽게 여러 번 복습한 것이다. 여기서 중요한 것은 반복을 한 후에는 꼭 내가 무엇을 기억하고 무엇을 놓쳤는지 확인해 보아야 한다.

물론 중·고등학생의 경우 배우는 과목이 한두 과목이 아니다. 대략 7~10개 사이일 것이다. 공부를 해야 할 것들이 매우 많다. 국어공부도 해야 하고 사회공부도 해야 하고 과학 공부도 해야 하는 등 공부할 과목들 투성이다. 그렇기 때문에 오히려 더욱더 배운 내용들을 요약정리 해보아야 한다. 물론 정리만 해도 많은 시간이 소요되긴 할 것이다. 하지만 그만큼 머릿속에 남는 것들이 더 많다.

일단 귀로 듣고 눈으로 보고 손으로 쓰면서 지식을 장기기억화하는 방법을 사용했기 때문이다. 한 과목의 정리가 끝나면 바로 이어서 다른 과목의 책을 편다. 그런데 막상 바로 전에 공부한 내용이 뭐였는지 떠올려 보려고 해도 하나도 기억나질 않는 경우들이 있다. 아마 고개를 끄덕이는 학생들이 꽤 많을 것이다.

나름대로 '듣고, 보고, 쓰기'의 3단계 공부법을 잘 지켰음에도 이러한 상황이라면 난감할 것이다. 이유를 알 수 없기에 초조하고 걱정이 앞설 것이다. 분명히 이 책에서 열심히 공부하라고 하고 특히 복습을 체계적으로 하라기에 시키는 대로 열심히 했음에도 결과는 평소와 다름없기 때문이다. 여러분의 머릿속에 공부한 내용이 남지 않은 것은 복습의 마무리를 제대로 하지 못했음을 의미하기도 한다.

공부에는 기승전결이 있다. 즉 순서가 있다는 얘기다. 앞서 공부를 하기 위해선 자신에 대해 먼저 이해하라고 했다. 그리고 그 준비가 되면 나에게 맞는 공부법을 찾아야만 한다고 강조했다. 그다음으로는 배운 내용은 바로 그날 복습하기를 권장했다. 그리고 복습을 할 때는 그 과목의 요약정리 노트를 만들어 잘 정리할 것을 당부했다. 이렇게 해서 순차적으로 공부를 하면 스스로 맞춤형 공부법이 탄생한다. 그런데 마지막으로 가장 중요한 것이 남았다.

바로 '복기'의 단계이다. 복기라고 하는 것은 바둑에서 승패가 결정된 뒤, 두었던 대로 다시 두는 것을 말한다. 하루 공부 분량을 마쳤다면 우리는 반드시 복기의 단계를 거쳐야 한다. 잠들기 5분 전 습관으로 복기를 하자. 다시 한 번 강조하지만 잠들기 5분 전에 하는 것이 핵심이다.

하루 종일 우리는 많은 양의 공부를 했을 것이다. 학교에서도 공부를 했을 것이고 학원에서도 공부를 했을 것이다. 혹은 집에서 자기 주도적 학습을 진행했을 것이다. 하루 10시간 이상을 책만 바라보고 있으면 우리의 뇌는 어떨지 생각해 본 적 있는가? 아마 굉장히 혼란스러울 것이다. 한 마디로 뇌에 과부하가 걸릴 수 있다는 말이다. 그렇게 되면 지금까지 공부한 내용이 정리가 되질 않는다. 방대한 양의 분량을 다시 한 번 머릿속에서 떠올리고 말로 되뇌며 정리함으로써, 공부한 것들을 더 확실하게 각인시키는 작업이 필요하다.

나의 경우는 오늘 3과목을 공부하고 정리했다면 가장 먼저 공부한 요약노트를 펼쳤다. 그리고 오늘 배운 내용을 다시 읽었다. 다 읽고 나면 노트를 덮고 봤던 내용을 머릿속에 떠올렸다. '내가 오늘 무얼 배웠지? 등식이라는 것을 배웠구나. 등식은 뭐더라?' 하며 차근차근 배운 내용들을 짚어나갔다. 그러다 보면 꼭 기억이 날 듯 말 듯 한 것들이 생긴다. 그러면 그 부분에 대해서만 다시 한 번 읽어보고 잠드는 것이다.

사람은 잠을 자면서 꿈을 꾼다. 꿈은 그날의 일들을 정리해주는 영상이라고 한다. 오늘 내가 무슨 일이 있었고 기억해야 할 것과 아닌 것을 분류하는 작업을 영상으로 보여주는 과정인 것이다. 이 과정 속에서 반복된 영상은 장기 기억으로 저장된다. 잠들기 5분 전에 매일같이 배운 내용들을 다시 한 번 머릿속에 떠올리고 읽어본다면 어떤 변화가 일어날까?

이틀 전 혹은 삼일 전에 공부했던 내용들이 시간이 지난 오늘도 선명하게 떠오른다. 고작 잠들기 전 5분의 습관을 들였을 뿐인데 말이다. 복습과는 또 다르게 스스로 공부한 것을 상기시키는 그 과정에서 내가 알고 있는 것과 모르는 것이 분류가 된다. 모르는 부분은 즉각적으로 찾아내어 문제를 해결한다. 그러니 내가 공부한 내용이 선명하게 기억날 수밖에!

속는 셈치고 오늘부터 잠들기 전 5분만 나를 따라 해보자. 머릿속에 점점 지식이 차오르는 기쁨을 맛볼 수 있을 것이다.

3 장

공부습관을 만드는
8가지 법칙

01

나의 강점과 약점을
파악하라

공부는 습관으로부터 만들어진다. 내가 어떠한 공부습관을 가지고 있느냐에 따라 두 달 뒤 나의 시험 결과가 결정된다. 그리고 처음부터 제대로 된 공부습관을 가진다면 평생 적용이 가능하다. 평생 쓸 수 있는 공부습관을 만들기 위해서는 먼저 나에 대해 알아야 한다. 나는 어떤 부분에 강하고 약한지에 대해 이해하고 있어야 강점을 살려 공부습관을 만들 수 있기 때문이다. 혹시 내 강점과 약점에 대해 떠올리기가 힘들다면 1장에서 작성했던 '나의 분석 리포트'를 참고하면 도움이 된다.

내가 공부를 하기 전에 이렇게 나를 먼저 이해하고 파악하기 위해 많은 시간을 투자한 데는 다 이유가 있다. 공부를 하는 것도 중요했지만 제대로 된 공부를 하고 싶었다. 성적보다도 나를 성장시키는 공부를 해야겠다고 마음을 먹었기에 나에 대한 이해가 우선시 되어야 했다. 또한 뒤늦게 마음먹고 공부를 시작하는 거라 빠른 방법보다는 확실하고 정확한 방법을 찾아야했다. 앞서 언급했듯이 나에게 맞지 않은 공부를 해보니 성적이 문제가 아니라 내면의 상처를 받을 수도 있다는 것을 경험했기에 더욱 그랬다. 그중에서도 내가 무엇을 잘하고 못하는지에 대한 파악이 가장 중요했다. 이기는 공부를 하기 위해서는 내 약점보다는 강점에 초점을 맞춰야 했기 때문이다.

가만히 나를 들여다보고 생각해보니 어떤 방향으로 공부습관을 잡아야 할지 윤곽이 보였다. 내가 공부를 함에 있어서 가장 주의해야 할 것은 감정 기복과 체력이었다. 게다가 벼락치기로만 공부를 해왔기에 끈기가 약했다. 그래서 나는 단 10분이라도 매일 꾸준히 공부를 하는 것을 첫 번째 목표로 삼았다. 스트레스에 취약한 편이라 심리적인 부담이 적어야 했다. 또한 처음에는 의욕이 불타오르다가도 얼마 지나지 않아 시들해지는 성격이라 매일 이 공부 의지를 유지시키는 것이 관건이었다. 이에 대한 해결책으로 일일 목표를 정해놓고 공부하기로 했다. 승부욕이 있는 편이라 목표를 정해놓으면 꼭 그것을 해내야 직성이 풀리는 편이기에 나의 그런 성향을 활용하기로 했다.

그리고 공부를 시작하기 전에 해결해야 할 문제가 있었다. 나는 친구들과 어울리는 것을 좋아했다. 때문에 그 유혹을 어떻게 뿌리쳐야 할지 고민이었다. 누군가의 부탁이나 제안을 거절하는 것에 익숙하지가 않은 나에게는 꽤나 어려운 일이었다. 한참을 고민 끝에 5일 중 3일은 친구들과의 시간을 즐기기로 했다. 오랜 시간이 아니더라도 두 시간 정도 차를 마시거나 함께 밥을 먹는 시간을 가지기로 했다. 좋은 사람들과 함께 하며 좋은 에너지를 받는 것만으로도 나에게는 큰 응원이 되었기 때문이다.

　이런 준비들은 내가 공부를 함에 있어 실질적으로 굉장히 도움이 되었다. 매일 스터디 플랜에 그날 공부할 것들을 적는 것만으로도 즐거웠다. 일일 공부계획은 '도서관에서 책 1권 읽기, 공강 시간에 30분간 복습하기, 한 시간 동안 과제 해놓기, 교안 만들기' 등의 일상적이고 사소한 것들이었다. 목표가 있으니 그것을 성취하고자 하는 열망이 강해졌다. 승부욕이 발동되면서 에너지가 넘쳤다. 달성한 것들을 하나씩 지워가며 내가 해냈다는 성취감을 제대로 맛보았다. 그러다보니 며칠 못가서 포기할 줄만 알았던 내가 매일 빠짐없이 공부하고 있었다. 억지로 하는 것도 아니고 진취적으로 말이다. 그로 인해 점점 공부에 흥미가 생겼다.

　칭찬과 응원에 약한 내게, 성취감이라는 선물은 꽤 큰 영향을 미쳤다. 매일 더 목표량을 늘리기로 했다. 만약 어제 두 시간 정도 공부를 했다면 오늘은 10분 정도 더 공부했다. 조금씩 목표한 시간과 공부할 양을 늘려갔다. 그러다보니 공부를 하는 데 있어 속도와 탄력이 붙는 것을 실감했다. 제대로 공부를 즐기게 되었다. 덕분에 얼마 못 가 포기할 것만 같던 나의 공부는 일상이 되었다. 그럼에도 친구나 선후배들과 좋은 시간을 갖는 것도 빼놓지 않았다. 공부도 중요하지만 사람들과 만나며 좋은 에너지를 나누는 것 역시 중요했기 때문이다.

　어떻게 보면 나에게 주는 보상과 휴식이었다. 적절한 보상이 주어져야 또 공부를 할 힘이 충전되었다. 자유로운 영혼인 내가 공부할 때는 공부만 해야 한다고 나를 책 속에 가두었다면 나는 오래 지나지 않아 책과 공부 모두를 내던졌을 것이다. 내가 나를 가장 잘 알기에 적절한 당근과 채찍을 활용하여 꾸준한 습관을 만들어낼 수 있었다.

물론 그 습관들은 지금도 유지 중이다. 학생이었던 입장에서 지금은 학원에서 아이들을 가르치는 입장으로 바뀌었지만, 여전히 나는 하루 세 시간씩 수학 책을 편다. 수학강사이면서 무슨 공부를 그렇게 하는지 의아할 것이다. 아이들에게 동기부여를 주기 위함도 있지만 내게는 공부가 주는 만족도가 크기 때문이다.

습관이라는 것은 바로 나로부터 시작된다. 그래서 내가 무엇을 잘하고 좋아하는지에 초점을 두고 계획을 세워야 한다. 공부습관을 들일 때는 특히 더 그렇다. 거듭 강조하지만 옆에 있는 친구가 하루에 문제집 20장을 푼다고 해서 무작정 따라 하지 말자. 무조건적인 공부습관은 결국 나를 힘들게 한다. 그리고 처음부터 너무 욕심내지 않아야 꾸준히 오랫동안 유지할 수 있다. 내가 공부할 시간이 하루에 한 시간 정도밖에 없는데 하루에 세 과목씩 공부를 하겠다고 하는 것은 무리다. 그만큼 머리가 좋아서 한 번 보고 모두 외워진다면 이해하겠지만 그렇지 않은 경우에는 그저 장수 채우기에 불과하다. 그 습관을 통해서 나에게 도움이 되는 결과를 얻지 못한다면 아무런 의미가 없다.

처음 공부습관을 들이기 위해선 작은 것부터 시작하자. 물론 각자의 성향에 맞게. 시험 때만 공부하고 평소에 공부하는 것이 힘든 학생들의 경우에는 집에서 공부가 안된다고들 말한다. 이런 학생들은 자신에게 동기를 부여해줄 수 있는 계기가 필요하다. 혹은 같은 목표를 가지고 있거나 서로 도움을 줄 수 있는 친구가 있다면 같이 공부를 하는 것도 도움이 된다. 꼭 만나서 공부를 하라는 것이 아니다. 하루 동안 서로 공부한 내용을 피드백하는 시간을 정해놓고 공부하는 것도 하나의 좋은 방법이다.

이와 다르게 매일같이 공부를 하는데도 성적이 오르지 않는 경우라면 우선 내가 어떠한 상황인지를 정확하게 파악해야 한다. 배운 내용을 정리하거나 암기하는 것만 하고 있는 것은 아닌지 아니면 배운 내용을 바탕으로 문제들만 풀고 있는지부터 확인해야 한다. 정리하고 암기하는 것에 뛰어난 학생은 그것을 실제 문제에 적용시킬 수 있는지에 대한 확인이 필요하다. 그러기 위해선 매일 여러 유형의 문제들을 풀어보는 것이 중요하다. 하루 1시간을 공부하며 정리만 했다면 요약정리는 20분 안에 마치고 30분 동안 관련 개념의 문제를 풀어보는 것이다. 그러다 보면 개념을 알고 있어도 막상 막히는 유형들이 생긴다. 그러한 부분을 찾아 정리를 한다면 취약한 부분들이 점점 채워질 것이다.

반면에 문제는 푸는 데 막상 개념에 관련해서 설명하라고 하면 말문이 막히는 학생들이 있다. 보통 이 유형의 학생들은 개념을 문제에 적용하는 능력은 강한 편인데 정리를 하는 것은 귀찮아한다. 그래서 본인이 최대한 귀찮아하지 않을 수 있는 방법으로 개념을 정리하는 것이 좋다. 노트 정리를 부담스러워할 성향이기에 접착식 메모지를 활용하는 것이 도움이 된다. 내가 가르치는 학생들 중에서도 이와 같은 학생들이 많다. 문제를 풀어보라고 하면 부담 없이 풀어내는 반면, 그 개념에 대해 나에게 이야기 해달라고 하면 뭔지는 알겠는데 말로 설명이 안 된다고들 한다. 기본이라고 해서 사소해 보일지라도 개

넘에 대해 타인에게 설명할 정도로 완벽히 숙지가 되어 있어야 한다. 응용과 심화를 다루는 바탕이 바로 기본적인 원리이기 때문이다.

이처럼 자신이 어떤 부분에 강하고 약한지에 대한 파악만 제대로 해도 앞으로 공부를 어떻게 해야 할지 방향이 뚜렷하게 잡힌다. 그것을 토대로 부족한 부분을 채우기 시작하면 이전보다 좋은 결과를 얻게 된다. 그렇게 얻은 자신감은 앞으로 여러분이 공부를 하는 데 있어 아주 큰 힘이 된다는 사실을 기억하자.

02

자투리시간을
활용하라

매일 모든 수업을 시작하기 전 아이들에게 지난 시간 숙제를 해왔는지 일일이 확인을 한다. 그러다보면 이런 학생들이 있다. "시간이 없어서 못 했어요." 난 이 대답을 하는 아이들을 볼 때 굉장히 당황스럽다. 왜? 나도 똑같이 24시간을 살고 있는데? 어째서 여러분은 시간이 없는 것일까? 물론 이해를 못하는 것은 아니다. 학교 다니랴 수행평가하랴 학원 수업 들으랴 학원 숙제 하랴 할 일이 태산이라는 것을 알고 있다. 나도 그랬으니까. 그런데 혹시 그거 아는가? 1등도 여러분과 똑같이 할 일이 태산이라는 걸.

시간이 없다는 것은 사실 가장 흔히 할 수 있는 변명이고 핑계다. 나 역시 매일을 바쁘게 살고 있다. 보통 6시간의 수업과 학부모 상담, 그리고 매일 세 시간씩 수학 문제도 푼다. 게다가 책도 읽고 외부 강연도 듣고 심지어 이렇게 책도 썼다. 이것뿐이 아니다. 블로그와 카페,

SNS도 관리한다. 이 모든 것을 24시간. 즉, 매일 하고 있다. 그러면 나만 하루 30시간을 사는 것일까? 그렇지 않다. 나 역시 여러분과 똑같이 24시간을 선물 받았다. 심지어 나보다 더 바쁜 사람들도 하루에 정해진 시간은 모두 공평하다. 그런데 왜 여러분은 매일 시간이 없는 것일까?

그 차이는 시간을 얼마나 밀도 있게 쓰느냐에 달렸다. 여러분에게 30분의 시간이 주어진다면 그 시간 안에서 무엇을 할 수 있을까? 다양한 대답들이 나올 것이다. 밥을 먹을 수 있다거나 게임을 한 판 할 수 있다거나 낮잠을 자는 등 여러 대답이 나올 것이다. 나의 경우는 커피 한 잔을 마시면서 책을 10장 정도 읽는다. 혹은 블로그에 한 개의 글을 포스팅하고 수학문제 30개를 푼다.

같은 시간이 주어졌음에도 그 시간을 활용하는 방법이나 용도가 모두 다양하다. 반대로 생각해보면 시간을 관리하고 사용하는 주체가 다르다는 것이다. 여러분이 시간에 끌려 다니고 있는 것과는 달리 나는 철저히 내가 시간을 관리한다. 즉 내가 시간의 주인이라는 이야기다.

시간은 우리가 잡고 싶다고 잡을 수 있는 것도 아니고, 늘리고 싶다고 해서 늘릴 수 있는 것도 아니다. 때문에 시간이 흘러가고 있는 것은 어쩔 수 없다고 생각하고 받아들이며 살아간다. 이러한 생각부터 바꾸자. 이제부터는 우리 스스로가 시간을 지배하는 것이다. 내가 어떻게 시간을 주도적으로 사용하느냐에 따라 내 삶의 모습이 결정된다.

물론 학기 중에는 정말 바쁜 스케줄로 제대로 잠을 잘 시간조차 없다는 것은 나도 충분히 이해한다. 피곤이 가득한 얼굴로 책상 앞에 앉아있는 여러분의 모습을 바라보는 나 역시 마음이 좋지 않다. 아마 우리 부모님도 이런 마음이셨을까 싶을 정도로 말이다.

하지만 시간을 바라보는 시각을 조금만 바꾸면 우리는 조금 더 많은 것들을 이루고 얻을 수 있다. 보통 학생들에게 공부 계획을 세워보라고 하면, 수업이 다 끝난 후나 시작하기 전의 시간들만을 생각하고 계획을 세운다. 학교 쉬는 시간이나 이동시간 등의 짧은 시간들은 전혀 생각조차 하지 않는 채 무조건 긴 시간들만을 생각하고 계획한다. 그런데 가장 중요한 사실은 자투리 시간을 잘 활용하는 것이다. 이것만으로 24시간인 내 하루가 30시간으로 변할 수 있다.

학교 수업시간을 생각해보자. 매 수업 후에는 쉬는 시간이 있다. 10분씩 5번~6번 정도가 있을 것이다. 이 시간들을 모두 합쳐보면 약 한 시간 정도가 생긴다. 짧게 나누어 보면 10분이지만 모두 모아서 생각했을 땐 한 시간이 생기는 것이다. 때문에 짧은 시간이라고 해서 우습게 생각해서는 절대 안 된다. 10분이라는 시간 동안 의외로 많은 양의 공부를 할 수 있기 때문이다. 가장 대표적으로는 전 시간의 수업을 복습하는 것이다. 내용을 정리하고 머릿속에 각인시키기엔 충분한 시간이다. 또한 영어단어를 외울 수도 있고 오답 정리를 할 수도 있다.

예를 들어 2분 동안 5개의 영어 단어를 외운다고 가정하자. 그럼 10분이면 몇 개의 영어단어를 외울 수 있겠는가? 무려 25개의 영어단어를 외울 수 있게 된다. 게다가 학교의 쉬는 시간은 한 번만 있는 것이 아니다. 마음만 먹으면 4번의 쉬는 시간에만 영단어 100개를 외울 수 있다는 것이다. 이렇게 5일만 하면 벌써 500개의 영어 단어가 내 머릿속에 저장되게 된다. 놀랍지 않은가.

 학교를 통학하며 걸리는 시간 역시 효율적으로 활용이 가능하다. 보통 학교를 가거나 집 밖을 나서면 우리가 가장 먼저 하는 것은 무엇인지 생각해보라. 바로 이어폰을 꺼낸 후 음악을 듣는 일일 것이라 생각한다. 나 역시 집을 나서는 순간부터 이미 귀에는 이어폰이 꽂혀있다. 음악을 들으며 나 혼자만의 공간을 만드는 것이다. 내가 좋아하는 음악을 들으면서 나를 위한 선물을 주는 것이다. 그런데 이런 나도 고등학교 때는 음악을 듣지 않았다. 심지어 대학교 때는 시험 한 달 전부터는 음악을 듣지 않았다. 공부하는 데 있어 방해가 될까 싶어서였다.

 내가 고등학생이었을 때 일이다. 하루는 점심을 먹고 친구들과 교실에 들어왔다. 다른 친구들과 이야기를 나누고 있는 친구들도 있고 잠을 자고 있는 친구들도 있었다. 공부를 하던 친구도 있었다. 나는 그중 이어폰을 꽂고 공부 중인 한 친구에게 다가갔다.

 "뭐 듣고 있어?"

 그 친구는 이어폰을 건네주었다. 나는 충격을 받았다. 음악이 흘러나올 줄 알았던 이어폰에서는 전혀 예상치 못한 영어 본문이 흘러나오고 있었다. 세상에. 나와는 다른 세상에 사는 친구 같았다. 이어폰을 꽂고 있었기에 당연히 음악을 듣고 있겠거니 생각했기 때문이다.

 그래서 나도 그 다음날부터 휴대폰에 있는 모든 음악을 삭제하고 영어 듣기 파일을 넣었다. 그리고 이동을 하거나 틈이 생기면 무조건 듣기 시작했다. 하루 30분 이상 매일 들었다. 그렇게 한 달쯤 지났을까. 들리지 않던 영어 문장들이 하나 둘 들리기 시작했다. 신기했다. 온통 영어로만 나오는 부담스럽던 영어듣기평가가 친근하게 다가오

다니.

　나는 계속해서 음악 대신 영어듣기평가를 들었다. 물론 주말은 제외하고. 주말엔 스피커를 이용하여 듣기평가를 들었다. 왜냐하면 실제 시험에서는 스피커를 통해 듣기평가를 하기 때문에 소리가 퍼진다. 때문에 주변의 상황에 따른 변수를 예상하고 대비하기 위해서는 최대한 스피커로 듣는 것이 좋다. 이어폰은 좀 전에 언급한 바와 같이 어딘가 이동을 할 때 활용하면 좋은 방법이라는 것을 꼭 기억해주길 당부한다.

　매일 똑같은 목소리의 성우가 지겨워지면 팝송을 다운로드해 대신 듣곤 했다. 고등학교 때 제 2 외국어를 일본어로 선택했던 나는 j-pop도 즐겨들었다. 물론 지금은 외국 음악을 거의 듣지 않지만 그 당시에는 한국 음악보다 외국 음악을 더 많이 들었다. 노래가 좋은 것도 있었지만 외국어 공부를 위한 목적이 더 뚜렷했다. 가사를 안보고 따라 부르며 영어를 귀에 익혀놓은 것이다. 그러다 가사를 출력하여 보고 들으며 해석을 하고 그 내용 중 모르는 부분이 있으면 찾아가며 공부했다. 외국어를 노래로 공부하다 보니 자연스럽게 흥미가 생기게 되었다. 물론 이를 핑계로 음악을 들으며 잠깐의 여유를 즐기기도 했다.

　외국어가 아닌 경우에도 오디오를 활용하는 방법은 EBS나 온라인 강의들을 다운 받아 듣는 것이다. 이 방법은 지금도 가끔 사용한다. 온라인 강의 중 mp3 파일로 구성되어 있는 강의를 다운받아 음악대신 들었다. 개념 설명이 많이 필요한 과목의 개념 복습용으로 활용하면 매우 유용하다. 이미 공부했던 내용에 대한 정리랄까. 이동하면서 들다가 생각이 나지 않는 부분이 있다면 간단히 메모장에 메모 해두었다가 집에 돌아와 그 부분을 찾아 공부하면 더 효율적인 복습이 가능하다.

시간이 없어서 공부를 못한다는 말에 내가 왜 당황했는지 이제 조금 이해가 될 것이다. 어쩌면 반대로 나의 이야기를 듣고 '이런 방법들이 있었구나.'하고 탄성을 지르는 학생들도 있을 것이다. 시간이라는 것은 내가 어떻게 활용하느냐에 그 가치와 효율성이 결정된다. 허투루 보냈던 자투리 시간들을 이렇게 잘 활용하면 시간이 없어서 공부를 못한다는 말은 할 수 없을 것이다. 시간에 대해 조금만 관심을 기울이면 얼마든지 스스로 시간을 지배하며 살 수 있다. 더불어 굳이 피곤한 몸을 이끌고 늦은 시간까지 공부를 하지 않아도 되니 얼마나 대단한 일인가.

24시간이었던 나의 하루가 30시간이 된 것처럼 여유가 생길 것이다. 이제 자투리 시간을 활용하는 법을 배웠으니, 더 이상 시간에 쫓기며 공부하지 말자. 앞으로는 주도적으로 시간을 관리하며 효율적으로 공부하여 나의 시간을 더 가치 있게 만들어 나가자.

03

매일 목표를 시각화하라

공부를 하다 보면 목표가 생기기 마련이다. 가령 '이번 시험에서 평균 90점을 넘겨야지' 라든가 '반 석차 2등 올리기' 등 각자 목표가 있을 것이다. 목표를 가지고 공부를 하면 목적 없이 공부하는 것보다 훨씬 공부에 탄력이 붙게 된다. 그런데 재밌는 건 그렇게 공부를 하다가도 문득 '내가 할 수 있을까?'하는 의문이 드는 때가 있다. 이런 생각이 시작되어 꼬리를 물기 시작하면 결국은 내가 너무 큰 목표를 잡은 건 아닌지 그 확신이 흔들리기도 한다. 나 역시 그랬다. 그럴 때마다 내가 사용하던 방법은 간단하다. 책상 앞에 '피할 수 없으면 즐겨라!'라는 문구를 붙여놓고 수시로 들여다보았다. 나 자신에게 동기부여를 해준 것이다.

스스로 할 수 있다고 말하고 응원했다. 그리고 그 옆에는 이번 시험의 목표를 붙여놓고 공부했다. 등록금 고지서를 복사해서 '납부금액 0

원'을 쓰고는 눈에 가장 잘 띄는 곳에 붙여놓기도 했다. 수시로 보고 생각하고 떠올렸더니 진짜 내가 전액 장학금을 받은 기분이었다. 의심이 들던 내 모습은 사라지고, 어느새 나는 할 수 있으리라는 믿음만이 가득했다. 이미 원하는 것을 이루어낸 것 같았다. 심지어 아직 시험을 본 것도 아니었는데 원하는 것을 이루어냈다는 만족감과 감사함이 넘쳤다.

무언가에 홀린 듯했다. 목표를 시각화하고 계속해서 성공한 이미지를 떠올렸다. 그랬더니 마음이 편안하고 행복해졌다. 덕분에 공부가 매우 즐거웠다. 집중도 더 잘 되었고 피곤함도 잊었다. 목표가 뚜렷하다 보니 다른 생각이 들지 않았다. 그때부터 나는 원하는 것이 있으면 사진이나 글로서 시각화하기 시작했다.

실제로 불가능할 것 같던 일들도 내가 원하고 생각하는 대로 이루어지기 시작했다. 간절히 원하던 일본 연수도 중간에 약간의 문제가 있긴 했지만 성공적으로 마칠 수 있었다. 하나의 목표를 달성하고 나면 다른 목표를 위한 사진들을 찾기 시작했다. 행여 사진이 없는 목표일 때는 글로서 내 스스로에 확신을 심어준 것이다.

사람이 가진 잠재력은 생각보다 엄청나다. 그래서 공부를 잘하지 못해도 '잘한다, 잘한다.' 해주면 용기가 생긴다. 진짜 해낼 것 같은 확신이 생긴다. 그리고 그 힘으로 두려움을 극복하고 노력을 하기에 목표를 이룰 수 있다. 예전에 누군가가 내게 해 준 말 중에 비슷한 일화가 있다. 군인들이 훈련을 할 때도 리더가 어떻게 이끌어주느냐에 따라 성과가 달라진다고 했다. '열심히 해, 얼마 안 남았다.'라는 말로만 이끄는 부대보다 '이제 1km만 가면 목적지다. 힘을 내자.'라고 목표를 뚜렷하게 전달해주는 부대의 낙오자가 훨씬 적었다고 한다. 같은 위로의 말이지만 목표를 명확히 해줌으로써 훈련의 효과가 달라진다고 했다.

공부를 할 때 목표를 시각화하는 것은 특히 더 많은 도움이 된다. 공부는 당장 눈에 보이는 성과를 얻을 수 있는 부분이 아니기 때문에 꾸준한 노력이 필요하다. 그 과정에서 위기가 찾아오기도 하고 지칠 수도 있다. '내가 정말 해낼 수 있을까?'하며 자신감을 점점 잃어가기도 한다. 때문에 뚜렷하게 눈에 보이는 목표가 필요하다. 이런 마음을 이해하기에 나는 학생들에게 본인의 목표를 접착식 메모지에 써서 여기저기 눈에 잘 보이는 곳에 붙여두라고 한다. 원하는 대학이 있다면 그 대학의 사진을 붙여놓거나 휴대폰 배경화면에 깔아놓으라고 한다. 계속해서 눈으로 보다보면 의식적으로 생각하게 되고 더 나아가 무의식에 저장이 된다. 그렇게 되면 그 목표를 달성한 꿈을 꾸며 스스로 목표를 이루고자 노력한다. 그 노력이 결국 성공을 만드는 것이다.

나는 꿈도 많고 욕심도 많은 사람이라 아예 드림지도를 만들었다. 커다란 판넬에 내가 이루고 싶거나 갖고 싶은 것들의 사진을 붙여두었다. 자동차 사진, 가고 싶은 여행지, 갖고 싶은 카메라 등등 원하는 것들을 모두 붙여놓았다. 그리고 모두 이루어졌을 때의 내 모습을 생각하며 밝게 웃는 나의 사진도 붙여놓았다. 그리고 사진 옆에는 구체적으로 언제 이룰지 기한도 정해놓았다. 책상 앞에 판넬을 올려두고 수시로 바라보고 이루어졌을 때를 생각했다.

그러자 나도 모르는 새 그 목표들을 하나씩 이루고 있었다. 미국에 가겠다고 노래를 불렀던 나는 실제로 2012년에 뉴욕에 다녀왔다. 물론 처음부터 계획되어 있던 것은 아니었다. 마침 그때 나는 일을 쉬고 있었고, 디자인을 전공하는 동생이 공모전에 입상하여 그 부상으로 해외 인터뷰를 가게 되었다. 그 인터뷰에 동행하게 된 것이고 그 목적지가 미국이었다. 스스로 놀라웠다. 내가 꿈꾼 것이 현실이 되다니.

더 놀라운 것은 그 당시 나는 건강이 매우 안 좋은 상태였다. 그 이유로 일도 쉬고 있었다. 장시간 비행은 물론이고 30분을 움직이는 것도 힘든 상황이었음에도 불구하고 18시간의 비행을 견뎌냈다. 미국에 있는 동안 생각보다 체력적으로 잘 버티기도 했다. 게다가 내가 생각하고 느꼈던 목표의 시각화에 대해 더 많이 체험한 디자이너를 만나기도 했다.

미술이 너무 좋았던 그 디자이너는 미대 입시를 준비했다고 한다. 그런데 이 디자이너에게는 한 가지 제약이 있었다. 미술을 하는 사람임에도 불구하고 색을 제대로 구분할 수 없었던 것이다. 이런 이유로 번번이 미대 면접에서 떨어졌다고 했다. 그 충격과 좌절감으로 인해 한국에 있을 수 없어 도망치듯 미국에 왔다고 했다. 물론 현재는 미국에서 알아주는 디자이너로 살고 있지만 당시엔 너무 힘들었다고 한다. 미국에서 살아가면서도 처음에는 많은 역경이 있었다고 했다. 그런데 어느 순간부터 모든 것이 이루어졌다고 생각하고 그 꿈을 시각화 하니 점점 일이 풀리기 시작했다고 했다. 즉 '자기암시'를 시각화한 것이다.

이루고 싶거나 원하는 것이 있으면 '그것은 이미 내 것이다.'라든가 '나는 이미 그것을 이루었다.'라고 수없이 되뇌며 실제로 그것을 얻었을 때의 모습을 상상한다고 한다. 만약 가지고 싶은 청바지가 있다고 하자. 그 청바지를 당장 살 수 없는 상황일지라도 작업실에 청바지 사진을 붙여놓고 '이것은 내 것이다. 내 손에 들어온다.'라고 지속적으로 '자기 암시'를 한다고 했다. 그리고 얼마 지나지 않아 실제로 자신이 목표한 것들이 이루어지는 상황들이 계속해서 일어났다고 했다. 처음에는 그런 일들이 믿기지 않았지만 이제는 자기 암시의 시각화를 통해 자신이 원하는 목표를 자기 것으로 끌어온다고 했다.

목표를 시각화하면 처음에는 상상으로만 맴돌던 일들도 계속해서 눈에 보이고 의식에 새겨진다. 반복적으로 생각하고 떠올리며 목표를 의식하게 되면 마치 내가 그것을 이루어낸 것 같고 얻은 것 같은 기분이 든다. 이러한 생각들이 시각화를 통해 계속 반복되다보면 원하는 일을 이루어 낸 것처럼 행동하게 된다. 그리고 실제로 그렇게 되게끔 방법을 찾는다.

대표적으로 다이어트를 시작하거나 운동을 시작할 때를 생각해보자. 운동을 하기도 전에 각자 닮고 싶은 사진을 찾아 배경화면으로 해놓는 것이 이와 같은 이치다. 그 사진을 목표로 하고 계속해서 바라보면서 자극을 받기 때문에 야식의 유혹을 뿌리치고 운동을 하는 것이다. 우리의 뇌는 이렇게 지속적으로 반복해서 들어오는 정보에 대해서는 이미 그 사람의 것으로 인식한다. 목표를 이미 이루었다고 생각하면 그 생각이 현실이 된다. 이룰 수 있는 방법만 찾기 때문이다.

여전히 나는 원하는 목표를 시각화하며 살고 있다. 원하는 것이 있고 달성하고 목표가 있으면 무조건 관련 이미지를 찾거나 목표를 글로 작성한다. 그리고는 나의 휴대폰 배경화면과 노트북의 바탕화면을 모두 내가 이루고 싶은 목표로 바꾸어 놓는다. 최대한 눈에 잘 띄는 곳에 보이도록 말이다. 눈에 많이 보이면 보일수록 자신에게는 엄청난 동기부여가 되고 그로 인해 움직일 힘이 생긴다. 성공한 사람들의 대부분은 이처럼 목표를 명확하게 정하고 매일같이 시각화를 한다. 그럼으로써 원하는 바를 자신에게 끌어당기며 긍정의 에너지를 얻었다.

쉽게 말하면 일종의 '이미지 트레이닝'같은 것이다. 무언가 아직 실행하거나 이루어지지 않았더라도 이미 그것을 이루어냈다고 생각하고 믿는 것이다. 그 믿음을 지속적으로 유지함으로써 행동에도 변화가 생기고 그 행동으로 인해 실제 목표를 달성한다. 뿐만 아니라 겁을 내고 물러서기 일쑤였던 성격이 진취적이고 주도적으로 바뀌기도 한다. 새로운 것에 도전하게 되고 더 큰 꿈을 꾸게 된다. 지금 당장 내가 이루고자 하는 목표를 시각화해보자. 분명 머지않아 여러분에게도 기적이 일어날 것이다.

04

공부도 분위기가 필요하다

공부도 분위기를 탄다는 사실을 알고 있는가. 모두가 진지하게 공부를 하는 분위기라면 내가 공부하기 싫어도 어쩔 수 없이 그 분위기에 동화되어 공부를 하게 된다. 반대로 내가 공부를 하겠다고 마음을 먹고 책을 폈는데 주변이 매우 시끄럽거나 산만한 상황이라면 어떨까? 집중이 되지 않기 때문에 공부를 제대로 할 수 없을 것이다. 그러면 우리는 조용히 공부를 할 수 있는 환경을 따라 움직인다. 즉 어떤 분위기를 조성하느냐에 따라 저절로 공부를 할 수도 있고 그렇지 않을 수도 있다.

특히 '나'같은 경우에는 분위기가 매우 중요했다. 중학교 때 잠시 외가 쪽 이모에게 과외를 받은 적이 있다. 그 때 이모가 내게 해준 말이 바로 이것이었다.

"너는 잘하는 애들하고 있으면 더 잘하려고 공부 하는데, 못하는 애들하고 있으면 공부를 안 하려고 해."

감성적인 성격 탓에 주위 환경에 대해 굉장히 영향을 많이 받는다는 것이다. 그 당시 나는 그게 무슨 말인지 잘 이해할 수 없었지만 아이들을 가르치는 입장에서 바라보니 이제는 이해할 수 있었다.

예전에 TV광고 중에 "모두가 Yes라고 할 때, No라고 할 수 있는 용기가 있습니까?"라는 문구를 본 적이 있다. 그 광고를 보고 있을 때는 '당연히 내 가치관에 맞지 않으면 그럴 수 있지!' 라고 생각했다. 그런데 막상 실제로 그런 상황을 눈앞에서 마주하게 되면 혼자서 다른 행동을 하는 것이 쉽지 않다. 일반적인 상황이라면 혼자 눈에 띄는 행동을 하면 눈치도 보이고 괜히 움츠러든다. 때문에 결국은 그 분위기에 흡수된다. 이것이 바로 군중심리이다. 다른 사람들과 생각이 같지 않더라도 대다수의 사람들이 그렇게 생각하고 행동하면 나의 생각보다는 다수의 의견을 따르게 되는 것. 이러한 이유로 우리도 공부를 하기 위해서는 대부분 공부에 몰두하고 있는 환경이 훨씬 유리하다.

나 역시 이런 환경의 영향을 받았기 때문에 지금 가르치는 학생들에게는 내가 먼저 그들이 공부할 수 있는 환경을 만들어주려고 노력한다. 그 첫 번째 노력은 교사용 교재를 사용하지 않는 것이었다. 아이들과 똑같은 교재로 매일 똑같이 문제를 풀면서 '공부하는 선생님'이라는 것을 몸소 실천하고 보여주었다. 테스트를 보거나 문제를 푸는 시간에도 선생님 역시 책을 펴고 문제를 풀고 있으면 아이들도 그 모습을 보고 더 열심히 문제를 풀려고 한다. 실제로 내가 수업하는 학생들은 본인들처럼 문제를 풀고 있는 나를 보고 자극을 받아 공부를 하기도 한다.

특히 시험 대비 기간에는 각자 목표 점수를 정하도록 하는데 그때에도 마찬가지로 나 역시 목표를 정한다. '자격증 3개 취득하기'처럼 구체적으로 함께 목표를 공유하고 그것을 달성했을 때의 보상을 제시한다. 물론 어려울 수도 있다. 하지만 절대 '못하면 어떡해요?'라는 말은 하지 않도록 한다. 제대로 노력을 하지도 않았는데 '못'해내는 경우를 먼저 생각한다면 결국 실패할 수밖에 없게 된다. 따라서 늘 할 수 있다는 분위기를 만들어준다.

예전에 고3 학생 과외를 할 때에도 마찬가지였다. 수능이 한 달 반밖에 남지 않은 상황에서 과외를 해달라고 연락을 해 온 것이다. 당시 나는 집 근처와 잠원동에서 과외를 4개나 하고 있었기 때문에 매우 바빴다. 퇴사한 학원에서 인사만 하고 공부하는 방법 정도를 알려주었던 학생이었는데 간절하게 나를 찾은 것이다. 이야기를 들어보니 그 학생은 수시에 모두 실패하고 수능만을 남겨 놓았는데 모의고사 성적이 7등급 정도였다. 대학을 가야 하는데 도저히 방법을 몰라서 나에게 급히 도움을 청한 것이었다. 심지어 그 학생의 부모님께서는 재수도 허락하지 않았다. 세상에. 11월이 수능시험인데 9월 중순에 와서 7등급 성적을 올려달라니. 자신도 없었고 시간도 없었다. 그래서 몇 번을 거절했다. 절박했던 그 학생은 한 번만 도와달라고 부탁을 했고 결국 매일 우리 집에서 과외를 하기로 했다. 잠원동에서 수업을 마치고 집에 돌아오면 밤 8시가 넘었다. 그 시간에 맞춰 수업을 시작했다. 고3이기에 수능시험까지 시간이 얼마 없었다. 그래서 매일을 막차가 끊기기 직전까지 공부를 시켰다. 가끔 막차가 끊기면 택시를 태워 보내기도 했다.

 그 때 나는 수학 과외를 한 것이 아니었다. 학습 코칭 및 공부법에 대한 과외를 한 것이었다. 때문에 각 과목별 공부하는 방법들에 대해 세세하게 코칭을 해주었다. 그리고 매일 엄청난 양의 과제를 내주었다. 수업을 하러 올 때마다 매일 과제를 꼼꼼하게 확인했다. 제대로 과제가 안 된 날은 수업을 하지 않고 돌려보낼 정도로 단호하게 공부를 시켰다.

 눈물 나게 노력한 결과 한 달 만에 모의고사 성적이 30점정도 올랐다. 서로 결과를 보고 놀랐다. 희망이 생겼다. 그래서 우리는 더 열심히 공부했다. 내가 그 학생을 가르치면서 강조하던 것이 하나 있었다. 나는 그 학생을 가르치고 있었지만 학생과 '같이'공부하는 선생님이라는 느낌을 전해주고 싶었다. 그래야 혼자가 아니라는 생각에 안심하고 더 열심히 공부 할 수 있으리라 생각했다. 모의고사를 풀리는 날에는 나도 학생과 똑같이 문제를 풀었다. 수학 뿐 아니라 모든 과목을.

 하루는 국어 모의고사를 같이 풀었다. 그 학생은 고3 학생이고, 어차피 나는 수능 본지 오래되었으니 자기가 무조건 이길 거라 확신했다. 그런데 내가 1등급 성적이 나오자 그 학생은 매우 충격을 받았다. 믿기지 않는다며 어떻게 이럴 수 있냐고 당황했다. 그러더니 그 다음 날부터는 더 열심히 숙제를 해오는 것이 아닌가! 그렇게 꾸준히 함께 공부하는 분위기를 만들어 주었고 성적은 지속적으로 향상되었다. 서울에 있는 대학에 갈 정도는 안 되었지만 충북권 4년제 대학에 한 번에 합격했다. 게다가 본인이 원하던 학과에 말이다.

 매번 말로써 '공부해라'라고 하기보다 자연스럽게 공부하는 분위기를 만들어주면 굳이 잔소리를 하지 않아도 스스로 공부를 하게 된다. 내 동생 역시 그랬다. 동생과 나는 터울이 조금 있는 편이다. 동생이 고3이었을 때 나는 대학을 갓 졸업하고 학원 강사 일을 하고 있었다. 매일 퇴근을 하고 돌아오면 밤 10시쯤이었다. 씻고 방에 들어오자마자 나는 책상에 앉았다. 그리고는 책을 펴고 공부를 했다. 매일 4시간씩. 하루도 빠짐이 없었다. 그 때 동생과 나는 방을 같이 쓰고 있었기 때문에 동생이 잠을 자기 위해서는 그 방에 들어와야 했다. 그러다보니 자연스럽게 매일 책상에 앉아있는 나의 모습을 보게 되었다. 처음엔 내가 그렇게 공부를 하고 있어도 옆에 앉아서 같이 공부를 하지는 않았다.

점차 시간이 지나고 매일 빠짐없이 책상에 앉아있는 나를 보더니 어느 새 동생도 옆에 와서 함께 공부를 하기 시작했다. 힐끗 돌아보면 동생은 인터넷 강의를 들으며 문제를 풀고 있었다. 제 나름의 공부를 묵묵히 해나갔다. 잘 안 풀리는 문제가 있으면 나에게 질문도 하고 토론도 하면서 우린 함께 공부했다. 그러다보니 동생에게도 자연스럽게 공부를 하는 습관이 생겼다. 공부하라는 잔소리는 한마디도 하지 않았다. 그렇게 매일 공부를 했다. 어느 덧 시간이 흘러 드디어 수능시험 날이었다. 동생보다 내가 더 긴장하여 그날 내 수업을 어떻게 했는지 생각도 나지 않을 정도였다. 마침 수업이 일찍 끝났고 동료 선생님의 도움으로 시험장에 동생을 데리러 갈 수 있었다.

정문을 나서는 동생을 보니 왈칵 눈물이 쏟아졌다. 그런데 의외로 동생은 개운한 표정으로 나에게 다가오고 있었다. 어땠냐고 물으니 그냥 다 괜찮게 푼 것 같다고 했다. 실제로 결과는 굉장히 좋았다. 덕분에 성적 우수자로 좋은 학교에 입학할 수 있었다. 신기하지 않은가. 두 경우 모두, 그저 말로만 공부를 하라고 하기보다는 공부를 할 수밖에 없는 분위기를 만들어 줌으로써 성공적인 결과를 얻었다. 때문에 내가 아이들과 멘토링을 하거나 학부모님들과 상담을 할 때 공부할 수 있는 환경을 조성하라고 강조를 하는 것이다.

집에서 집중이 안 되거나 공부하기가 어려운 경우에는 도서관 열람실이나 독서실을 가라고 권장하는 이유도 여기에 있다. 만약 상황이 여의치 않다면 학원 수업이 적은 날 빈 강의실에 와서 공부를 하라고 권한다. 일단 집이라는 공간은 학생들에게 최고로 안락한 장소이기 때문에 공부보다는 쉬고 싶어진다. 배가 고프면 얼마든 먹을 수 있는 음식이 있고 피곤하면 언제든 잠을 잘 수 있는 곳이기 때문에 정말 강한 의지가 있지 않고서는 혼자 공부하기가 쉽지 않다.

나의 경우처럼 누군가 열심히 공부를 하는 분위기가 아니라면 무조건 공부를 하는 분위기를 찾아가자. 다만 카페나 패스트푸드점과 같이 소음이 많은 곳은 피하기를 권장한다. 대부분 음악이 흘러나오기 때문에 집중력이 흐트러질 수밖에 없다. 그러니 공부를 하기로 마음을 먹었다면 나보다 더 열심히 공부하는 사람들이 많이 모인 곳으로 가자.

05

내가 닮고 싶은 사람을 정하자

혹시 여러분은 닮고 싶은 사람이 있는가? 책을 읽거나 텔레비전을 보거나 강연을 듣고 나면 '아, 저 사람처럼 되고 싶다.'라는 생각이 드는 사람이 있을 것이다. 그런 생각이 드는 사람들이 바로 우리는 닮고 싶은 사람이다. 존경하는 인물이나, 나와 비슷한 꿈을 꾸며 내가 원하던 삶을 살아가는 사람들을 보며 나도 그렇게 살겠노라 다짐하고 나의 역할모델로 삼는다. 그러고 나서 역할모델에 대한 정보를 수집하고 나의 꿈을 실현시키고자 그의 행동이나 습관을 따라하려고 한다. 완벽하게 따라할 수는 없어도 어느 정도 닮아가려고 노력한다. 그리고 그 노력 속에서 우리는 스스로 성장한다.

나에게도 여러 역할 모델들이 있다. 강사, 작가 등등 다양한 분야에 말이다. 그런데 초등학교 때부터 지금 이 순간까지 변하지 않는 역할모델이 딱 한 명 있다. 바로 나의 아버지가 그 주인공이다. 스포츠 감독이신 아버지는 그 분야에서 알아주는 전문가이다. 현재까지도 코치 겸 심판으로 활약 중이시다. 내가 나의 아버지를 존경하게 된 계기는 초등학교 시절로 거슬러 올라간다. 그때는 그저 일을 하시는 아버지가 멋있어보여서 존경하는 인물 칸에 '아버지'라고 적었다. 실제로 그 당시 전국에서 제일 유명한 코치로서 활약 중이기도 했다. 나는 어려서 잘 몰랐지만. 단순히 매일 열심히 일하는 아버지가 존경스러웠다.

그렇게 시간이 지나 중학생이 된 나는 여느 때처럼 학원이 끝나고 집에 돌아와 동생과 함께 텔레비전을 보고 있었다. 그런데 운동을 하러 나갔던 어머니께서 황급히 뛰어들어 오셨다. 그리고는 얼른 옷을 챙겨 입으라고 했다. 왜 그러냐고 묻자 어머니는 오열을 하기 시작했다.

"아빠가 교통사고를 당해서 지금 병원에 계시대. 얼른 옷 입어."

이 말을 듣자마자 나와 동생은 울음을 터뜨렸다. 무서웠다. 갑자기 나의 아버지가 사라질까봐. 아버지의 후배가 우리를 데리러 왔다. 어머니가 너무 놀라서 운전을 할 수 없던 상황이었기 때문이다. 한참을 달려 병원에 도착했다. 병원에 가는 내내 '제발 우리 아빠 좀 살려주세요.'라고 간절한 기도를 했다.

병실에 들어서서 아빠를 마주했다. 펑펑 울었다. 생각보다 아버지의 상태는 괜찮았고 너무 놀랐던 나는 그 자리에서 울어버렸다. 한 쪽 다리 전체를 감싸고 있는 깁스를 보고는 너무 속상했다. 운동이 직업인 아버지의 다리에 깁스라니. 그것도 발목부터 허벅지까지 완벽하게 깁스가 되어 있었다. 무릎 뼈가 모두 으스러져서 3개월 정도 입원을 해야 한다고 했다. 그런데 3일 후, 아버지는 퇴원을 하셨다. 당시 세계 주니어 선수권대회 국가대표 감독이셨던 아버지는 선수들을 훈련시켜야 한다는 사명감으로 의사의 만류에도 퇴원을 하셨다. 퇴원 후 다음날부터 매일 새벽 4시 30분, 어머니는 아버지를 태릉선수촌에 모셔다 드렸다. 그리고 새벽 늦은 시간이 되어서야 아버지를 모시고 돌아왔다.

이해가 가지 않았다. '본인 몸이 저렇게 아픈데 지금 시합이 중요할까?'라는 생각이 가득했다. 깁스를 하고도 강행군을 마다않는 아버지를 보다보니 나도 모르게 존경심이 샘솟았다. 그렇게 몇 달 동안 어머니는 아버지를 출퇴근 시켜드렸다. 지극정성이 통해서일까 아버지는 생각보다 회복이 빨랐다. 두 달여 만에 깁스를 풀었다. 깁스를 하고 있는 동안 목발을 사용하다보니 아버지의 어깨가 한 쪽으로 치우쳐 있었다. 아버지는 신경이 쓰이셨는지 퇴근하고 들어오시면 항상 우리에게 물었다. 오늘은 좀 어떤 것 같냐고. 흐트러진 자세를 교정하려고 매일 노력하셨다. 거실 베란다에 비친 당신의 모습을 보고는 하루 한 시간씩 재활운동을 했다.

눈물이 왈칵 쏟아졌다. 왜 이렇게까지 아버지가 노력을 해야 하는지 그때는 알지도 못했고 이해하지도 못했다. 그저 내 아버지가 힘들어 보이는 게 싫었다. 하루도 빠짐없이 훈련을 하고 집에 돌아와서는 또다시 힘들게 재활훈련을 하는 아버지가 안쓰러웠다. 속상했다. 그리고 한편으로 대단하다고 생각했다. 과연 나라면 저렇게까지 할 수 있을지 의문이 들 정도로 나의 아버지는 열정적이셨다. 그리고 누구보다 책임감과 사명감이 강하셨다. 어린 나이에 아버지의 그런 모습은 충격적이었다. '이렇게 사는 것이 열심히 사는 거구나.' 하는 것을 비로소 깨달았다. 고작 중학생이었던 내게 아버지는 거인같이 큰 존재가 되었다.

그 뒤로 나는 아파도 내가 해야 할 일에 대해선 무조건 해내려고 노력하기 시작했다. 체력도 약했고 잔병치레가 많았던 나는 조금만 아파도 학원을 빠지기 일쑤였다. 하지만 아버지의 교통사고를 계기로 180° 달라졌다. 심하게 체해서 얼굴이 하얗게 변했는데도 학원에 공부를 하겠다고 갔다. 내 상태를 보신 선생님께서 이 상태로 무슨 공부냐며 집으로 돌려보내실 정도로 책임감이 강해졌다. 물론 지금 나의 모습은 그 때 아버지의 영향이 굉장히 크다.

대학을 다닐 때도 참 독하다는 소리를 많이 들었다. 매일 나는 하루 종일 수업이 꽉 차있었고 학점도 최대 학점인 22학점을 맞춰 들었기 때문에 정신이 없었다. 교직이수를 하는 동시에 복수전공, 부전공까지 하게 되면서 몸이 열 개라도 모자를 정도였다. 일주일에 쏟아지는 과제량도 엄청났다. 거기에 더불어 나는 아르바이트도 하고 있었고 친구들과도 자주 어울리며 친목을 다지기도 했다.

매일 새벽 늦게까지 과제와 공부를 했지만 하루도 빠짐없이 과제를 완수했고 매 수업을 맨 앞자리에서 교수님께서 부담스러워하실 정도로 열심히 들었다. 이런 나를 보고 지도 교수님들께서는 괴물이라고 하셨다. 내가 하루 한 시간 정도만 잠을 자며 공부하고 있던 것을 잘 알고 계셨기 때문이다. 해야 할 일에 대해선 하늘이 무너져도 해야 한다고 생각했다. 스스로와의 약속부터 지켜야 다른 약속들도 지킬 수 있다는 책임감이 강했다. 물론 이러한 책임감과 사명감은 모두 나의 부모님의 영향 덕분이다.

아마 아버지가 나의 역할 모델이 아니었다면 조금만 힘들어도 금방 포기하고 말았을 것이다. 하지만 지금 내 사전에 포기란 없다. 죽을 만큼 노력해보고도 안 되었을 때는 내 것이 아니구나 생각하고 깔끔하게 포기하지만, 그 이전에 포기라는 단어는 내게 없다. 지금도 나는 주변에서 괴물이라는 말을 많이 듣는다. 참 독하다고. 예전에는 독하다는 말이 너무 싫었다. 그런데 이제는 그 말을 들으면 행복하기까지 하다. 그만큼 나는 내가 해야 할 것에 대해 사명과 책임을 다하고 있다는 훈장 같아서.

이 책을 쓰고 있는 지금도 난 끊임없이 나의 책임을 다하는 중이다. 학원에서 수업을 하고 책을 쓰고 다른 강의들도 찾아다니며 듣고 있다. 주변에서 나는 도대체 언제 자는 거냐는 질문을 많이 한다. 잠을 안 자는 것은 아니지만 최소한의 시간만을 잠에 투자한다. 내 신조 중 하나가 '어차피 죽으면 평생 잘 텐데.'이기 때문이다. 게다가 나는 아직도 꿈에 대한 갈증을 다 채우지 못했다. 그래서 더 열심히 목표를 향해 달리는 중이다. 지금도 늘 하루하루 최선을 다하시는 아버지를 보며 감탄하고 반성하면서 말이다.

아버지에 비해 아직 앞길이 구만 리 같은 내가 현실에 안주하고 있기에는 시간이 너무 아깝다고 생각한다. 그래서 매일 더 노력하고 새롭게 다짐한다. 아버지를 따라가려면 아직 더 많은 노력이 필요하기 때문이다.

역할 모델이 우리에게 미치는 영향력은 생각보다 위대하다. 나의 경우가 그랬듯. 연예인들이나 성공한 사람들의 인터뷰를 들어도 나와 같이 말하는 사람들이 많다. 원래부터 자신의 꿈이었던 사람들도 있지만 좋아하는 가수를 보고 나도 그렇게 되어야겠다고 생각했다고. 그리고 그 사람을 만나기 위해 최선의 노력을 했기에 지금 이 자리에 올 수 있었다는 말을 익히 들었을 것이다. 생각보다 한 사람이 주는 힘은 강력하다. 내가 존경하는 사람의 말이나 행동이 움츠려 있던 내면의 나를 깨우고 도전하게 하기 때문이다.

지금 여러분은 어떠한가. 꿈을 위해 혹은 목표를 위해 열심히 달려가는 중인가. 아니면 정체되어 있거나 힘들어 주저앉아 있는 중인가. 후자의 상황일수록 내가 존경하고 닮고 싶은 사람을 찾아보자. 역할모델 역시 나와 같은 어려움을 겪었을 것이다. 대체 어떻게 현명하게 이겨내었는지 그 사람의 간접적인 경험을 통해 해결책을 찾을 수 있다.

심지어 나와 동일한 상황을 겪었다는 것만으로도 심리적으로 큰 위로가 된다. 지금 힘든 상황에 처해있는가. 막막하고 어두워 길이 보이지 않는가. 이러한 위로가 여러분의 어둠을 이겨낼 수 있는 힘이 되어줄 것이다. 더불어 여러분 역시 또 다른 누군가의 희망이자 위로가 될 수 있다.

06

목표는 1주일 단위로
구체적으로 설정하라

내가 가르치는 학생들에게 공부 목표를 세워보라고 하면 백지를 내거나 반대로 소설을 써낸다. 누가 봐도 하루에 할 수 없는 양임에도, 자기는 무조건 할 수 있다고 하거나 공부 목표라는 걸 어떻게 세워야 할지 감조차 모르는 학생들도 많다. 앞의 학생의 경우 욕심과 의지는 활활 타오르지만 정확히 3일 후 포기한다. 하루에 할 일은 너무 많고 시간은 한정적이다 보니 완수하기가 어려운 것이다.

그 날 할 일을 다 못하면 다음날로 넘기게 되고 그렇게 쌓이다보면 결국 다 내려놓고 포기한다. 그래서 계획을 세울 때는 자신에게 무리가 가지 않을 정도여야 한다. 목표는 항상 두루뭉술하기 보다는 명확하고 구체적이어야 한다.

아무리 이렇게 이야기해 주어도 막상 본인이 계획을 세우고 있으면 결국 이상한 방향으로 흘러간다. 예를 들어 '오늘 한 시간 사회공부하기'라고 목표를 정한 학생이 있었다. 그런데 막상 사회공부를 하려고 보니 과학이 공부하고 싶어져서 과학책을 폈다고 한다. 여기까진 좋다. 그런데 책을 봐도 아는 게 없어서 다시 덮고 사회책을 폈다. 책을 보고 있노라니 잠이 밀려와 수학책을 폈다고 한다. 결국 책만 펴다가 한 시간이 다 지나 버린 것이다. 목표라는 것은 달성하기 위해 세우는 것이다. 그런데 이렇게 상황에 맞게 계속 바뀌나가다 보면 결과적으로 아무것도 한 것이 없다.

그래서 지금부터는 여러분이 공부를 하는 데 있어 공부 목표와 계획을 세우는 데 도움이 될 이야기들을 해주고자 한다. 여러분은 공부를 할 때 계획표 없이 시간에 맞게 공부를 하는 편인가? 아니면 철저한 계획을 세운 후에 공부를 시작하는 편인가? 두 경우 모두 장단점은 있지만 나는 되도록 계획을 세우고 공부를 시작하는 것을 권장한다. 완벽하게 계획을 세우라는 것은 절대 아니다.

가끔 철저하고 완벽하게 공부 계획을 세우려고 하다가 일주일을 허비하는 학생들도 본 적이 있다. 계획이라는 것은 수정이 가능하기 때문에 처음부터 완벽할 필요는 없다. 가장 중요한 것은 내 페이스에 맞춰 계획하는 것이다. 그리고 너무 오랜 기간의 계획을 미리 해 놓을 필요도 없다. 그렇게 계획을 세우다보면 중간에 수정해야 할 부분들도 많이 생기고 이미 시작도 전에 에너지 소모가 너무 크기 때문이다.

나의 경우는 세 가지 경우로 나누어 목표를 설정했다. 크게 '장기, 중기, 단기 목표'로 나누었던 것이다. 장기 목표는 6개월에서 일 년간 달성할 목표이고 중기 목표는 3개월 또는 한 달 동안 달성할 목표였다. 단기목표로는 매 주차별 목표, 일별 목표로 나누어 설정했다. 간단하게 장기 목표에 대해 이야기하면 일 년 간 자격증을 몇 개를 취득할 것인가에 대한 것이었다. 만약 3개를 취득하기로 목표를 설정했다면 4개월 당 한 개씩 취득하면 되는 것이었다. 중기 목표는 보통 한 학기 목표가 되었다. 한 학기 중 어느 정도의 수업을 들을 것이고 평점을 몇 점정도 유지할 지에 대한 목표를 설정했다. 그리고 그에 맞게 단기별 목표를 설정했다.

여기서 중요한 것은 목표를 계획할 때는 넓은 범위의 목표부터 시작해야 한다는 것이다. 일별 목표를 시작해서 장기 목표로 나아가려면 정말 계획만 세우다가 한 달이 다 지나가기도 한다. 그러나 실제로 학생들에게 목표를 설정하라고 하면 일별 목표부터 시작하는 경우가 대부분이다. 때문에 일주일 뒤엔 어떤 목표를 세워야 할지 혹은 한 달 뒤엔 어떤 목표를 설정해야 할지 몰라 매번 계획을 수정하느라 분주하다. 나의 경우는 일 년, 6개월, 3개월, 한 달, 1주, 1일로 세분화 했지만 이 방법이 힘든 경우에는 일 년, 6개월, 한 달 정도의 큰 틀만 가지고 있어도 단기목표를 세우기에 충분하다.

'한 달 동안 시험 범위까지 수학 문제집 3번 풀기' 라는 월간 목표를 정했다고 가정하자. 이 경우에 가장 먼저 여러분이 해야 할 일은 무엇일까? 몇 시간을 풀지 고민할 것인가? 나는 가장 먼저 문제집의 목차를 먼저 확인한다. 그리고 내가 풀어야 할 범위가 몇 쪽인지를 확인한다. 120쪽 까지가 시험범위라고 가정하자. 한 달을 30일로 생각하고 3번을 반복하기 위해선 10일마다 시험범위까지 문제를 풀어야 한다. 즉, 하루에 12쪽. 매일 6장을 풀어야 하는 것이다. 풀어야 할 공부의 양이 정해지고 나서 시간을 안배하면 된다. 쉬는 시간 틈틈이 풀 것인지, 아니면 학교 가기 전 한 시간, 혹은 잠들기 전 한 시간을 투자할 것인지 상황에 맞게 나누는 것이다.

그러면 과목별로 내가 하루에 공부를 해야 할 분량이 정해진다. 그 때부터 매일 얼마만큼의 시간을 공부해야 하는지 생각해 보면 된다. 수학문제의 경우 한 쪽을 푸는데 8분 정도가 걸린다고 할 때, 12쪽을 풀기 위해선 96분이 필요하다. 대략 한 시간 40분 정도가 필요하다. 그럼 이 96분을 한꺼번에 공부할 것인지 아니면 틈틈이 나누어 공부할 것인지는 본인 성향에 맞춰서 계획하면 된다. 이렇게 시험범위까지 문제를 한 번 다 풀게 되면 그 다음 번에는 시간이 단축된다. 하루 96분이 아니라 80분, 60분으로 줄어들기도 한다. 남은 시간에는 다른 과목을 공부하거나 오답노트를 다시 한 번 분석하면 더 확실한 공부가 된다.

각 과목별로 공부 분량이 정해지면 이제 하루에 몇 과목을 공부할 것인지도 꼭 정해야 한다. 여러분이 학교에서 배우는 과목수가 10개라고 하면 하루에 2개씩 공부를 할지 3개씩 공부를 할지 정하는 것이다. 나의 경우는 암기과목은 주말에 몰아서 하라고 조언한다. 이렇게 하게끔 하는 이유는 국어나 영어, 수학과 같은 주요 과목은 단기간에 성과를 내기 어렵기 때문이다. 때문에 매일 꾸준히 하는 것이 중요하다. 만약 암기과목을 평일 공부시간에 포함시키게 되면, 그만큼 주요 과목을 공부할 시간이 줄어든다. 더구나 시험기간에는 시험 시작 한 달 전까지 수행평가가 쏟아져 나온다. 공부하랴 숙제하랴 할 일이 태산이기에 이 점 역시 감안해야 한다. 상대적으로 평일보다는 주말이 조금 더 여유롭기 때문에 기술가정이나 체육, 미술 등 암기를 위주로 하는 과목은 주말에 각각 한 시간씩 공부하는 것을 권장한다.

매일 주요과목을 공부할 때도 요일별로 과목들을 어떻게 조합하느냐에 따라 공부의 능률이 달라진다. 과목들을 요일별로 조합하는 이유는 우리의 뇌를 효율적으로 활용하기 위해서이다. 예를 들어 내가 지금 영어를 공부했다면 그 다음엔 수학이나 과학을 공부하는 것이다. 어차피 다 중요한 과목인데 어떤 것을 같이 하더라도 괜찮은 거 아닌가 하는 생각을 할 수도 있다. 하지만 공부에는 생각보다 기술이 필요하다.

언어나 문학처럼 감성적인 부분은 우뇌에서 관장을 한다. 반면에 수리연산이나 이성적인 부분은 좌뇌에서 관장을 한다. 때문에 이과적 과목과 문과적 과목을 번갈아가면서 공부하면 양 쪽의 뇌를 효율적으로 사용할 수 있다. 실제로 국어를 공부한 후에 영어를 공부했을 때 뇌는 이것을 하나의 영역으로 생각한다. 우리가 보기에는 서로 다른 과목일지라도 뇌에서 받아들일 때는 비슷한 양상을 띠는 학문이기에 동일한 영역으로 받아들인다고 한다. 때문에 정보를 하나의 기억 장치에 저장하게 되고 그 안에서 정보가 충돌하게 되어 뒤섞여버린다.

지금 내가 영어 공부를 했다면 5분 정도 휴식 후 수학책을 펴자. 혹 수학이 싫다면 과학책을 펴자. 앞의 공부와 전혀 다른 영역의 공부를 하는 것이 이와 같은 정보의 충돌을 예방하고 효율적으로 공부할 수 있는 방법이다. 국어와 수학, 사회와 수학, 영어와 과학 등 교차하여 공부를 했을 때 공부에 효과가 있다는 사실을 반드시 기억하자.

이렇게 구체적으로 시간과 공부 분량을 정하지 않으면 목표를 달성하기 굉장히 어렵다. 그만큼 시간도 오래 걸린다. 하고자 하는 바가 뚜렷하지 않기 때문에 계속해서 수정을 하고 스스로와 타협하려고 하기 때문이다. 그런데 이처럼 명확하고 구체적으로 목표를 구상하고 계획하면 하나씩 해낼 때마다 고지가 눈앞에 있음을 직관적으로 받아들이게 된다. '조금만 더 하면 해내겠구나.' 하는 성취감과 기대감이 생긴다. 이러한 기대감이 여러분의 목표를 달성하게 하는 큰 힘이 된다.

07

공부도 체력이 필수다

공부를 할 때 가장 중요한 것이 무엇일까? 공부하고 싶은 의지? 교재? 분위기? 공부법? 맞다. 이 모든 것이 중요하다. 그러나 가장 공부를 하는데 있어서 중요한 것은 체력이다. 내가 말하는 체력은 육체적 체력만을 말하는 것이 아니다. 마음의 체력도 이 안에 포함된다. 육체적 체력을 위해서 내가 해주고 싶은 단 한 마디는 이것이다.

"절대 밤새우지 마라."

시험이 다가오거나 공부할 게 많은 날에는 으레 밤을 샌다. 그렇게 밤을 새우고는 주변에 자랑을 한다.

"나 어제 새벽 4시까지 공부했어."

이 말을 들은 주변 사람들은 '대단하다, 어떻게 그렇게 공부했느냐'

할 것이다. 이런 반응에 힘입어 그 날도 또 새벽 늦게까지 무언가를 한다. 숙제든 공부든 그 무엇이든. 그런데 밤을 새우고 나면 다음날 상태는 어떨지 생각해보았는가.

학교에 가서 잠이 몰려오니 졸기 바쁘다. 선생님께 지적을 듣고 정신을 차려보려 해도 도무지 눈이 안 떠진다. 학교를 마치고 학원에 가서도 상황은 마찬가지다. 며칠을 못 자고나면 머릿속이 하얘진다. 구름에 둥둥 떠 있는 것처럼 집중도 되지 않는다. 이런 상황을 몇 번 반복하고 나면 몸에서 이상신호를 보낸다. 갑자기 감기가 걸린다든가 소화가 잘 안 되는 등 다양한 이상 징후를 느끼게 된다.

그리고 잠을 안 자게 되면 식욕을 더 돋운다는 사실을 아는가. 잠에서 충전이 될 에너지가 부족하기 때문에 음식으로 채우려 하기 때문이다. 야식을 먹거나 혹은 평소보다 많은 음식을 먹게 되면 위에 부담이 되고 결국 염증을 유발한다. 더구나 피곤하다보니 두통이 오거나 원래 두통이 있는 경우엔 더 악화된다.

스스로 생각하기엔 새벽까지 공부하는 것이 뿌듯하고 보람될 것이다. 나도 처음엔 그랬다. 잠이 별로 없는 성격인데다 자는 걸 굉장히 싫어했던 탓에 나는 무조건 새벽 늦게까지 책상에 앉아있었다. 책을 보든 과제를 하든 어찌됐든 나만의 시간을 만끽하고자 늦은 새벽이 되어서야 잠이 들곤 했다. 공부를 할 때도 보통 새벽 12시 이후부터 집중을 하기 시작했기 때문에 이러한 생활패턴이 매우 익숙했다. 오죽하면 새벽 1시쯤 잠들면 낯선 기분 때문에 제대로 잠들지 못할 정도였다. 지금도 직업적 특성상 퇴근이 늦다 보니 늦게 잠드는 편이다. 그러나 예전처럼 하루에 두 시간 정도만 잠을 자며 생활하지는 않는다.

일을 하더라도 체력이 필요하기 때문이다.

공부도 마찬가지다. 기본적으로 기초체력이 받쳐주지 않으면 제대로 공부를 할 수가 없다. 무언가 열심히 하고 싶은데 마음처럼 몸이 따라주지 않는다는 것만큼 속상하고 화가 나는 일은 없다. 학교생활이나 사회생활을 하기 위해서 체력은 항상 기본적으로 중요한 요소이다. 그러나 나는 이 부분을 너무 가볍게 생각했다. 내 딴에는 공부를 한 후에 성공적인 결과를 얻기 위해서는 당연히 기회비용이 필요하다고 판단했다. 내게는 그 기회비용이 잠이었던 것이다. 매일 많은 수업과 아르바이트까지 해내려면 공부할 시간이 턱없이 부족했다. 공부는 해야겠고 시간이 없었기에 나는 잠을 아끼기로 결심했다. 자투리 시간을 이용하는 것 뿐 아니라 잠을 줄이면 내게 시간이 생긴다고 생각했다. 사실이었다. 잠을 줄이니 내게 많은 시간이 주어졌다. 그 덕분에 마음껏 공부를 할 수 있었다.

그런데 문제는 잠을 줄이고 나서 처음엔 식욕이 좀 붙는듯하더니 장시간 반복되자 정 반대의 결과가 나타났다. 입맛도 없었고 음식생각이 딱히 나질 않았다. 과일주스 한 잔으로 대체한다든가 군것질로 에너지를 보충했다. 이러다보니 점점 살이 빠져갔다. 다이어트도 되고 좋다는 생각에 더 바쁘게 살았다. 매일 높은 힐을 신고 뛰어다니고 수업 들으랴 과제하랴 공부하랴 정말 정신없이 지냈다. 그러자 점점 면역력이 떨어졌다. 추위를 많이 타는 편이기도 했지만 체력이 약해지니 더 빨리 추위를 느꼈다. 심지어 여름에는 햇빛에 30분을 채 나가지 못했다. 위장 장애는 점점 더 심해졌다.

없던 알레르기도 생겼고 난 '걸어 다니는 종합병원'이라는 별명도 생겼다. 열이 오르면 쉽게 내려가지 않았고, 편도선에 염증이 생기거나 위경련이 오는 날이 잦았다. 그래서 학교에 구급차가 오는 날이 많았고 그 주인공은 대부분 나였다. 내가 원하는 대로 몸이 따르지 않자 스트레스도 늘어갔다.

몸이 약해지자 점점 예민해지기 시작했다. 안 그래도 예민한 성격인데 중요한 일이 있거나 신경을 써야할 일이 생기면 무조건 열부터 올랐다. 악순환이었다. 신경 쓰고 아파서 병원을 다녀오고 또 다시 잠을 안자는 일상. 조금 더 잠을 청해보려고 해도 익숙해진 습관 탓에 하루 3시간 이상 잠을 잘 수도 없었다. 기숙사 생활을 했던 내가 몇 주에 한 번씩 집에 가면 나의 어머니는 야윈 나를 보며 숨죽여 우셨다. 불효를 한 것이다. 공부를 잘하고 장학금을 받는다고 한들 자주 병에 걸리는 나는 부모님을 무척이나 걱정시켰다. 체력은 정신력이 지배한다며 정말 독하게 매일을 버티며 살았던 날도 많았다. 아픈 상황임에도 불구하고 날아다니듯 바쁜 스케줄을 소화하면서 말이다. 마음 같아선 더 많은 것을 하고 싶었지만 체력이 뒷받침되지 않아 속상했던 적이 한 두 번이 아니었다.

그래서인지 몸이 아프면 울기부터 했다. 왜 나는 하고 싶은 것도 마음대로 못하는 거냐며 서럽게 울었다. 그때의 나는 내 건강보다는 하고 싶은 공부와 다른 일들을 우선시했다. 감기 기운이 있어 몸이 좋지 않음에도 불구하고 친구들과 여행을 다녀온다든가 술자리에 참석하는 등 당장 눈앞의 행복이 우선이었다. 그럴수록 나는 점점 더 아팠고 방학만 되면 병원신세를 졌다. 고열이 한 번 시작되면 일주일동안 내리지도 않았다. 몸이 아프니 아무것도 할 수 없었다. 꼬박 앓고 나니 어느 새 개강이었다.

몸이 약해져서 조금만 무리를 하면 쓰러지기 일쑤였다. 그렇게 좋아하는 공부를 마음껏 할 수도 없었다. 몸이 약해지니 마음도 약해지기 시작했다. 내가 해낼 수 있을까 하는 불안감이 나를 휘감았다. 1등을 놓치고 싶지 않았고 장학금을 받고 싶다는 생각이 강해질수록 스트레스가 많아졌다. 오롯이 신체적 반응으로 나타났다. 머리카락이 많이 빠지기도 하고 두통이 심해지면서 책을 볼 수 없는 날들도 있었다.

체력이라는 것을 너무 가볍게 생각하고 넘겼던 것이 화근이었다. 결국 더 큰 화를 불러일으켰고 그제야 나는 정신이 번뜩 들었다. 체력이라는 것이 공부를 하는 데 있어서 얼마나 중요한지를. 무조건 체력이 따라줘야 공부도 할 수 있는 것이라는 것을 뒤늦게야 깨달았다. 정신력도 기본적으로 육체적 체력이 따라 줄 때에 강인해진다는 사실도 말이다. 여러 일들을 겪고 나니 생각이 확 바뀌었다. 그래서 나는 내가 가르치는 학생들에게 이 부분을 매우 강조한다.

"제발 밤새우지 마."

특히 여학생들에게 더 많이 강조한다. 할 일을 못하거나 시험이 다가와 초조해지면 밤을 새는 학생들이 많다. 그리고는 주말에 몰아서 잠을 잔다. 이러다보니 생체리듬이 깨지고 예민해지면서 과민성 대장 증후군까지 발생한다. 시험 때만 되면 아파서 학원을 빠지거나 병원 신세를 지는 경우를 매년 보았다. 지금도 그러한 학생들이 굉장히 많다. 때문에 부디 하루 5시간 이상의 숙면을 취하라고 조언한다.

체력적인 부분도 부분이지만 스스로 성적에 대한 중압감을 이기지 못했을 때의 문제도 크다. 부모님이나 선생님들이 좋은 성적을 강요하거나 언급하지 않았음에도 스스로 잘해야 한다는 부담을 크게 갖는다. 자신은 무조건 잘해야 한다고 말이다. 그럴 때마다 괜찮다고, 마음 편하게 공부하라고 다독여도 스스로 가둬 둔 그 기준에서 벗어나지 못하고 초조해 한다. 성적이라는 것이 좋을 때도 있고 나쁠 때도 있는 건데 왜 그렇게 부담을 느끼는지 물어보았다. 대답은 주변 친구들은 다 잘하는 것 같은데 자신만 못하는 것 같다는 것이다.

이렇게 주위 사람들과 비교를 하기 시작하면 공부를 하기 보다는 부담이 어깨를 짓누르게 된다. 중압감을 이기지 못하면 신체적 반응으로 두통이 오거나 장염이나 고열이 동반되기도 한다. 이러면 결국 공부는커녕 병원신세를 질 일만 남는다. 공부는 몸과 마음이 편할 때 진정으로 효과가 있다. 그러니 부디 이 책을 읽고 있는 여러분은 몸과 마음의 체력을 튼튼하게 길러주길 당부한다.

08

'잘'하려고 하지마라

사람은 어떤 것이든 '잘'하고 싶어 하는 마음을 가지고 산다. 그것이 일이든 공부든 무엇이든 간에 무엇이든 간에 잘하고 싶은 마음을 가지고 있다. 가만 보면 인생에 대해서도 예외는 아니다. 누구든 '잘' 살고 싶어 하지 않는가. 매일 어떻게 하면 잘 살 수 있을지, 잘 놀 수 있을지 등에 대한 고민으로 가득하다. 무엇이 됐든 잘해야만 한다는 의식 속에서 살다보니 가끔은 사소한 것에서도 눈물이 터져 나올 때가 있다. 그동안 견뎌온 '잘'하기 위한 노력들의 무게가 너무 무거웠으리라.

나 역시 하루하루 잘 살기 위해 매일 노력하며 살아왔다. 물론 지금도 예외는 아니다. 그런데 가만히 생각해 보면 도대체 잘사는 데에 대한 기준이 무엇인지 모를 때가 많다. 돈이 얼마나 있어야 잘 사는 것이고 혹은 얼마나 벌어야 잘 버는 것인지에 대한 기준은 누가 만들어 낸 것인가 하는 의문을 품기도 한다.

이런 생각들이 꼬리를 물기 시작하면 가끔 내 자신이 한없이 초라해 보인다. 뉴스나 신문 등 다양한 소식을 보면 '억'소리 나는 건물이나 차를 사는 사람들이 많다. 그런 기사를 접하고는 '대체 나는 그동안 무엇을 하며 살아온 걸까' 하는 넋두리가 시작된다. 누군가가 정해놓은 기준에 나를 끼워 맞춰 비교를 하게 되면 결국 나에겐 비수가 꽂힌다.

목적과 방향을 상실하고 방황하게 되기도 한다. 사람은 저마다 자신의 기준과 잣대를 가지고 살아간다. 때문에 누가 잘나고 못나고를 따질 수 없는 소중한 존재인 것이다. 그런데 이런 사실을 잊은 채 그저 화려해 보이는 타인과 비교를 하기 시작하면 결국 나는 제자리에 머물 수밖에 없다.

아이러니하게도 내가 발전을 하기 위해서는 타인과 비교를 하기보다 스스로를 믿는 편이 더 강력한 힘을 발휘한다. 특히 공부를 할 때는 더더욱. 타인과의 비교가 아닌 스스로에 대한 신뢰가 좋은 결과를 만들어낸다. 옆집 누구는 1등을 했다더라 하는 '엄친딸, 엄친아'의 이야기는 절대 귀담아 듣지 말자. 괜히 그런 얘기를 듣고 성질 내봤자 성적이 오르기는커녕 성격만 나빠진다.

만약 그런 이야기를 들었다면 스쳐가는 뉴스쯤으로 받아들이고 가볍게 넘기자. 스트레스를 받고 예민하게 반응하면 공부에 대한 부담감만 늘어날 뿐 도움이 되는 것은 하나도 없다. 나 같은 경우는 가끔 그런 얘길 들으면 한 귀로 듣고 한 귀로 흘려보냈다. 그러다가 오기가 발동하면 보란 듯이 그 친구보다 더 좋은 성적을 내기 위해 열심히 공부하기도 했다.

동기부여가 되라고 하시는 말씀들은 아닐 테지만 내가 어떻게 받아들이느냐에 따라서는 공부할 힘이 되기도 한다. 단, 그럴 경우에도 절대 '오기'이상의 부담으로 받아들이지 않도록 한다. 그 생각에 지배되기 시작하면 결국 본질을 놓치게 된다. 그리고 그러한 부담은 목표를 위해 집중을 해야 할 때에 오히려 마음이 복잡해지게 하기 때문이다. 게다가 잘하려고만 하다보면 점점 욕심이 커지기 시작한다.

처음에는 이것만 해야지 하다가도 조금씩 욕심이 늘어나기 시작한다. 그러다 어느 새 욕심이 바위만큼 커지면 가장 중요한 부분을 잊게 된다. 내가 왜 목표를 이루고자 했는지에 대한 목적의식마저 잃을 수 있다. 더구나 욕심이 커지면서 올바른 방향보다는 그렇지 않은 방향으로 흘러갈 방법을 찾는다. 예를 들어 고속도로에서 차가 막힐 때 자신은 더 빠른 길로 가기 위해 갓길로 주행하다가 자칫 큰 사고가 나는 것과 같은 이치다. 흔히 말하는 잔꾀를 부리기 시작하는 것이다. 꾀라는 것은 한 번 부리기 시작하면 걷잡을 수 없다. 당장 결과가 눈에 보이고 무엇보다 편하기 때문이다. 그렇게 목표를 달성하기 시작하면 결국 최후에 내게 남는 것은 후회와 상처뿐이다. '그때 이러지 말 걸' 하면서 말이다.

조금 느린 것 같아도 매일 꾸준히 노력한 결과는 오롯이 내 안에 남는다. 때문에 잘하려고 하기보다는 올바르게 하는 것에 목적을 두면 우리는 자연스레 발전하고 성장하는 방향으로 흘러가게 된다. '인생은 속도가 아니라 방향이다.'라는 말이 있듯이 공부도 속도보다는 방향이다. 제대로 된 방향을 잡고 공부했을 때 나에게 누적된 공부의 효과가 배가 된다. 그저 성적만 올리기 위해 주먹구구식의 공부를 하게 되면 결국 나중엔 텅 빈 머릿속만 얻게 될 것이다.

내가 공부를 하기로 결심을 했을 때도 내 목표는 잘하는 것보단 머릿속에 남는 공부를 하기 위함이었다. 이와 더불어 나의 한계를 시험해보고자 했던 것이지 절대 1등만을 위해서 공부를 한 것이 아니다. 1등을 위해 공부하는 것이 아닌 진짜 공부를 하다 보니 1등을 했던 것이다. 단순히 단어의 앞뒤 배열순서의 차이인 것처럼 보이지만 결과적으로 이 둘의 차이는 굉장히 크다.

1등만을 위해 공부를 하다 보면 1등이 아니었을 때에는 공부의 목적과 방향을 잃게 된다. 내가 왜 공부를 하고 있는지 방황하기 쉽다. 목적지를 잃은 망망대해에 홀로 떠다니는 부표와 같은 기분이 들기도 한다. 그러나 공부의 목적이 나와 비슷한 경우라면 굳이 1등이 아니더라도 큰 문제가 없다. 공부를 함으로써 자신에게 도움이 되었다는 사실만으로도 성취감을 느끼기 때문이다. 게다가 심리적으로도 훨씬 안정감과 편안함을 주기 때문에 오히려 제 실력을 발휘할 수 있다.

그리고 모두가 알다시피 잘하려고 하다보면 나도 모르게 마음이 급해진다. 그렇게 되면 세세한 부분이나 정말 중요한 부분을 놓치고 지나갈 수밖에 없다. 마음이 급하다 보니 빨리 무언가 결과를 보려 하고 그 과정에서 부담감은 더 커질 수밖에 없다. 심리적으로 압박을 받게 되면 내가 가진 능력을 제대로 발휘하기 어려워진다. 때문에 결국 우리가 원하는 결과를 얻지 못한다. 공부뿐만이 아니라 모든 면에서도 마찬가지이다.

예전에 친구가 우리 집에 놀러 온 적이 있다. 둘 다 점심을 먹지 않은 상태가 배가 고팠다. 그래서 나는 친구를 위해 요리를 해주겠다며 주방에 들어갔다. 배가 고프다는 말에 빨리 요리를 해서 먹여야겠다 싶어 서둘러 준비를 했다. 냄비에 물을 받아 가스레인지에 올리고 재료들을 다듬으며 분주하게 요리를 하기 시작했다. 천천히 해도 된다는 친구의 말에도 불구하고 서둘렀다. 결국 바삐 움직이다 냄비 손잡이를 잘못 건드리는 바람에 내 손에 뜨거운 물을 모두 쏟았다. 급하게 서두르다가 대형 사고를 친 것이다. 친구가 놀라서 주방으로 뛰어왔다. 가스 불을 끄고 찬물에 응급처치를 하다가 도저히 안 되겠다 싶어 결국 병원으로 향했다. 난 그렇게 한동안 손에 붕대를 감고 다녀야했고 그 친구는 3시간이 지나서야 점심을 먹을 수 있었다.

내 욕심이 결국 화를 부른 것이다. '잘'하려고 하는 것이 나쁘다는 것은 아니다. 누구나 갖고 있는 마음이고 기왕이면 잘하는 것이 좋을 수도 있다. 그러나 이러한 생각들로 인해 나 스스로가 다치거나 아프다면 그것은 결코 좋은 것이 아니라는 의미다. 잘하려고 하면 그만큼 나에게 주어지는 부담의 무게가 늘어난다. 처음엔 얼마 되지 않았던 그 무게들이 점점 쌓이다보면 내가 감당할 수 있는 수준을 넘어선다. 그러다보면 우울증이 오거나 불안증이 생기게 된다. 나아가 이런 증세가 심한 경우에는 아예 공부를 할 수 없는 지경에 이르기도 한다.

공부는 마라톤이다. 오랜 시간을 두고 페이스 조절을 해가며 뛰어야하는 장기전이라는 말이다. 누가 빠르게 달리느냐는 중요하지 않다. 100m달리기처럼 속도가 중요한 단거리 달리기가 아니다. 그 마라톤에서 1등을 하고자 100m 달리기를 하듯이 뛰어가면 초반에는 빨리 달리는 것처럼 보여도 결국 중도 포기를 할 수밖에 없다. 42.195km를 무사히 완주하기 위해서는 나의 심폐능력과 지구력에 맞는 페이스 조절이 필요하다. 공부도 마찬가지다. 무조건 잘하려는 마음이 중요한 것이 아니다.

거듭 강조하지만 공부라는 것은 잘하기 위한 욕심보다는 나의 목표를 달성하기 위해 꾸준히 노력하는 것이 더 중요하다. 그 노력이 변함없이 지속될 때 성적도 자연스럽게 따라온다는 것을 잊지 않길 바란다.

4 장

상위 1%의 성적을 거두는
8가지 공부비법

01

제1법칙

매일 배운 내용은
쉬는 시간에 복습하라

공부를 잘하는 비법은 사실 특별한 것이 없다. 그저 사소한 습관들을 잘 활용하는 것에서부터 시작한다. 대부분 어디에선가 들어보거나 알고는 있지만 실행력이 뒷받침되지 않았기 때문에 그동안 제자리에 머물렀던 것이다. 만약 누군가 여러분 곁에서 올바른 방향을 제시하고 함께 달려준다면 포기하지 않고 공부할 수 있었을 것이다. 다만 그러지 못했을 뿐. 그래서 그 역할을 이제부터 내가 해주려고 한다. 현재 나는 수학학원 부원장으로서 초·중·고 학생들에게 수학을 가르치고 있다. 더불어 공부법과 꿈에 관한 멘토링도 함께 진행 중이다. 그때 말해주는 나의 공부비법을 지금부터 공개하려고 한다.

앞에서도 나의 공부법에 대해 잠깐 언급한 바가 있다. 지금부터 그 구체적인 이야기를 시작해보자. 매일 대학생활을 즐기고 잘 놀던 대학생이 갑자기 어떻게 1등을 하였을까?

그 첫 번째 비법은 매일 배운 내용은 무조건 쉬는 시간에 복습하는 것이다. 이 방법은 내가 고3 때도 사용했던 방법이다. 고등학교의 경우 50분 수업 후 10분 쉬는 시간이 주어진다. 그 10분을 어떻게 활용하느냐가 바로 복습의 핵심이다. 에빙하우스의 망각곡선에 의하면 학습 후 10분 후부터 이미 우리 뇌는 망각이 시작된다. 놀랍지 않은가. 10분만 지나도 조금 전에 배운 내용의 30%가 사라지는 것이다. 한 시간이 지나면 50%의 학습 내용이 우리의 뇌에서 지워진다. 어떻게 하면 이 망각을 늦출 수 있을까?

방법은 간단하다. 지금 배운 내용을 수업이 끝난 후 바로 복습하면 가능하다. 매 수업시간이 끝나면 10분 간 쉬는 시간이 주어진다. 길지 않은 시간인데 어떻게 복습을 할 수 있을지 의문이 들 것이다. 그러나 생각보다 10분이라는 시간은 길다. 그리고 방법 역시 간단하다. 가장 먼저 지금 배운 책을 다시 편다. 오늘 학습을 시작한 부분부터 차분하게 읽어보자. 학습을 한 지 얼마 지나지 않았기 때문에 내가 오늘 무엇을 배웠는지가 단번에 기억날 것이다. 더불어 선생님께서 말씀해주신 예제도 기억이 날 정도로 또렷하다. 그렇게 한 번 배운 부분을 가볍게 읽고 나면 바로 요약정리 노트를 꺼낸다. 만약 가져오지 않았다거나 원래부터 요약정리를 하지 않았던 학생이라면 접착식 메모지에 그 내용들을 정리하면 된다.

물론 이렇게 요약을 했다고 해서 그날의 공부가 끝난 것은 아니다. 하지만 일단 바로 복습을 했기 때문에 배운 내용의 대부분은 우리의 기억 속에 남아있게 된다. 매 시간 이렇게 10분씩 복습을 하고 나면 학교 수업이 모두 끝나고 집에 돌아갔을 때 공부하기가 훨씬 수월해진다. 아까 말한 대로 복습을 하지 않고 혼자 공부를 하려고 했다면, 오늘 배운 내용임에도 선명하게 기억이 나지 않아 매우 고생 했을 것이다. 그러나 지금처럼 10분의 쉬는 시간을 활용하여 복습을 해두면 나중에 집에서 일일 마무리 공부를 할 때 큰 도움이 된다. 학교에서 하루에 7과목 정도의 수업을 한다고 가정하면 내게 각각 10분씩 6번의 쉬는 시간동안이 주어진다. 그 시간 동안 앞에서 말한 대로 복습을 하는 것이다. 그렇게 하면 이미 그날의 모든 과목에 대해 한 번은 공부를 한 셈이 된다.

별것 아닐 것 같은 10분이 우리에겐 복습의 장이 되는 것이다. 그런데 만약 수업 내용이 개념 정리 부분이 아니라 문제풀이였다면, 이 10분을 어떻게 사용하는 것이 좋을까? 수업 내용이 문제풀이 위주였거나 혹은 자습 시간이었다면 쉬는 시간에는 여러분만의 오답노트를 작성하라. 오답노트는 아무리 중요성을 강조해도 모자라다고 여길 만큼 중요한 부분이다. 내가 무엇을 알고 있는지에 대한 확인도 중요하지만 잘 모르거나 이해가 안 되는 부분을 보충하는 것이 더 중요하다. 이 부분을 어떻게 다루느냐에 따라 성적의 차이는 천차만별이기 때문이다. 오답노트는 수학뿐만 아니라 모든 과목에 적용이 가능하다. 때문에 사회나 과학에도 무조건 오답노트를 작성할 것을 권장한다. 10분을 활용하면 3문제 정도의 오답노트를 작성할 수 있다.

보통 시중의 오답노트를 보면 그날 공부한 문제집과 관련 개념정리 등의 다양한 칸으로 세분화 되어 있다. 그 중에서도 꼭 놓치지 말아야 할 부분이 바로 '관련 개념정리'와 '틀린 이유'이다. 이 부분은 내가 자체적으로 오답노트를 만들 때에도 꼭 포함시키는 부분이다. 스스로 틀린 문제에 대해 관련 개념을 찾아보고 다시 한 번 정리함으로써 잊고 있던 원리를 상기시키게 된다.

더 나아가 내가 어떠한 이유로 문제를 틀렸는지 확인하는 수단이 된다. 모르는 문제가 아니었음에도 오류가 났다면 내가 틀리는 이유가 무엇인지 명확히 찾아서 써놓아야 한다. 그래야 이를 바탕으로 오답의 원인을 찾아내어 분석하기가 쉽다. 이렇게 꼼꼼하게 오답노트를 해 놓으면 시험 직전대비 공부에 매우 도움이 된다. 틀리는 유형이 한눈에 들어오기 때문에 유사유형을 찾아 문제를 풀어볼 수 있다.

또한 쉬는 시간을 활용하여 문제집을 푸는 것이다. 내가 조금 전에 설명을 들은 내용에 대해 문제에 바로 적용시킬 수 있는지 확인하는 좋은 방법이기도 하다. 보통 10분간 1장 정도의 문제를 풀 수가 있다. 문제를 푸는 속도는 개인차가 있기 때문에 일반화할 수는 없지만 대부분 1장 정도는 10분 내에 풀 수 있다. 특히 고3이 사용하는 ebs 문제집은 두께가 얇기도 하고 소단원 하나 당 문제수도 적은 편이기 때문에 활용하기에 적합하다. 단, 많은 내용의 암기가 필요하지 않을 때 해당된다. 만약 문제를 풀다가 막히는 부분이 나오면 10분 내에 문제를 풀어낼 수가 없다. 일단 그 부분은 넘어가고 아는 것부터 풀어나가야 한다. 그렇지 않으면 문제를 푸는 데 있어 시간 분배가 제대로 되지 않는다. 모르는 문제는 아직 개념 정립이 덜 되어 있거나 응용유형들이므로 다시 그 부분에 대한 개념 이해를 하고 넘어가야 한다. 이 때 접착식 메모지에 관련 개념을 적어서 문제에 붙여놓는 것도 하나의 방법이다. 더불어 모든 문제를 풀 때는 실전 시험인 것처럼 풀어야한다.

그래야 학교에서 실전 시험을 볼 때 긴장감이 덜하고 시간 분배도 효율적으로 할 수 있다.

나는 보통 쉬는 시간을 활용해서 각 과목별 노트를 정리했다. 이미 수업 시간에 한 번 듣고 보았던 내용을 다시 한 번 정리해 봄으로써 기억에 더 오래 남도록 했다. 더불어 요약정리 노트에 오늘 배운 내용들을 적기 시작하면 그 한 시간 사이에 4번을 보고 듣고 쓰게 된 격이다. 이 효과로 우리의 뇌는 그 내용들이 단기기억으로 스쳐갈 정보가 아니라고 판단하고 장기기억에 저장한다. 때문에 보통 일주일동안 배운 내용의 90%정도가 기억에 남아있을 것이다.

그 후에도 복습을 두 번 이상 반복하면 그 내용은 완벽하게 머릿속에 남아있다. 이 덕분에 나는 모든 과목의 책들을 거의 외우다시피 했다. 만약 학원 수업이 너무 늦게 끝나거나 도저히 밤에 공부할 엄두가 나지 않는 학생들이라면 특히나 더 이렇게 복습을 해야 한다.

게다가 수업이 끝나자마자 복습을 하게 되면 밤에 해야 할 공부의 양이 줄어들게 된다. 예를 들어 내가 너무 피곤하고 힘들어서 쉬는 시간에 잠을 잤다고 하자. 잠을 자느라 조금 전에 배운 내용에 대해서는 당연히 복습을 하지 못했다. 우리는 속으로 생각을 한다. '밤에 집에 가서 한 번 더 보고 자야겠다.'라고 말이다. 하지만 막상 밤에 집에 들어가면 피곤해서 아무 생각이 없어진다. 게다가 이미 몇 시간이 흐르고 다른 수업들을 너무 많이 들었을 것이다. 타 과목과 학원 수업까지. 때문에 내가 아까 그 시간에 무엇을 학습했는지 제대로 기억이 나지 않을 수도 있다.

결국 오늘 배우기 시작한 부분부터 교과서를 다시 읽어보고 정리해야 한다. 그렇게 되면 시간이 오래 걸린다. 즉, 시간적 소모와 체력적 소모가 두 배로 늘어나는 것이다. 따라서 복습은 무조건 수업이 끝난 직후 쉬는 시간을 활용하자. 망각이 진행되기 전에 한 번은 다시 공부하는 것이 중요하다. 나중에 여러 번을 보더라도 기억하는 게 다를 것이다. 배운 내용을 오랜 시간 동안 기억하고 싶다면 지금부터 쉬는 시간을 활용하자.

제2법칙

공부의 시작은
가벼워야 한다

　새로운 일을 시작하려고 하면 일단 장비부터 갖춰야 직성이 풀리는 사람들이 있다. 일례로 취미로 사진을 찍기로 결심하고 매일 출사를 나가리라 다짐한다. 그리고는 좋은 카메라를 사고 용도별로 필요한 렌즈를 사기 시작한다. 삼각대도 구매하고 실내 촬영을 대비해 조명도 구매하며 거창하게 준비를 한다. 여기서 재미있는 사실은 절대 직업적으로 사진을 시작하려는 것이 아니라는 것이다. 단순히 취미로 사진을 즐기고자 하는데 시작 전부터 이렇게 대단한 준비가 필요할까. 많은 비용과 시간을 투자하느라 결국 한 번 출사를 나가기 위해 몇 개월이 걸린다면 본래의 취지와는 너무 다르다. 취미라고 하는 것은 스스로 즐길 수 있는 재밌고 가벼운 것이어야 한다. 허나 장비를 모두 갖춰야한다는 부담감 때문에 취미 본래의 의미를 잃거나 계속해서 장비를 갖출 때까지 미루게 되기 때문이다.

공부라는 것도 처음부터 한꺼번에 많은 양을 욕심내고 시작해선 결코 나의 목표를 이루지 못한다. 앞서 이야기한 것처럼 공부는 페이스 조절이 중요하다. 이제 막 알파벳을 배우기 시작한 사람이 유창하게 영어로 대화하려고 한다면 어떨까. 제대로 말을 하기는커녕 매번 단어 뜻을 찾느라 많은 시간을 보낼 것이다.

한 마디를 하려고 해도 매번 단어를 찾거나 맞는 문법을 찾느라 많은 시간과 에너지가 소모된다. 이 과정을 반복하다가 결국 내가 원하던 영어는 이게 아니었다며 포기할 수도 있다. 최종적인 목표가 유창하게 대화하기라면 먼저 알파벳을 익히고 쉬운 표현들부터 익히기 시작한다. 그 과정에서 필요한 단어와 문법들을 배운 후에 한 단계씩 난이도를 높이거나 공부할 분량을 늘리는 것이 좋다. 이 과정 속에서 내가 해냈다는 성취감을 느끼게 되므로 지속적으로 흥미를 갖게 된다. 즉 자신에 대한 만족도가 높아지기 때문에 더 열심히 공부하고 참여하게 된다.

그런데 그런 과정 없이 무조건 처음부터 목표만을 달성하려 한다면 결국 욕심만 커질 뿐이다. 목표를 달성하기 위해선 무엇이든 일련의 발전 과정이 필요하다. 그리고 그 과정을 통해서 성취감을 느낄 때 우리는 더 큰 목표를 이루어낼 수 있다.

시작부터 화려하지 않아도 괜찮다. 작게 시작해서 크게 성공하면 된다. 나의 작은 노력들이 한 방울 한 방울 모이면 강을 만들고 바다를 만든다. 굳이 처음부터 바다가 되려고 하지 않아도 된다. 공부는 누군가에게 보여주기 위한 거창한 도구가 아니다. 여러분 스스로가 공부를 하며 진정으로 깨닫고 앎에 대한 가치를 느끼는 것이 진짜 공부다.

지금 당장 대단한 결과가 나오지 않아도, 혹은 빠르게 무언가를 이루지 않아도 된다. 그런 마음을 내려놓아야만 작은 것부터 차근차근 시작이 가능하다. 그렇지 않으면 '나는 어떻게 공부해야 할지, 이 많은 공부들을 대체 언제 다하지?'하는 생각들로 시작도 전에 모든 에너지를 빼앗기게 된다. 아무것도 하지 않은 채 에너지를 다 소진해버리고 싶은 것은 아닐 것이라고 생각한다.

티끌이 계속해서 모이면 태산이 된다. 나는 이 생각으로 하루 한 단원씩 매일 빠짐없이 공부를 했다. 눈으로 보고 말로 읽고 손으로 써가면서. 그 한 단원을 완벽하게 이해할 때까지 공부했다. 그리고 다음날도 그 다음날도 반복했다. 책장이 끝날 때까지 항상 이렇게 공부를 했다. 그리고 마지막 책장을 넘기는 순간 내 머릿속에는 그 책 한 권이 오롯이 남아있었다. 내가 말하는 공부는 이런 것이다. 그저 처음엔 나 역시 '하루 한 단원이니까 할 만 하겠네.'라는 생각으로 시작했다. 공부를 시작하기 전에 '이 책을 통째로 다 외워야지!' 이런 다짐을 했다면 분명히 중간에 포기했을 것이다. 생각해보라 책을 통째로 외운다는 것은 결코 쉬운 일이 아니다. 누가 들어도 '와~ 그걸 어떻게 해?'라고 이야기할 법한 일 아닌가. 그러면 주위의 이야기와 분위기에 휩쓸려 나 역시 그런 생각을 하게 된다. '정말 어려운 일인 것이었구나.' 하면서 으레 포기하거나 어떻게든 포기할 이유를 찾게 된다.

그렇게 중도에 포기 하고는 이렇게 말한다.

"책 한 권을 다 외우는 것은 역시 무리였어."

대다수의 사람들은 당연히 이 말에 공감할 것이다.

"그래, 쉽지 않은 일이었다니까. 네가 포기한 것은 당연한 거야."

여러 사람들이 반복적으로 이런 말을 해주면 그때는 완벽하게 스스로를 합리화하고 위로할 것이다. 그리고는 다시 도전하지 않을 것이다. 왜? 이미 얼마나 힘든 건지 스스로 경험했기 때문이다. 그런데 생각을 바꾸고 관점을 조금만 바꿔보자.

앞서 말한 것과 같이 나는 해야 할 총 분량이 나오면 무조건 작은 단위로 나누어 생각한다. 만약 이틀 동안 단어 500개를 외워야 한다면 '이틀에 500개니까 하루 250개씩 외우면 되겠구나.'하고 나누어 생각한다. 이렇게 생각하게 되면 불가능할 것 같던 일이 '나도 할 수 있겠는데?'하고 가볍게 보이기 시작한다. 500개라는 것만 듣고는 헉 소리 날 것 같지만 그걸 세분화시켜보면 생각보다 큰 일이 아니라는 것을 깨닫기 때문이다.

거듭 강조하자면 세분화된 이 작은 일들이 모이면 큰 성과를 이룬다. 그렇기 때문에 굳이 시작부터 대단하지 않아도 된다. 원대한 꿈을 꾸되 행동은 사소한 것부터 시작하자. 여러분에게는 각자의 공부 목표가 있을 것이다. 나처럼 '책을 통째로 외워 버리겠다.'라든가 '한 권의 문제집을 3번 반복하겠다.'라는 것처럼 각자의 목표가 정해졌다면 그 목표를 얼마의 기간 동안 달성할 것인지를 먼저 생각해보자.

한 달이라는 기간 내에 목표를 달성할 것인지 아니면 20일 동안 그 목표를 달성할 것인지 기간을 정해야 세분화시키기 수월하다. 예를 들어 200쪽의 수학 문제집을 한 달 안에 다 풀겠다는 목표를 정했다고 가정하자. 여기서 목표 기간을 정할 때 평일에만 수행할 것인지 주말까지 포함할 것인지도 고려해야 한다. 한 달을 30일 기준으로 하고 평일에만 문제를 푼다고 한다면 20일의 시간이 생긴다. 수학 문제집이 총 200쪽이었으니 이를 20일로 나누면 하루에 10쪽의 문제를 풀어야 한다. 하루 중에서도 두 시간 정도를 수학에 투자하기로 마음먹었다면 한 시간에 5쪽, 그리고 30분에 2.5쪽을 풀어내면 되는 것이다.

200쪽이라는 큰 수를 나누고 나누었더니 2.5쪽으로 확 줄어들었다. 숫자가 작아지니 내가 받아들일 때도 부담이 줄어들게 되지 않는가? '나도 해 볼만 하겠는데'하는 마음도 생길 것이다. 그래서 나는 공부를 할 때 무조건 세분화해서 하루 풀어야 할 분량을 정했다. 새 책을 사면 가장 먼저 맨 뒷장의 쪽수를 확인했다. 그리고 4주로 나누었을 때 내가 일주일에 얼마만큼의 문제를 풀어야 하는지를 계산했다. 그리고 다시 하루에 풀어야 할 분량을 확인했다.

만약 2장 정도였다면 쉬는 시간을 활용하여 풀기로 했다. 이렇게 생각하니 공부가 훨씬 더 쉽고 편안하게 다가왔다. 가볍게 풀 수 있는 정도였기에 오히려 부담 없이 더 여러 권의 문제집을 풀 정도였다. 여러분이 생각하는 것보다 문제집 한 권을 끝까지 풀어내는 것은 어렵지 않은 일이다.

오늘부터 공부를 하겠다고 다짐했다면 내가 말한 방법대로 시작해 보자. 어떻게 공부 분량을 정해야 할지 큰 틀이 보일 것이다. 이를 바탕으로 차근차근 해나가면 된다. 이때 주의할 것은 큰 문제가 되레 가볍게 보이기 시작하면 '조금만 더 할까?' 하는 욕심을 부리게 된다. 그 욕심을 조심해야 한다. 하루 2.5장이 일일 학습량인데 '에게, 이것밖에 안된다고?'하며 분량을 두 배로 늘리면 처음 며칠은 무리 없을 것이다. 5장 정도야 많은 양이 아니기 때문이다. 그런데 만약 내가 아프거나 혹은 숙제가 너무 많은 날일 때는 어떻게 될까?

평소에는 얼마 되지 않아 보였던 문제양이 그런 상황에서는 굉장히 크고 부담스럽게 다가온다. 해야 한다는 생각보다 '이거 언제 다하지?'라는 마음이 들기 때문이다. 그 때부터 매일 풀던 문제집을 이틀에 한 번 풀거나 또 밀리기 시작하면 4일에 한 번 이런 식으로 계속해서 미루게 된다.

공부는 장기전이다. 때문에 한 걸음씩 차분히 포기하지 않고 해 나가는 것이 가장 중요하다. 숲을 이루기 위해서는 한 그루의 나무부터 심어 나가야 한다. 그 많은 나무를 한꺼번에 심는 것은 불가능할 뿐 아니라 단 번에 숲을 만들어낼 수도 없다. 그러니 부디 처음부터 울창한 숲을 만들겠노라 무리하지 않기를 다시 한 번 당부한다.

03

제3법칙
공부는 적립식으로 하라

여러분은 어떤 방법으로 복습을 하는가? 오늘 배운 내용을 단순히 읽기만 하고 끝내는 학생도 있고 노트에 정리를 하는 학생도 있을 것이다. 혹은 배운 부분과 관련된 문제를 풀며 복습을 하는 학생도 있을 것이다. 나의 경우는 배운 내용의 책을 다시 읽고 정리했다. 그리고 여러 번 개념을 복습한 후에 관련 문제를 풀어나갔다. 앞서 말한 세 가지 방법을 모두 실행했다. 여기까지는 여러분이 복습 하는 방법과 크게 다르지 않을 것이다. 그렇다면 나와 여러분의 복습 방법은 어떤 차이가 있는 것일까?

보통 학생들에게 배운 내용을 복습하라고 하면 그날 배운 내용만 공부한다. 그런데 나는

그날 배운 내용을 복습하기 전에 전날 배운 내용부터 먼저 확인했다. 내가 기억하고 있는 것이 제대로 된 것인지 틀린 문제들도 다시 한

번 공부한 후에 오늘 배운 내용을 공부했다. 배운 내용을 먼저 읽고 과목별 정리 노트에 옮겨 적으며 중요한 부분은 바로 외웠다. 그리고 전 수업 내용과 이어지는 것이 있으면 관련 개념들이 어떻게 활용되는지 분석했다. 거기서 끝이 아니다. 오늘 배운 부분까지 복습이 끝나면 맨 처음부터 지금 공부한 부분까지 가볍게 읽어 나가며 이전 내용을 상기시켰다. 매일 이렇게 공부를 하다 보니 처음에 배웠던 단원의 내용들이 오히려 더 또렷하게 기억났다. 처음부터 여러 번 반복했기 때문에 내 머릿속에 계속해서 적립된 것이다. 마치 마일리지처럼 말이다.

예를 들어 하루에 한 단원씩 진도가 나간다고 가정하자. 나와 같은 방법으로 공부했을 때는 3일 후에 1단원을 벌써 세 번을 복습하게 된다. 매번 오늘 배운 단원을 공부하기 전 지난 단원을 복습하고 넘어가기 때문이다. 여러분의 이해를 돕기 위해 단원별 복습 횟수를 간단히 표로 나타내면 다음과 같다.

	1단원	2단원	3단원	4단원	5단원
1일차	1번 복습				
2일차	2번 복습	1번 복습			
3일차	3번 복습	2번 복습	1번 복습		
4일차	4번 복습	3번 복습	2번 복습	1번 복습	
5일차	5번 복습	4번 복습	3번 복습	2번 복습	1번 복습
6일차	5단원 2번째 복습 실시 후 전 단원 총 정리				

이렇게 공부를 하게 되면 오늘 배운 내용보다 지난시간에 배운 내용이 오히려 더 또렷하게 기억난다. 망각곡선의 주기에 따르면 한 번 반복했을 때보다 두 번 세 번 복습을 했을 때 배운 내용의 90% 이상이 우리의 머릿속에 저장된다고 한다. 나는 보통 이렇게 8번 정도를 복습했다. 때문에 학기가 끝나도 여전히 공부한 내용이 머릿속에 남아있었다.

8번을 복습할 때도 그냥 읽기만 하는 것은 아니었다. 각 횟수별 복습 방법을 정해두고 그에 맞게끔 복습을 해나갔다. 탄탄하게 공부하기 위한 나만의 방법을 정했다. 8단계의 복습 중 1단계부터 3단계까지는 단순히 읽는 것으로부터 시작한다. 하지만 읽는 방법에도 여러 가지가 있기 때문에 나는 가장 효율적인 방법들을 선택하여 적용했다.

첫 번째 복습을 할 때는 책을 소설 읽듯 가볍게 읽었다. 누구나 새로운 정보를 습득하기 전에는 그 분야에 대해 잘 모르는 상태이다. 모든 것이 낯설고 어렵게 느껴지는 것이 당연하다. 그 상황에서 깊게 공부를 하기란 여간 어려운 일이 아니다. 때문에 무언가 많은 것을 얻으려고 하기 보다는 대략적인 흐름을 파악하는 것이 최우선이다. 나는 그 부분에 초점을 맞췄다. 알려고 하기 보다는 익숙해지기 위해 가볍게 읽어 나갔다. 읽다보면 새로운 용어들도 등장하고 이해가 안가는 문장들도 보이게 마련이다. 크게 신경 쓰지 말고 일단 넘어가자. 단, 그런 부분들은 연필이나 펜으로 표시를 해 놓는다.

한 단원을 이렇게 읽고 나면 다시 처음으로 돌아와 아까 표시한 부분들의 뜻을 찾아 써놓자. 생소한 용어들의 뜻을 찾다보면 몰랐던 단어들을 외우고 기억하게 된다. 더불어 책에다 그 내용을 써놓으면 나중에 다시 봤을 때도 수월하게 공부할 수 있다.

막상 가만히 앉아서 책을 읽기만 하는 것이 재미없게 느껴질 수도 있다. 무슨 말인지는 모르겠고 한 단원의 내용은 왜 이렇게도 많은지 읽다가 자꾸 다른 생각이 들기 시작할 것이다. 그래도 조금만 참고 끝까지 읽어 나가면 그 다음은 한결 수월할 것이다.

두 번째로 읽어 나갈 때는 처음부터 한 단원을 읽되 소리 내어 읽자. 처음에 가볍게 읽으면서 모르는 단어나 내용들이 있었을 것이다. 그런 부분에 초점을 두고 다시 읽어 나가는 것이다. 처음 책을 읽고 난 후에 정리해 두었던 단어의 뜻을 파악하며 읽다보면 이해가 훨씬 더 빠르다. 또한 두 번째로 책을 읽다 보면 처음에 놓쳤던 부분들이 보이기 시작할 것이다. 그렇게 되면 우리 뇌는 반복된 정보를 중요하게 생각하여 장기 기억에 저장할 준비를 한다. 또한 소리 내어 읽기는 일단 책을 눈으로 보고 뇌를 거쳐 소리로 표현을 해야 하기에 뇌의 더 많은 영역을 사용하게 된다.

게다가 소리를 내어 읽는 동안은 다른 생각을 할 틈이 없다. 때문에 눈으로만 조용히 읽을 때보다 빠르게 읽어나갈 수 있다. 이 때 굳이 큰 소리를 내며 읽을 필요는 없다는 것을 기억하자. 가볍게 읊조리듯 읽어도 괜찮다. 나의 경우는 인형을 앉혀두고 그 인형에게 이야기를 들려주는 식으로 읽어 내려갔다. 그랬더니 지루하고 재미없던 내용들에 약간의 흥미가 더해졌다.

읽기의 마지막 단계인 세 번째 단계에서는 중요한 내용에 밑줄을 그어 가며 읽는 것이다. 이미 두 번을 읽으면서 모르는 부분에 대해서 확인을 마쳤다. 그리고 반복하여 읽은 후 어떤 부분이 계속해서 강조되고 등장하는지도 눈치 챘을 것이다. 세 번째 읽을 때는 이러한 핵심 부분에 중점을 두고 읽는 것이다. 왜 그 부분이 중요한지 혹은 같은 내용을 다르게 표현한 것은 없는지 생각하며 꼼꼼하게 읽자.

앞서 두 번의 읽기와는 다르게 이번 단계에서는 놓치는 부분이 없도록 세세하게 신경을 쓰며 읽기로 한다. 그래야만 빠짐없이 내게 필요한 내용들을 습득할 수 있기 때문이다. 한 단원의 내용을 전체적으로 마무리 한다는 생각으로 읽어야 하다 보니 그 전 단계들보다 시간이 조금 더 걸린다. 하지만 이 단계가 끝나면 한 단원의 흐름이나 전체적인 내용 정리가 될 것이다.

앞서 3단계에 걸친 읽기의 과정이 끝나면 빈 종이를 준비한다. 노트형의 접착식 메모지도 괜찮다. 그리고 그 종이에 지금 내가 읽으면서 중요하게 생각했던 부분들을 정리해보자. 어떤 단어가 자주 등장했고 강조되었는지, 또 그와 관련된 내용들은 무엇이었는지 기억에 남았을 것이다. 이런 부분을 정리하게 되면 같은 내용임에도 불구하고 다르게 표현이 되었거나 연관된 다른 부분들에 대해서 쉽게 파악할 수 있다.

아무리 세 번을 읽었어도 막상 머릿속에 떠올려 보려 하면 생각보다 쉽게 기억이 나질 않는다. 때문에 손으로 직접 중요한 내용들을 찾아보며 정리를 함으로써 지금까지 읽은 모든 내용을 하나의 파일로 저장하는 것이다.

또한 정리를 하기 위해서는 앞에서부터 책을 찾아가며 읽어야 하기에 다시 한 번 복습이 되는 효과가 있다. 이렇게 복습을 하면 굉장히 오래 걸릴 것 같지만 나의 경우는 한 단원에 40분 정도 밖에 걸리지 않았다. 읽는 속도에 따른 개인차를 감안해도 1시간이면 충분히 가능하다. 이렇게 매 단원마다 복습을 하다보면 나도 모르는 새 책을 처음부터 끝까지 다 외우게 된다.

물론 여기서 복습이 끝나는 것은 아니다. 지금까지는 단순히 3단계의 읽기를 통한 복습법을 이야기했을 뿐이다. 이제부터는 노트에 정리를 하는 방법 및 그 활용에 관해 자세하게 이야기 해보도록 하자.

04

제4법칙

책의 내용은 반드시
내 것으로 정리하라

세상에는 참 많은 종류의 책들이 있다. 인문학, 교육학, 고고학, 미술, 역사 등 매우 다양한 분야의 책들이 세상에 존재한다. 그리고 우리가 공부하는 교과서나 참고서의 종류도 굉장히 많다. 중학교 1학년의 수학 문제집만 봐도 열 종류가 넘으니 도대체 어떤 책을 선택해야 하는지도 고민이 될 정도다. 각 출판사마다 표지나 문제 구성 정도의 차이가 있는 것을 제외하고 비슷한 수준의 교재들도 굉장히 많다. 공부를 하고 싶은데 너무 문제집이 많아 고민이라면 이것만 기억하면 된다. 기본적으로 개념을 정리할 책 1권, 유형서 2권, 심화서 1권 정도를 정해놓고 공부를 하면 된다.

혼자서 공부하는 경우에는 이 흐름을 따라 공부한다면 크게 무리가 없을 것이다. 학원을 다니는 경우라면 교재에 대해 크게 고민 할 일은 없을 것이다. 다만 학원에서 수업용으로 사용하는 교재 이외에 스스로 주말에 복습을 한다거나 공부를 할 때는 이것만 기억하자. 무엇보다 교재의 유형을 잘 선택해야 한다. 유사유형이 많은 책인지 아니면 서술형 타입의 교재인지 자신에게 맞는 책을 선택하여 복습하기를 권장한다. 어떤 책을 선택할지 고민이 끝났으면 이제 우리는 공부를 시작한다. 앞서 소개한 3가지 비법대로 공부를 진행 중이라면 이미 단원별 개념에 대한 이해는 끝났으리라 생각한다. 혹시 그렇지 않은 경우라면 공부할 내용의 개념 부분을 꼭 세 번씩 읽기를 권장한다.

눈으로 읽고, 소리 내어 읽고, 밑줄을 그어가며 세 번을 읽고 나면 비로소 전반적인 흐름이 보이기 시작한다. 그 흐름들을 내 식대로 해석해서 정리하는 것이 무엇보다 중요하다. 그런데 사람 마음이란 것이 이미 내가 알고 있는 것에 대해서는 다시 보는 것을 별로 좋아하지 않는다. 그러다보니 여러 번 읽게 하였을 때 대충 읽고 지나가려고 하는 경향이 있다. 이런 점을 주의해서 꼼꼼하게 개념을 익히자. 이 과정을 거치고 나면 이제는 학습한 내용을 나의 것으로 정리 할 것이다.

과목별 개념 정리 노트에 날짜, 교재, 단원명, 개념정리 내용 등을 적어 내려 갈 것이다. 날짜를 적는 이유는 내가 공부한 날들을 확인하기 위함이다. 그렇게 하면 내가 언제 이 단원을 공부했는지 쉽게 알 수 있다.

개념을 정리하는 란에는 정의부터 시작하여 책의 내용을 요약하면 좋다. 중요한 부분을 앞에서 밑줄 그어가며 읽었기 때문에 그 내용들을 노트에 정리하며 된다. 정리를 할 때는 한 문장을 길게 적는 것보다 중요한 포인트를 요약하여 간결하게 정리하는 것이 좋다. 요약하지 않고 긴 문장을 그대로 쓰게 되면 가독성이 떨어지기 때문에 오히려 더 복잡하다. 한 눈에 알아보기 좋을 정도로 간추려 쓰는 것이 좋다. 예를 들어 '등식'에 대해서 정리한다고 하면, 가장 먼저 등식이 무엇인지 정의에 대해 요약한다. 그 후에 등식의 종류, 등식의 성질 등을 차례로 정리하는 것이다. 마치 내가 나만의 문제집을 만든다는 생각으로 노트에 정리를 해 나간다.

나는 노트를 반으로 접어 왼쪽에는 개념을 정리하고 오른쪽에는 예시 문제를 같이 적었다. 개념과 관련된 문제를 함께 정리해 놓으면 그 내용이 어떻게 문제로 적용되는지 이해하기 편하기 때문이다. 책을 펴지 않아도 나의 노트만으로 공부할 수 있도록 하는 것이 나의 목표였다. 이렇게 정리를 해 놓으면 시험 기간이 다가왔을 때 마무리 공부를 하기도 수월했다. 책에 아무리 많은 내용들이 있어도 내가 제대로 정리하지 않는다면 그 지식들은 내 것이 되지 않는다.

그래서 나는 전 과목을 이런 식으로 요약정리를 해 나갔다. 그림이나 표가 필요한 경우에는 복사를 한 뒤에 요약한 뒷부분에 붙여놓기도 하였다. 한 가지 더 요약정리의 팁을 주자면 과목별로 정리하는 방법은 각 과목마다 모두 다르다는 것이다. 아래의 내용을 참고하면 많은 도움이 될 것이다.

우선 수학의 경우는 오답노트에 개념을 정리하는 식이었다. 보통은 개념을 정리하고 나서 문제를 적는 것이 일반적이다. 하지만 수학은 다양한 문제 유형이 개념보다 더 비중을 차지한다. 때문에 오답노트에 문제를 쓰고 풀이과정 등을 정리한 후 그와 함께 관련 개념을 정리해놓았다. 그렇게 하면 내가 틀린 문제가 어떤 개념과 관련된 문제이고 어떻게 응용이 되는지 한눈에 알아볼 수 있다.

국어의 경우는 문학을 공부할 때 시대적 배경이 같은 시나 소설은 함께 묶어서 지문을 복사해 붙여놓았다. 그리고 그 옆에 작가, 시대적 배경, 주제 등 필요한 정보를 같이 정리했다. 시 같은 경우에는 주제를 암시하는 단어들을 찾아 내포된 의미를 적어두고 눈에 잘 보이게 표시해 놓았다. 문법의 경우는 내용이 많았다. 문법 노트에 각 법칙에 대한 정의를 적은 후 바로 밑에는 관련 예시를 써 놓아 더 쉽게 이해할 수 있도록 정리했다. 그리고 예외가 되는 예들이 있을 경우 무조건 강조해서 표시하고 여러 번 반복하며 외웠다.

암기과목들은 중요한 내용들만 간추려 정리했다. 필요한 경우에는 표를 이용하여 한눈에 알아보기 쉽게 정리하기도 했다. 이렇게 노트를 정리하다 보면 중요한 부분과 예시들을 많이 활용하게 된다. 그래서 나는 한눈에 알아보기 쉽게 펜의 색을 구별하며 노트 정리를 했다. 중요한 것과 아닌 것 등을 쉽게 알아볼 수 있어야 했기 때문이다.

검은색 펜으로 일반적인 내용을 적은 뒤 중요하거나 강조할 내용은 빨간색 펜이나 파란색 펜, 형광펜 등을 이용하여 표시했다. 색깔마다 중요도를 정해놓고 그에 맞게 적용했다. 예를 들면 파란색 펜은 중요도 100%, 빨간색 펜은 중요도 90%, 초록색 펜은 예시를 적을 때 사용하는 것처럼 7색 정도의 펜을 활용하여 요약정리 노트를 만들었다. 이렇게 노트를 정리하고 나면 나만의 비법노트가 만들어 진 것 같아 매우 뿌듯했다. '내가 이렇게까지 잘 정리했구나.'하는 만족감 역시 꽤 컸다.

나에게 요약정리 노트는 하나의 '공부 지도(map)'의 역할을 해주는 것이었다. 어떤 영화에서 보물 탐사대가 지도를 들고 보물 상자가 숨겨진 곳을 찾아가는 장면을 본 적이 있다. 정확한 좌표를 읽고 위치를 확인한 후 보물을 찾으러 가는 과정에서 고난과 역경을 겪는다. 험난한 여정 끝에 이 모든 것을 다 이겨내고 마침내 보물을 찾는 장면을 보고 감격했던 적이 있다. 내게 요약정리 노트는 그런 존재다. 엄청난 양의 지식 속에서 나만의 보물을 찾아가는 보물지도와 같은 것이다. 숨겨진 보물을 찾아가는 최고의 가이드의 역할을 해주는 것이 바로 나의 요약정리 노트였다.

나만의 보물지도를 만드는 과정은 여기서 끝나지 않는다. 위에서 말한 것처럼 과목별로 단원별 내용을 정리하고 나면 그것을 다시 A4 용지에 요약했다. 아무래도 처음에 정리를 하다보면 필요 없는 부분들까지도 적는 경우가 있다. 벼를 수확해서 탈곡하듯이 나는 나의 요약정리 노트를 다시 한 번 더 간추려 요약했다. 게다가 노트는 가지고 다니기 무겁기 때문에 가벼운 종이 한 장에 다시 요약했다. 여기서 A4 용지에 요약을 할 때도 규칙이 있었다.

만약 시험 범위가 1단원부터 4단원까지였다면 A4 용지를 가로와 세로로 한 번씩 접어 네 개의 칸을 만들었다. 그 한 칸에 한 단원씩 정리를 해서 총 4단원의 내용을 반쪽에 담을 수 있었다. 만약 내용이 많거나 글씨가 큰 경우에는 앞뒤 8칸을 생각 했을 때 2칸씩 나누어 정리하면 된다. 단, 이때에는 처음에 정리하던 것처럼 형형색색의 펜을 사용하지 않는다. 검정색 펜, 빨간색 펜, 파란색 펜, 형광펜만을 사용하여 정말 중요한 부분들만 다시 정리했다.

이렇게 정리된 종이는 그 과목의 족집게 족보 같은 것이었다. 중요하고 필요한 내용은 다 들어있기 때문에 그 한 장만 있으면 시험을 보기에 충분했다. 그래서 가지고 다니면서 수시로 읽고 또 읽었다. 이렇게 과목마다 요약을 한 노트는 주변 친구들에게서 감탄을 샀다. 그래서 오죽하면 복사 좀 하고 돌려줘도 되냐고 할 정도였다. 물론 나는 흔쾌히 승낙했다.

왜냐하면 내가 책을 읽은 후에 노트에 한 번 정리를 했을 때는 누구나 다 볼 수 있는 내용이었다. 꼭 중요한 내용들만을 분류하기 전의 상태였기 때문에 읽어보면 어느 정도 이해를 할 수 있었다. 때문에 친구들은 컬러풀한 나의 노트를 굉장히 좋아했다. 그런데 진짜 중요한 것은 그다음에 정리된 한 장짜리 A4용지였다.

어느 정도 공부를 하지 않은 상태에서는 제대로 이해할 수 없을 정도로 중요한 부분만 간략하게 정리 해놓았기 때문이다. 나는 여러 번 복습을 했기에 단어만 봐도 그에 대한 설명을 30분도 넘게 할 수 있을 정도였다. 때문에 누군가를 이해시키기 위해 구구절절 길게 정리를 해 놓을 필요가 없었다. 어차피 그 종이는 철저히 내가 공부한 내용들을 스스로 다듬고 정리하기 위한 것이었다. 그러니 내가 아닌 다른 사람들이 보았을 때는 이해가 가지 않는 경우가 많았을 수밖에. 이 종이들이 모이면 오직 나만을 위한 세상에 하나뿐인 공부 비법서가 되었다. 멋지지 않은가? 이제 여러분도 여러분만의 공부 비법서를 만들 수 있다.

05

제5법칙

중요한 내용은 반드시
암기하라

우리는 어디를 둘러봐도 기계 없이는 살 수 없는 스마트한 시대에 살고 있다. 컴퓨터나 자동차, 로봇 등의 영향으로 우리의 일상생활이나 문화 역시 스마트하게 변했다. 그러다보니 전화번호를 외우거나 주소를 외우는 등의 아날로그적인 부분은 점점 사라져간다. 인터넷에 검색만 해 보면 어디든 주소가 나오고 정확하게 그 앞까지 갈 수 있는 시스템이 생겨났기 때문이다. 이러한 이유로 우리는 점점 무언가를 외우거나 기억하는 데 있어 둔감해진다. 나 역시 마찬가지다.

스마트 폰이 생기면서 기억해야 할 일들이 생기면 휴대폰에 메모를 하여 저장해놓다 보니 기억력을 필요로 하는 일이 점점 줄어든 것이다. 그래서인지 자꾸만 머릿속에 저장하는 것보다 휴대폰에 알람을 맞춰 놓는 일이 대부분이다. 바쁜 생활 속에서 내가 놓치거나 잊어버릴 수 있기 때문에 결국은 기계를 더 믿는 것이다.

이 부작용으로 내가 알람을 잘못 맞춰 놓으면 그 일정 역시 모두 엉망이 되기도 한다. 실제로 나는 이런 일을 가끔 겪는다. 중요한 행사나 학부모님께 전달할 사항들이 있으면 문자로 안내를 하는 편이다. 학원에서 수업이 바빠지거나 상담이 많아지면 하루가 정말 어떻게 지나가는지 모를 정도로 정신이 없다. 보통 이런 경우에 내가 깜빡하고 잊기 쉽다. 때문에 미리 예약 발송을 해 놓는다. 이때 예약 발송을 하는 시간을 am인지 pm인지 확인을 하지 않고 보내는 경우에 문제가 생긴다. 보통 오후에 출근을 하다 보니 메시지 발송 시간을 오후나 저녁에 맞춰 놓는다. 그런데 조금만 신경을 덜 쓰게 되면 발송시간대 설정이 pm이 아닌 am으로 저장된다. 그러면 새벽에 문자가 발송되는 것이다.

이 뿐만이 아니다. 진짜 기억해야 할 중요한 내용들마저도 깜빡한다. 특히 웹 사이트의 ID와 비밀번호가 대표적인 경우다. 하루는 쇼핑을 하려고 인터넷 쇼핑몰에 방문했다. 당연히 원래 자주 쓰는 ID와 비밀번호를 적고 확인 버튼을 눌렀다. 그런데 비밀번호가 오류라고 한다. 그래서 다른 비밀번호로 다시 로그인을 시도했다. 어라? 이것도 아니란다. 그렇게 10번의 시도를 했다. ID까지 다 바꿔가며. 그런데 모두 틀렸다. 쇼핑이 이렇게 어려운 것인가 실감하며 눈물을 머금고 비밀번호를 바꿨다. 겨우 로그인에 성공했는데 가만 보니 내가 무엇을 사려 했는지를 잊었다. 시트콤이 아니다. 나의 실화다. 그것도 매우 자주 있는 실제 이야기다.

챙기고 생각할 일이 많다 보니 이런 것을 잊는 것은 부지기수다. 그렇다고 해서 걱정할 정도의 건망증은 아니지만 이럴 때마다 나는 내가 참 바보인가 싶다. 하나의 사이트에 접속을 하려면 도대체 비밀번호를 몇 번을 눌러봐야 하는 건지. 한심하다. 그런데 재밌는 건 이런 와중에 공부하는 것은 기가 막히게 잘 기억한다. 이런 기억력을 지녔음에도 수학을 가르친다는 건 놀라운 일이 아닌가!

매일 개념을 설명해주고 문제를 풀어주는 건 왜 멀쩡하게 잘 기억할까? 이것이 바로 반복의 힘이다. 여러분은 어쩌다 한 번 볼만한 문제나 개념을 나는 매일 다른 아이들과 함께 수업하며 반복하기 때문에 내 의지로 외우지 않아도 이미 머릿속에 자연스럽게 저장되어 있다. 고등부 수업이 아닌 이상 나는 교재를 보지 않고 수업을 한다. 연달아 수업이 있고 게다가 여러 강의실을 바쁘게 움직이며 수업하기 때문에 책을 챙겨 다니는 번거로움을 덜어낸 것이다. 문제를 풀어줄 때는 아이들의 책을 잠시 빌려 칠판에 써 둔 뒤 풀어준다. 책도 없이 수업을 한다고 하면 의아한 반응을 보이지만 실제로 교재 없이 수업하는 것은 쉽지 않다.

몇 권의 책이 통째로 머릿속에 들어 있어야만 가능한 일이다. 중학교 1학년 반 수업을 하다가 다시 중학교 3학년 수업을 하며 바쁘게 수업을 해도 단원명만 불러주면 대부분 바로 판서로 수업을 진행한다. 이렇게 책을 통째로 외우게 되면 눈만 감아도 다음 순서가 무엇인지 목차마저 외워버린다.

내가 그저 맨몸으로 여러 강의실을 다니며 수업을 할 수 있는 것은 바로 반복을 통한 암기의 힘이다. 처음 내가 학원 강사 일을 시작했을 때는 중학교 1학년 아이들을 가르치는 것도 너무 힘들었다. 지금처럼 머릿속에 강의의 흐름이 떠오르질 않았기 때문이다. 어떤 내용인지 이해를 하고 문제를 푸는 것은 할 수 있지만 막상 설명을 하려니 머릿속이 하애지는 것을 느꼈다. 뿐만 아니라 흐름이 잡히지 않으니 내가 정해놓은 분량에 맞춰서 수업을 끝내야 했다. 나는 선생으로서 매우 부끄러웠다. 교생실습에 나갔을 때도 이보다 훨씬 전문적으로 수업을 했는데 고작 이 정도라니 하며 자책을 하기도 했다.

내가 누군가를 가르치는 입장이 되어보니 그동안 선생님들께서 왜 중요한 것들을 외우라고 하셨는지 이해가 됐다. 일단 이해와 암기는 차원이 다르다. 이해라는 것은 그냥 내가 눈으로만 바라보고 문제를 풀기 위한 준비 운동이다. 그 준비운동이 끝났을 때 비로소 본 운동이 시작된다. 우리에게 본 운동은 바로 암기에 해당된다. 공부를 하다가 중요하거나 필요한 부분은 반드시 이해가 뒷받침된 암기가 필요했다. 만약 준비운동인 이해가 뒷받침되지 않는다면 암기하는 데 더 많은 시간과 노력이 들어가게 된다는 것을 명심하자.

앞서 말한 것처럼 공부의 비법을 순차적으로 완수해내고 있다면 이번 단계는 특히 더 중요한 부분이다. 여러 번 책을 읽고 정리를 했으니 이제부터는 그것을 제대로 활용할 때가 온 것이다. 집안 가보로 대대로 후손들에게 물려주고자 마음먹은 것이 아니라면 나의 정성이 담긴 공부 비법서를 잘 외워야 한다.

외울 때에도 무작정 외우려고 하는 사람과 반복에 반복을 거듭하여 그 과정에서 자연스레 암기하는 사람이 있을 것이다. 나의 경우는 후자에 해당되었다. 사자성어나 영어 단어를 외우듯 중요한 부분을 모두 외우는 것은 내게 쉽지 않은 일이었다. 그래서 다른 친구들에게 중요한 부분에 대해 설명해 주면서 한 번 더 내용들을 반복해나가며 암기하는 편이었다.

수학강사가 '암기'하는 법에 대해 이야기 하고 있으니 당황스러울 수도 있다. 그런데 수학공부도 기본원리의 이해와 암기로부터 시작한다. 수학 뿐 아니라 모든 공부는 '암기와 이해'로 구성되어 있다. 때문에 기억해야하고 중요한 부분이라면 당연히 암기는 필수다.

그리고 암기한 내용은 반드시 누군가에게 적용을 시켜보거나 주변에서 적용할 사례를 찾아 실행하는 것이 중요하다. 그냥 외우기만 했을 때보다 적용해보았을 때 그 효과는 더 커지기 때문이다. 예를 들어 분수 단원 중에서 진분수에 관한 내용을 공부했다고 하자. 그런데 마침 어머니께서 시켜주신 맛있는 피자가 도착했다. 그렇다면 지금 방금 공부한 진분수의 내용을 피자에 연결시켜 예를 만들어 보는 것이다. 피자를 3명이서 나누어 먹을 예정이고 피자는 총 8조각일 때 1명당 먹을 수 있는 피자의 크기를 분수로 생각해 보는 것이다. 생뚱맞을 수 있지만 이렇게 실생활에서 예를 찾아 공부한 개념을 적용해보면 관련 내용이 훨씬 더 강하게 기억에 남는다.

그만큼 예시를 들어 공부하는 것이 이해와 암기에 큰 도움이 된다. 그래서 나는 학생들과 수업을 할 때도 다양한 예를 통해 더 쉽게 이해할 수 있도록 가르친다. 이 과정을 여러 번 반복하면 중요한 부분들은 자연스럽게 머릿속에 남는다. 단순히 암기를 하라고 하면 단어들을 외우듯이 무작정 외우는 것만을 생각하지만 똑똑하게 암기한다면 중요한 부분들을 더 오랫동안 기억할 수 있다. 더불어 시험을 보거나 설명을 해야 하는 경우가 생겼을 때 역시 예시를 활용하면 더 정확하고 빠르게 전달이 가능하다.

공부를 하는 동안 나는 이 효과를 톡톡히 봤기 때문에 외울 것들이 생기면 그에 해당하는 사례나 연관되는 물건을 먼저 찾았다. 실제로 암기 왕이라고 불리는 사람들 역시 이런 방법으로 암기를 한다고 했다. 단어 10개를 30초 만에 암기하라고 할 때 주변을 둘러보고 각각의 단어와 연관된 사물에 이름을 바꾸어 기억하는 것이다. 그리고 그것을 활용하여 하나의 스토리를 만든다. 특정 사물에 연계하여 기억하면 암기력에 속도도 붙고 쉽게 기억할 수 있기 때문이다. 스토리 속에 단어들이 어떤 순서대로 나열되는지 기억하면 단 시간에 중요한 것을 놓치지 않고 외울 수 있다.

우리가 살면서 중요한 내용들은 굳이 외우려하지 않아도 자연스레 기억하며 살아간다. 통장 비밀번호라든지 현관 비밀번호 같은 일상적인 것은 처음에 외우기 위해 노력을 한 경우를 제외하고는 매번 다시 외우려고 하지 않는다. 왜냐하면 이미 중요한 내용들은 정확하게 암기해놓았기 때문에 잊지 않기 때문이다. 공부도 이렇게 하는 것이다. 중요한 내용을 여러 번 반복하고 집중하여 암기함으로써 자연스레 익히고 외워지도록 말이다. 이렇게 공부를 할 때 비로소 모든 내용들이 나의 것으로 남게 된다는 사실을 기억하자.

06

제6법칙

공부를 해야 할 시간엔
모든 유혹을 뿌리쳐라

여러분은 공부를 하기로 결심하고 책상에 앉아서 책을 펴기까지 몇 분의 시간이 걸리는가. 책상에 앉자마자 책을 펴서 공부에 집중을 하는 것이 수월한가? 혹은 그렇지 않은가? 만약 그렇지 않다면 왜 바로 집중을 할 수 없는 것일까? 흔히 집중력의 문제라고 말한다. 물론 그 말이 틀린 것은 아니다. 하지만 진짜 정답은 생각보다 간단하다. 주변 환경의 영향이다. 가만 생각해보자. 내가 공부를 하겠다고 마음먹고 책상에 앉는다. 그런데 옆에 휴대폰이 있고 진동이 울린다. 메시지에 답장을 하고 공부를 해야지 하는데 이번엔 얼마 전에 읽고 싶어 사다놓은 소설책이 보인다. 그러면 그 책을 잠깐 펴본다. 독서는 어차피 공부하는 데 도움이 된다며 조금만 읽다가 공부해야겠다고 생각한다. 그러다보면 어느새 한 시간이 훌쩍 지난다.

진짜 안 되겠다 싶어서 책을 펴려는 순간 책상이 지저분해 보인다.

공부는 정리가 된 곳에서 해야 잘된다며 여기저기 나뒹구는 펜을 정리하고 책들을 꽂는다. 먼지도 닦아야지 하면서 뜬금없이 청소를 시작한다. 구석구석 열심히도 청소한다. 평소엔 그렇게 청소를 싫어했는데 말이다. 청소가 끝나니 허기가 져서 간식거리를 가지고 들어와 앉는다. '이제 진짜 공부하자.'하고 책을 편다. 책을 읽기 시작한지 10분쯤 지나면 잠이 오기 시작한다. 그러다 결국 졸고 있는 자신을 발견한다. '아 오늘 왜 이렇게 피곤하지?'하며 침대에 눕는다. 그렇게 하루가 지나간다. 공부도 함께.

아마 이 글을 읽다보니 마치 자신의 이야기를 써 놓은 것 같은 느낌을 받았을 것이다. 그럴 수밖에 없다. 왜냐하면 이 역시 나의 경험이니까. 공부를 하려고 앉으면 왜 꼭 안 읽던 책이 읽고 싶어지고 안하던 청소가 하고 싶어지는 걸까. 평소에 하면 부모님께 잔소리를 들을 일도 없고 좋을 텐데 말이다. 시험기간이라는 것은 매우 신비한 것이구나 생각한다.

하지만 이 상황들이 매일 반복되고 있다면 우리는 공부와 거리가 꽤 멀어지고 있을 것이다. 시험은 코앞으로 다가왔을 것이고 책의 내용을 그냥 한 번만 읽어도 다 머릿속에 저장되었으면 좋겠다며 새삼 기적을 기대한다. 점점 판타지 소설에 나오는 일들을 상상하며 자신이 그 주인공이길 바라면서. 정신을 차리자. 특단의 조치를 취하지 않는 이상 우리가 바라는 기적은 일어나지 않는다. 절대.

그렇다면 나는 어떻게 이 무시무시한 유혹들에서 빠져나올 수 있었던 것일까. 특별히 방법이랄 것도 없다. 단순히 습관을 바꾸면 된다.

여러분처럼 나 역시 휴대폰이 없으면 못 사는 사람이었고 지금도 그렇다. 쉴 새 없이 울려대는 휴대폰이 없으면 왠지 허전하고 불안하기까지 하다. 그런데 공부를 하기 위해 책상에 앉으면 휴대폰은 무조건 무음으로 전환한다. 혹은 비행기 모드도 괜찮다. 스스로 외부와의 단절을 선택했다.

심지어 노트북이나 모든 전자기기를 눈에 안보이도록 했다. 서랍에 넣어두든 이불 속에 넣어두든 내 시야에 들어오지 않게끔 감춰두었다. 사람 심리라는 게 눈에 보이면 왠지 더 궁금해져서 나도 모르게 보고 있거나 만지고 있기 때문이다. 특히 책상에 거울이 있다면 이것은 무조건 밖에 내다 놓든 없애버리자.

경험상 책상에 거울이 있을 때도 제대로 공부를 할 수가 없다. 나의 미모에 감탄하느라 공부를 못하는 것이 아니다. 거울을 보고 있으면 안보이던 뾰루지도 보이고 눈 밑에 드리운 다크서클까지 보인다. 그러면 압출기로 뾰루지를 짜내거나 팩을 하는 등 다양한 후속조치를 하기 시작한다. 생각해보자. 나는 지금 이 책상 앞에 왜 앉아 있던 것인지를. 분명 피부 관리를 위해 앉은 것이 아니다. 공부를 하기 위해 앉은 것이다. 그런데 지금의 나는 거울을 들고 신나게 뾰루지를 짜내고 있지 않은가. 이렇게 또 하루를 보내고 싶지 않다면 당장 눈앞에 있는 거울을 치워버리자.

다시 강조하지만 내가 흥미 있어 하는 것들은 일단 책상 위에서 모두 없애 놓고 공부를 시작하자. 꼭 그렇게까지 하지 않아도 난 할 수 있다고 생각할 것이다. 하지만 생각보다 우리의 의지가 그렇게 강하지 않다는 것을 기억하길 바란다. 책상 위에는 공부할 책과 노트 그리고 필기구만 있으면 된다. 다른 건 하나도 필요 없다. 특히 전자기기는 더더욱. 앞서 말한 것처럼 휴대폰을 무음으로 해두었거나 꺼두었다고 해서 옆에 두는 것은 매우 위험한 일이다. 눈에 휴대폰이 보이기 시작하면 온종일 휴대폰에 전화가 몇 통이 왔는지 메시지가 몇 통이 왔는지 궁금해지기 마련이다. 그렇게 되면 나의 신경은 책이 아니라 온통 휴대폰에 쏠리게 된다. 그러니 부디 휴대폰은 이불 속에 넣어버리는 것을 권장한다.

가끔 공부하는 학생들이 나에게 질문 하는 것이 있다.

"선생님, 공부할 때 음악 들으면서 해도 돼요?"

나의 대답은 1초도 머뭇거림 없이 No다. 절대! 공부할 때는 음악을 멀리하자. 우리가 가수가 될 것이 아니라면 공부할 때는 공부만 하고 음악은 그 후에 듣자. 우리 뇌는 굉장히 복잡한 것 같아도 생각보다 단순하다. 때문에 내가 공부를 하면서 음악을 들으면 이미 뇌에서는 나의 에너지를 둘로 분산시킨다. 하나로 모으고 모아 집중을 해도 부족할 나의 공부에너지가 음악을 듣느라 흩어지게 되는 것이다. 당연히 집중력은 떨어질 것이고 공부를 해도 내가 무엇을 공부했는지 잘 기억이 나질 않는다. 그러면 그 결과는 당연하지 않겠는가. 결국 다시 공부를 해야 한다. 왜 굳이 이렇게 어렵고 힘든 길을 선택하려 하는가.

나는 어땠냐고 물을 것이다. 음악을 들으며 공부하는 건 강사가 되고 나서다. 기억하려 하지 않아도 이미 나는 무의식중에 문제를 풀 수 있는 지경이 되었기 때문에 크게 음악을 듣거나 소음이 있더라도 문제를 푸는 데 큰 지장이 없다. 하지만 학창시절의 나는 무조건 집중해서 공부해야 했기에 음악은 공부를 다 마치고 이동할 때 듣거나 거의 듣지 않았다. 심지어 대학 때는 시험 한 달 전부터는 음악은 전혀 듣지도 않고 노래는 부르지도 않았다. 일주일에 네 번은 노래를 부르러 다니던 내가 말이다.

내가 그렇게 된 계기가 있다. 대학교 1학년 때의 일이다. 시험 기간이었던 나는 평소보다 한 시간 일찍 등교를 하기 위해 버스를 타고 가던 중이었다. 마침 버스에서는 라디오가 흘러나오고 있었다. 보통 1학기 기말고사는 날이 더워질 때쯤 시작한다. 때문에 라디오에 흘러나오는 노래들은 그 계절이나 분위기에 맞는 곡으로 선곡을 한다. 하필 그 날의 선곡은 '윤종신의 팥빙수'라는 노래였다. 같은 단어가 계속 반복되고 단순한 멜로디의 이 노래가 고요했던 나의 머릿속에 엄청난 파장을 불러일으켰다.

소위 말하는 '수능 금지곡'처럼 시험 기간에 절대 마주해서 안 되는 노래였다. 아무리 신경을 쓰지 않으려고 해도 이미 내 머릿속엔 그 노래만 맴돌았다. 내가 가진 모든 집중력을 총 동원하여 마음을 진정시키고 시험장에 들어갔다. 열심히 답안지를 작성하던 중이었다. 알 듯 말 듯 헷갈리는 문제가 있어서 잠시 생각을 멈춘 순간 그 노래가 떠올랐다. 개의치 않고 답을 떠올리기 위해 안간힘을 쓰던 내가 발견한 것은 답안지에 '팥빙수' 가사를 적고 있던 내 모습이었다. 그렇게 나의 전공시험은 아름답지 못한 마무리를 했다.

그 일이 있고 난 후로부터 나는 절대 시험 전에는 음악을 듣지 않았다. 통학할 때는 팝송이나 연주곡 등을 활용했고 웬만해선 가사가 있는 노래는 일체 듣지 않았다. 나도 모르게 자꾸 따라하게 된다는 것을 알기에 그러한 빌미를 처음부터 차단한 것이다. 수능 금지곡을 들어본 학생들은 나의 마음을 누구보다 이해할 것이다. 나의 의지로 이겨낼 수 있는 부분이 아니다. 때문에 처음부터 모든 변수를 차단하는 것이 내가 할 수 있는 최선의 방법이었다. 공부를 하고자 한다면 이 정도의 유혹을 뿌리칠 각오가 되어 있어야 한다. 혼자서는 의지가 약해 유혹을 뿌리치기 어렵다면 주변의 도움을 청하는 것도 하나의 좋은 방법이다. 예전에 내가 가르치던 학생 중 한 명은 휴대폰 게임중독이었다. 아무리 집에서 부모님께 맞고 혼이 나도 도저히 개선이 되지 않던 학생이었다. 하루는 그 학생이 공부를 하고 싶은데 휴대폰 때문에 자꾸 신경이 쓰인다며 내게 일주일간 휴대폰을 맡아 달라고 했다. 물론 부모님께는 전후사정을 말씀을 드리고 말이다. 연락이 닿질 않으니 불편해하실 거라 염려했지만 오히려 매우 좋아하고 고마워하셨다.

처음에는 휴대폰이 없으니 불안해하고 힘들어하더니 막상 며칠이 지나고 나니 없는 것이 익숙해져서 편하다고 했다. 덕분에 공부에도 온전히 집중할 수 있었다. 그 결과 그 학생은 수학 100점이라는 쾌거를 이루었다. 만약 여러분도 공부에 방해되는 유혹들을 이겨낼 자신이 없다면 주변 선생님이나 부모님께 도움을 청해보는 건 어떨까?

07

제7법칙

공부'만' 하지마라

우리 주위의 1등들을 관찰해 보면 생각보다 놀라운 사실을 발견하게 된다. 분명히 전교 1등인데도 불구하고 운동에 뛰어나거나 게임에 뛰어나는 등 다른 분야에도 특별한 능력을 가지고 있다는 것이다. 1등이라고 해서 공부만 잘할 줄 알았는데 농구도 잘한다거나 그림도 잘 그리는 등 공부와 관련 없는 분야에서도 활약한다. 그런 친구들을 보면 나와는 완전히 다른 세상에 사는 것 같은 기분이 든다.

그런데 공부만 잘할 줄 알았던 친구가 다른 분야에도 뛰어난 것은 어쩌면 당연한 일이다. 왜냐하면 그 학생들은 자신이 어떻게 하면 공부를 잘하는 지 너무나 잘 알고 있기 때문에 어쩌다 한 시간을 더 놀았다고 해서 크게 문제가 되지 않는 것이다.

사실 1등보다는 2등인 학생들이 훨씬 더 많이 공부에 집착하게 된다. 만년 2등이라는 타이틀을 벗어던지기 위해서 더 많이 노력해야 한다는 부담감이 크게 작용하기 때문이다. 그런데 재미있는 건 1등이든 2등이든 관계없이 온종일 책만 바라보고 있다고 해서 모두가 공부에 뛰어난 것은 아니다. 오히려 온종일 책만 바라보고 있다 보면 내가 가진 창의성이나 상상력이 현저히 낮아진다. 자유로워야 할 생각이 교과서라는 틀에 갇히기 때문이다. 공부를 하는 데 있어서는 해당과목의 전문지식도 중요하지만 유연한 사고도 꽤 중요한 요소로 작용한다. 때문에 독서를 많이 하라는 것도 그 이유에서다.

우리가 유치원을 다니던 시절을 떠올려보자. 그 나이 때에는 수학의 정석이나 두꺼운 영어책을 보며 공부하지 않았다. 오히려 장난감이나 다양한 놀이를 통해 공부를 대신했다. 퍼즐 하나를 맞추더라도 같은 모양을 찾아 맞추고 색깔을 구분하는 것으로써 공부를 한 것이다. 단순히 놀이로 보일 수도 있지만 그 나이의 아이들에게는 이것조차 큰 공부인 셈이다. 놀이로써 다양하게 생각하고 도전하고 행동하는 힘을 길러주는 것이다.

하나의 퍼즐을 완성하면 조금 더 난이도가 높은 퍼즐을 맞춰보게끔 하면서 점점 사고력과 창의성을 키워나가도록 했다. 그런데 학교에 입학한 후부터는 급격하게 공부에 대한 태도와 방법이 달라질 수밖에 없다. 같은 책으로 똑같은 환경에서 다 같이 공부하기 때문에 각자가 가지고 있는 창의성이나 상상력이 틀에 갇히게 되는 것이다. 이를 다시 활성화시키기 위해서는 공부가 아닌 독서나 악기, 취미활동 등의 부수적인 것들이 동반되어야 한다.

나의 어린 시절을 돌아보면 나는 주요과목 학원을 다니기보단 예체능에 관련된 학원을 더 많이 다녔다. 미술, 서예, 피아노, 수영, 컴퓨터,

구연동화, 플롯 등등 다양한 예체능을 즐겼다. 물론 '국 · 영 · 수 종합학원' 하나를 다니기는 했지만 그 외에는 모두 내가 좋아하는 활동들 위주였다. 여기에 스카우트 활동도 하면서 다양한 경험도 즐겼다. 부모님의 교육관은 '어차피 공부는 자기가 하고 싶지 않으면 소용없다'이다. 때문에 공부보다는 내가 하고 싶어 하는 것을 하게 하자라는 주의셨다. 물론 내가 초등학생일 당시는 지금처럼 교육열이 강하지 않았기 때문에 가능했을 수도 있다.

지금에 와서 생각해보면 이러한 교육철학은 아무나 할 수 있는 것은 아니었던 것 같다. 두 딸을 모두 믿고 기다려준다는 것이 생각보다 어렵기 때문이다. 그만큼 신뢰와 인내가 없으면 불가능한 일이기도 하다. 부모가 되지는 않았지만 강사로서 여러 아이들과 수업을 하다 보니 이런 부분에 대해 더 강하게 공감하게 된다.

공부를 잘하는 아이들과 그렇지 않은 아이들의 차이는 당연히 노력의 차이도 있겠지만 기본적으로 가지고 있는 기질과 공부 환경의 차이도 크게 작용한다. 자유로운 공부 환경 속에서 공부를 하는 학생들을 상상력이 풍부하거나 창의적인 편이다. 때문에 생각이 유연하여 응용문제나 심화문제에 더 쉽게 접근한다. 반대로 틀에 박힌 공부를 하거나 무조건적인 암기 위주의 공부를 한 학생들의 경우에는 스스로 생각하는 힘이 약하다. 바로 이런 부분이 고난도 문제를 다루다보면 나타나게 되는 차이점이다. 개념을 얼마나 더 많이 알고 있느냐의 차이도 있지만 얼마나 더 생각하는 힘을 가지고 있는가가 그 문제를 해결해 나가는 가장 중요한 열쇠인 것이다. 그리고 그것은 공부환경 및 취미활동에서 큰 영향을 받는다.

유연하게 생각하고 상상하는 힘은 절대 책 속에 나와 있지 않다. 창의력을 높이는 방법, 사고력을 높이는 방법 등은 사실 내 안에 가지고 있는 잠재된 능력이다. 그것을 이끌어 내기 위해서는 어떠한 환경을 통해 이끌어내느냐가 중요하다. 심리적으로 행복하고 안정적인 환경에서 공부할 때 아이디어도 더 신선하다.

내가 벼랑 끝에 몰려있다고 가정해보자. 한 발자국만 더 내디디면 영영 나는 이 세상과 이별이다. 그런데 그 와중에 내일 뭐 먹을까 같은 일상적인 생각이 들겠는가. 마찬가지다. 공부를 하면서 나를 성적이라는 벼랑 끝에 몰아버리면 나의 공부는 발전이 없다. 오히려 갈수록 책에 집착하게 될 뿐이다. 그런데 그 정도로 공부했다면 아마 그 책은 이미 통째로 외웠을 수도 있다. 도대체 이렇게까지 했는데 왜 성적이 안 나오는 건지 자책하고 있을 수도 있다.

그럴 때일수록 자신을 위한 시간을 허락하고 좋아하는 것을 선물하자. 단순한 것이라도 좋다. 영화를 좋아하면 영화를 한 편 보고 온다든지 혼자 음악을 듣거나 좋아하는 친구와 밥을 먹고 오는 등 자신에게 보상이 필요하다. 그래야 우리의 뇌도 휴식할 수 있기 때문이다. 끊임없이 공부만 한다면 뇌는 그 시간을 내내 풀가동해야 한다. 얼마나 힘들겠는가. 과부하가 걸리면 오히려 공부가 더 힘들어진다. 아무리 공부를 해도 자꾸 잊고 잘 기억이 나지 않을 때는 과감히 휴식을 선언하라. 그리고 본인이 좋아하는 취미생활을 하자. 그래야 성적도 오른다.

대학교 때 매일 잠도 안자고 공부에 매진했을 때도 나는 공부만 하지는 않았다. 친구들과 영화를 보러 가고, 밥을 먹으며 이야기하는 것을 매우 좋아했다. 매일같이 운동과 아르바이트도 했고 물론 연애도 했다. 밤마다 친구들과 모여서 야식을 먹고 하루 일과를 공유하며 시간을 보내기도 했다. 그렇다고 공부를 하지 않은 것이 아니다. 앞에서도 말했지만 나는 자투리 시간을 활용하기도 했고 내가 가능한 시간에는 늘 공부했다. 물론 책도 굉장히 많이 읽었다. 대학 도서관은 우리가 생각하는 것보다 훨씬 많은 책들이 보관되어 있다. 그래서 공부하다가도 읽고 싶은 책이 있으면 10권씩 빌려와서 읽기도 했다. 가슴 절절한 소설도 읽고 자기 계발서도 읽었으며 전공이나 교육학에 관련된 책들도 있었다. 일주일에 보통 20권씩 책을 빌리고 읽었던 것 같다.

방학 때는 여행을 즐겼다. 해외연수도 다녀오고 다양한 경험을 하기 위해 노력했다. 여행을 다니다 보면 책에서 알려주지 않은 경험들을 많이 하게 된다. 각 지역마다의 문화나 특생을 통해 새로운 것들을 접하게 되니 내가 가지고 있던 사고가 얼마나 편협한지를 깨닫게 되기도 했다. 그래서 기회가 되면 무조건 여행을 다니려고 노력했다. 나 스스로가 정화되고 치유되는 기분이 들었기 때문이다.

그렇게 방학을 보내고 다시 학기가 시작되면 내 학구열은 더 불타올랐다. 그러나 그만큼 더 여유가 생겼다. 다양한 각도로 문제를 바라보고 생각하고 나의 인생과 꿈에 대해서도 길게 앞을 볼 수 있는 그런 여유가 생겼다. 덕분에 더 많은 도전을 하게 되었고 그러다보니 밤늦게까지 공부할 수밖에 없었다.

그럼에도 불구하고 매일 예쁜 옷과 구두를 신고 다니며 나 자신을 꾸미는 일도 소홀히 하지 않았다. 심지어 친구들이 졸업 사진을 찍으면 내 방에 와서 메이크업을 받거나 옷을 빌려 입고 갈 정도였다. 매

시험이 끝나면 밤을 새우고 못 본 드라마나 영화를 몰아서 보기도 하면서 내 노력에 대한 충분한 보상을 제공했다. 그 덕분에 나는 공부에 대한 만족감이 높았고 학과 수석을 놓치지 않을 수 있었다. 만약 내가 정말 책만 바라보며 공부만 했다면 이 모든 것을 이룰 수 있었을까? 아마 얼마 지나지 않아서 이상 증세를 보였을지도 모른다.

실제로 공무원 시험을 준비하겠다고 한 달 동안 매일 도서관으로 출근을 했던 적이 있다. 그런데 딱 2주가 지나고 나니 정신적으로 매우 피폐해져가는 것을 느꼈다. 매일 같은 시간에 도서관에 가서 책만 바라보고 강의만 듣고 있으니 두통이 심해졌다. 식욕도 없었고 대체 이 긴 터널이 언제 끝날까 싶었다. 공부의 목적을 잃었다. 매일 8시간을 공부했음에도 머릿속에 남아있는 것은 아무것도 없었다.

내가 이렇게 공부한다고 해서 정말 공무원이 될 수 있을지에 대한 확신도 없었다. 그러다보니 점점 더 책에 집착하고 공부에 집착하게 되면서 나는 나를 잃어가는 중이었다. 밝았던 모습은 사라지고 그저 핼쑥한 모습만 남았다. 결국 과감히 공무원 시험을 포기했다. 그리고는 곧바로 여행을 떠났다. 예전의 나를 찾기 위해서.

만약 지금 공부로 인해 많이 지치거나 부담을 느끼는 학생들이 있다면 과감히 내려놓고 딱 한 시간만 본인이 가장 좋아하는 일을 해보자. 방에서 혼자 문을 잠그고 춤을 추든 가장 좋아하는 케이크를 먹든 나를 기쁘게 할 일을 하자. 사소한 이 선물이 여러분의 공부에 더 큰 행복을 더해줄 것이다.

08

제8법칙

스스로를 믿어라

　우리는 다른 사람이 나를 믿어주지 않았을 때 불같이 화를 낸다. 그리고 매우 속상해한다. 심지어 나를 믿지 않았다는 충격에 며칠씩 식음을 전폐하고 앓아눕기도 한다. 나는 상대를 믿었는데 상대는 나를 믿지 않았다며 원망한다. 자신을 믿어주기 바랐던 사람이 그만한 믿음을 주지 못했을 때 우리는 무너진다. 그런데 지금 우리는 자신을 얼마나 믿고 있는지 생각해본 적이 있는가. 타인을 믿고 의지하는 것은 당연하다고 생각하면서 자신을 믿는 것에 대해서는 그렇지 않다.

　어쩌면 내가 나를 믿지 못하는 것이 당연하다고 생각할 수도 있다. 내가 나를 너무 잘 알기 때문에 믿지 못한다고 말이다. 재미있는 건 타인이 나를 믿지 못했을 때는 그렇게 화가 나고 속상한데 비해, 그 주체가 내가 되었을 때에는 불신에 대해 관대해진다.

　그런데 잘 생각해보자. 스스로에 대한 신뢰가 없는데 타인이 나를 믿고 알아주길 바라는 것은 욕심이 아닐까? 나조차 믿기 힘든 사람을 도대체 어떻게 믿으라는 것인가. 누군가 나를 믿어주기 이전에 스스로가 먼저 자신을 믿을 수 있어야 한다. 그래야 타인도 나를 믿을 수 있을 것이고 나 역시 타인을 진심으로 신뢰할 수 있기 때문이다. 상대는 믿는데 나는 못 믿겠다는 것은 진정으로 그 사람을 믿는 것이 아니다. 자신을 신뢰하는 것부터가 모든 믿음의 시작이다.

공부계획을 세우면서 스스로 가장 중요하게 생각했던 것이 바로 이것이다. 내가 할 수 있는 분량만 하되 단 하루도 빠지지 않고 달성하자고 자신에게 약속했다. 그리고는 매일같이 그 약속을 지키기 위해 노력했다. 내 자신과의 약속도 지키지 못하는 사람은 타인과의 약속도 지킬 수 없다고 생각했기 때문이다.

내게 약속이라는 것은 믿음의 산물이다. 나를 믿지 못하면 그만한 약속도 할 수 없다고 생각했다. 물론 이러한 신념은 지금도 이어지고 있다. 매일 하루 세 시간씩 수학문제를 풀고 강의를 듣기로 약속했다. 딱 3년 동안. 그런데 5년이 지난 지금도 이 약속은 이어지고 있다. 주변 사람들이 보기에는 이해가 가지 않을 수도 있다. 도대체 왜 저렇게까지 문제를 풀고 공부를 하는지 말이다.

세상은 급격하게 변화하고 있다. 그 흐름을 파악하기 위해서는 나도 빠르게 움직여야 한다. 공부에도 예외는 없다. 하루아침에 교육과정이 이렇게 바뀌기도 하고 저렇게 바뀌기도 한다. 어떠한 상황이 생겨도 내가 가진 강의력이 흔들림 없이 유지되기 위해서는 나 스스로 더 노력하고 공부해야 한다고 생각한다.

때문에 나는 아이들을 가르치는 일이 직업임에도 불구하고 매일 하루 세 시간의 약속을 지켜냈다. 빠짐없이 그리고 변함없이. 무조건 이 약속은 지켜야 한다는 의지가 강했다. 오죽하면 휴가를 갈 때에도 내 캐리어 안에는 늘 수학 문제집과 태블릿이 필수품이었다. 한 번은 짐을 챙기는 나를 보던 동생이 말했다.

"휴가 갈 때도 책을 챙겨가? 그게 무슨 휴가야!"

생각해 보면 동생의 말이 맞을 수도 있다. 그러나 내가 생각하는 휴가는 일반적으로 마음껏 휴식하고 노는 것이 아니다. 일상에서 벗어나 여행을 가는 것 자체가 휴가이지만 기왕이면 마음 편히 내가 좋아하는 것도 함께 하는 것이 진정한 휴가라고 생각한다. 공부하고 수학 문제를 푸는 것이 곧 내가 좋아하는 일이자 취미인 셈이다. 때문에 휴가를 가기 전날에도 수업을 마치고 오면 문제를 풀다가 잠들고 다음 날 여행을 가곤 했다. 물론 휴가지에서도 하루를 마무리 하는 일은 무조건 수학책과 함께 했다. 심지어 비행기 안에서도.

다시 본론으로 돌아와서 처음에는 매일 세 시간을 공부한다는 것이 쉽지는 않았다. 학원 수업이 끝나고 집에 돌아오면 12시가 다 되는 일이 많았기 때문이다. 지친 몸을 이끌고 세 시간동안 문제를 푸는 것은 생각만으로도 아찔했다. 그래도 못할 일은 아니었다. 나는 하루하루 습관을 들이기로 했다. 처음엔 축 늘어진 몸을 이끌고 책상 앞에 앉기가 너무 힘들었다. 몸이 피곤하다보니 문제를 풀다가 졸기도 많이 졸았다. 그래도 어떻게든 해내리라는 강한 의지와 할 수 있다는 믿음으로 이겨냈다. 매일 졸아도 포기하지 않았다. 그렇게 한 달 두 달을 반복했다. 완전히 습관화가 되다 보니 이제는 세 시간을 훌쩍 넘어서서 퇴근 전후로 보통 다섯 시간 정도를 공부한다.

목표 달성에 대한 성패는 단순히 체력이나 의지의 문제를 넘어서 내가 나를 얼마나 믿고 크게 생각하느냐에 달렸다. 만약 내가 저 상황에서 '체력도 약한 내가 저게 가능하겠어?'라고 의심하고 포기했다면 강사로서 지금처럼 성장하지 못했을 것이다. 현실을 받아들이고 하루하루 주어진 일만 살아가려고 했을지도 모른다. 나는 끝까지 할 수 있다는 생각으로 자신을 믿었고 그 결과 나와의 약속을 멋지게 해냈다.

사람의 믿음은 생각보다 큰 힘을 발휘한다. 내가 처음 운전면허 학원에 등록을 했을 때의 일이다. 남들보다 자동차에 관심이 많은 편이라 지나가는 자동차를 관찰하는 것이 나의 취미이다. 새로운 차가 나오면 기사를 찾아 읽어보고 할 정도로 자동차를 좋아한다. 그러다 보니 자연스레 운전도 잘할 수 있을 거라 생각했다. 그만큼 자동차라는 기계와 친근하다고 생각했다. 그런데 막상 학원에 등록해서 처음 운전석에 앉았을 때 직감했다.

'아 망했구나.' 내가 생각한 것보다 자동차라는 것이 훨씬 더 크고 위험했다. 자칫 잘못하면 나만 다치는 것이 아니라 다른 사람도 해칠 수 있겠다는 생각이 밀려들었다. 처음에 가지고 있던 설렘은 온 데 간데 없고 두려움이 가득했다. 액셀러레이터에 발을 얹은 순간 나는 그대로 얼어버렸다. 옆에 운전면허 학원의 강사님이 계셨지만 아무 이야기도 들리지 않았다. 너무 긴장을 해버린 것이다. 자동차를 좋아하면 운전을 잘할 수 있을 거란 나의 예상은 보기 좋게 빗나갔다. 어떻게 두 시간이 지나갔는지 기억도 나지 않았다.

첫 수업을 그렇게 마치고 다음날 두 번째 수업을 해야 했다. 묵직하게 느껴지던 자동차의 무게감이 잊히지 않았다. 물론 그 두려움도 함께 생생하게 남아있었다. 못할 것 같다는 생각이 가득했고 학원을 가지 말까 한참을 고민했다. 괜히 운전면허를 따겠다고 해서 왜 내가 이런 고생을 하고 있나 싶었다. 고민 끝에 두 번째 수업에 들어갔다.

강사님께 인사를 하고 운전석에 앉는데 내 손은 이미 땀으로 흥건했다. 마음속으로 '괜찮아, 할 수 있어. 할 수 있어.'를 수 백 번 되뇌었다. 사람이 긴장을 하면 알던 것도 기억이 나질 않는다. 강사님이 옆에서 깜빡이를 켜보라고 했는데 도무지 깜빡이가 어디 있었는지 기억이 나질 않았다. 그래서 그냥 아무거나 건드리기 시작했다. 깜빡이를 켜보라고 했는데 와이퍼가 작동하기 시작했다. 매우 당황했다. 얼굴이 빨개지고 식은땀이 났다.

순식간에 바보가 된 기분이었다. 강사님이 긴장한 내 표정을 읽었는지 차분히 다독이는 말을 해주었다. 초보들은 다 그렇다고 괜찮다면서 다시 한 번 설명을 해주셨다. 그렇게 기초 수업을 다시 듣고 장내 운전을 시작하는데 액셀러레이터에 발이 가질 않았다. 아무리 '할 수 있다'를 외쳐도 자꾸만 브레이크로 발이 옮겨지는 것이었다. 한 바퀴를 도는데 엄청난 시간이 걸렸다. 이러다간 장내 시험은커녕 면허를 따는 데 일 년은 족히 걸릴 것 같았다.

너무 겁을 냈더니 몸이 말을 안 듣는 것이다. 대책이 필요했다. 생각해보면 안전장치도 다 설치되어있는 자동차로 운전을 했던 터라 걱정할 필요가 없었다. 결국 내가 나를 너무 못 믿었기에 겁을 냈던 것이다. 괜히 나 때문에 다른 사람한테 피해를 줄 수 있다고 말이다. 이렇게 생각하고 나니 마음이 조금 편해졌다. 긴장감도 어느 정도 가라앉

왔다. 그 다음 수업부터는 조금 편한 마음으로 시작했지만 완전히 긴장이 해소된 것은 아니었다. 매일 운전석이 앉기 전에 나는 할 수 있다는 10번씩 외치며 운전을 배웠다.

그러자 점점 운전하는 것이 재밌어지고 편해졌다. 겁을 내고 안절부절 했던 내가 한결 수월하게 운전을 하기 시작했다. 주행과 주차 모두 완벽했다. 정해진 시간 동안 수업을 이수하고 장내 시험을 보았다. 결과는 100점 만점이었다. 바들바들 떨며 무섭다고 액셀러레이터도 못 밟던 내가 장내주행 시험을 100점으로 통과했다. 그랬더니 자신감이 붙었다. 심지어 강사님께 "운전 처음 배우는 거 맞아요? 운전 잘하네."라는 말을 듣기도 했다. 그 당시 나는 교육생이었는데도 말이다. 그렇게 무사히 도로 주행도 마치고 우수한 성적으로 운전면허를 취득할 수 있었다.

믿음이라는 것이 이렇게 대단하다는 걸 새삼 깨달았던 순간이다. 스스로 할 수 있다고 수백 번을 외쳤고 점점 그 외침이 단단한 믿음으로 자리했다. 나처럼 지레 겁을 먹고 '과연 해낼 수 있을까?'라는 생각으로 공부를 하면 아무것도 이룰 수 없다. '나는 잘 할 수 있다'라는 강한 믿음이 필요하다. 여러분은 자신이 생각하는 것보다 더 큰 능력을 가지고 있다. 무엇이든 잘 해낼 수 있을 것이다. 스스로를 조금 더 믿어보자.

5 장

세상이 변해도 공부 잘하는
방법은 변하지 않는다

01

세상이 변해도 복습은
가장 중요한 공부법이다

수능시험이 끝나고 나면 전 채널 뉴스에서 '전 과목 만점자 인터뷰'를 한번쯤 본 적이 있을 것이다. 물론 나도 매년 보았다. 그들에겐 수능 만점을 위한 엄청난 해답이 있을 것 같아서 무조건 챙겨 보았다. 그런데 신기한 것은 분명 모두 다른 사람들이지만 같은 이야기를 하고 있었다. 심지어 10년 전이든 현재든 크게 다를 게 없었다. 각자 학습상황은 서로 달랐지만 공통적으로 말하는 것은 결국 하나였다. 모르면 알 때까지 반복해서 공부했다는 것. 바로 '복습'이 만점자의 비법이었다. 놀랍지 않은가. 세월이 지나도 만점자들의 만점 비결은 하나같이 똑같다는 것이.

학원에서 아이들을 가르칠 때도 복습의 중요성을 실감한다. 똑같은 내용의 수업을 해도 어떤 아이는 좋은 성적을 받고 어떤 아이는 정 반대의 결과를 가져온다. 단순히 각자가 가진 지능이나 기질의 차이는 아니다. 얼마나 자주 들여다보았는지의 차이가 결과의 차이를 만든 것이다.

시험이 끝나고 아이들과 상담을 한다. 그러다보면 공부를 잘하는 아이의 경우, 숙제도 하는 것에 더불어 집에 가서 내가 오늘 왜 이 문제를 틀렸는지 다시 한 번 복습을 했다고 한다. 반면에 그렇지 않은 아이는 집에 가면 피곤해서 공부대신 잠을 선택했다고 한다. 이러한 행동패턴이 하루 이틀이 지나고 한 달이 지나면 어떨까. 동일한 출발선상에 있던 두 학생이 점점 격차가 벌어지기 시작하는 것이다. 그리고 시간이 지나면 지날수록 그 차이는 따라잡을 수 없게 된다.

단순해 보이는 복습이 세상에서 가장 중요한 공부법이라는 것은 앞에서도 계속해서 강조했다. 나의 경우만 보아도 알 수 있지 않은가. 중학교 때도, 고등학교 때도, 대학교 때도 내 공부비법은 사실 모두 복습이었다. 요약정리 노트를 만들 때도 처음부터 모든 내용을 다시 한 번 훑어가며 복습을 했다. 대학 때는 처음부터 끝까지 단계별로 복습을 했다. 그것도 8번씩이나. 복습을 하는 방법이나 기술이 조금씩 달랐던 것뿐이었다.

모든 것은 복습으로 시작해서 복습으로 끝이 났다. 처음에는, 이미 봤던 내용을 또 다시 봐야할 필요가 있을까 하며 교만한 생각을 하기도 했다. 내가 다 알고 있다고 생각했기 때문이다. 왠지 한 번 본 것을 다시 보려니 귀찮게 느껴질 때도 있었다. 그럼에도 불구하고 처음부터 다시 차분히 공부를 하려고 노력했다. 여러 번 복습했지만 생각보다 놓치고 있는 부분이 많음을 새삼 느꼈다.

이미 한 번 배워서 다 알고 있다고 생각했던 나를 반성했다. 그리고 더 꼼꼼하게 읽어나가며 복습하기를 반복했다. 여러 번 반복하다보니 다 알고 있는 내용임에도 새롭게 느껴지는 날들이 많았다. '이래서 반복을 하라고 하는 것이구나.' 다시 한 번 감탄하기도 했다. 복습의 중요성은 공부를 하다보면 더 강력하게 느끼게 된다.

우리 주변에는 공부를 잘했던 사람, 중간정도였던 사람, 공부와 거리가 멀었던 사람들이 다양하게 존재한다. 내가 가르치는 학생들도 머리가 좋은데 공부를 안 하는 학생, 머리보다는 노력형인 학생, 공부가 별로 내키지 않는 학생 등 다양하다. 그리고 그만큼 성적도 다양하다. 성적의 차이가 발생하는 결적적인 이유는 복습의 횟수에 있다.

한 번 복습을 한 학생과 두 번 복습을 한 학생이 있다고 하자. 고작 한 번의 차이지만 각자 기억하고 있는 지식의 폭이 다르다. 그렇다면 두 번 복습한 학생과 세 번 복습한 학생은 어떨까? 말이 필요 없다. 복습이 여러 번 반복될수록 그날 배운 내용들이 점점 완벽하게 내 것으로 변하기 때문이다.

앞에서 '에빙하우스의 망각곡선'에 대해 언급한 적이 있다. 수업이 끝난 후 10분 후부터 우리의 뇌는 이미 망각을 시작한다. 그리고 하루만 지나도 70% 이상의 지식이 사라진다. 고작 그 한 번, 그 하루의 차이가 엄청난 결과의 차이를 가져온다. 그러나 우리는 복습이 가진 힘을 알지 못하기에 가볍게 넘기는 경우가 많다. 물론 주변에서 복습이 중요하다는 것을 익히 들어서 알고 있기는 할 것이다. 막상 행동에 옮기지 않아서 문제일 뿐. 귀찮고 바쁘다는 말로 복습을 가벼이 생각하지 않는가. 공부를 못할수록, 혹은 공부를 잘하고 싶을수록 더욱 강조되는 공부법이 복습이다. 복습만 잘해도 중간 성적은 유지한다.

이렇게까지 이야기를 했는데도 혹시 '에이 그래도 무슨 복습만으로도 그렇게 성적이 달라지겠어?'라고 생각하는 학생들이 있을 것이다. 그래서 또 하나의 이야기를 들려주고자 한다. 내가 가르치는 학생들은 대부분 공부를 특출나게 잘하는 학생들보다는 공부의 방법을 모르거나 공부를 어려워하는 학생들이다.

그 중에서 한 학생의 경우를 이야기하자면 이 학생은 타 과목들은 어느 정도 성적을 유지했는데 유독 수학점수가 굉장히 낮았다. 다른 과목은 80~90점임에도 불구하고 수학점수는 50점 대였다. 과목간의 점수 격차가 너무 크다보니 이를 해결하고자 내가 있는 더큰수학학원을 찾아왔다. 수학만 점수가 안 나왔기 때문에 전문학원을 찾아다녔는데 다른 학원에서는 이 점수를 듣고는 등록을 거부했다고 한다. 그 과정에서 이 학생은 상처를 받았다. 그랬던 그 학생이 나와 함께 1년 동안 수업을 한 결과 수학점수가 급상승했고 급기야 100점을 받기도 했다. 어떻게 이런 일이 가능했을까?

이 학생은 뛰어나게 공부를 잘하거나 머리가 좋은 편이 아니었다. 어느 정도였냐, 하루는 수학시험 직전대비 보강을 하는 데 정말 기본적인 개념을 질문하는 것이었다. 순간 내 머릿속이 하얘졌다. 다음날이 수학시험인데 이제 와서 개념을 물어보다니, 이게 무슨 일인가! 그동안 그렇게 반복을 시켰던 내용임에도 불구하고 기억이 나지 않는다고 했다.

그래서 8시간을 붙들고 수학개념을 외우게 하고 안 되는 유형을 지속적으로 풀렸다. 본 수업 시간에도 6번 이상 시험 범위까지 반복을 했음에도 불구하고 제대로 문제를 풀지 못하는 부분이 있었기 때문이다. 더구나 이 학생은 무조건 성적이 나와야 하는 상황이었다. 성격도 원래 조금 소심한 편이었는데 특히 공부에 대한 자신감도 너무 떨어져 있었다. 내가 아무리 '넌, 할 수 있다.'는 말로 응원을 해도 결과가 필요했다. 스스로 시각화하고 자신을 믿을 수 있는 결과가 말이다.

나와 공부를 시작한지 얼마 안 되어서 처음 시험을 보게 되었다. 100점은 아니었지만 수학 성적이 80대로 진입했다. 스스로 믿지 못하는 표정이었다. 80점이라니! 하는 표정으로 굉장히 즐거워했다. 점수보다도 일단 자신도 공부를 하면 목표를 이룰 수 있다는 자신감을 얻었다. 그 때부터 이 학생은 내가 굳이 시키지 않아도 스스로 공부를 하기 시작했다.

새로운 노트를 하나 구입해서 학원에서 풀어준 문제들을 다시 옮겨 적고 풀었다. 내가 오답노트를 시키고 개념 정리 노트를 쓰게 하지만 그 외에 별도로 공부를 하기 시작한 것이다. 혼자 공부를 하면서 전에 풀었던 내용임에도 안 풀리는 문제가 있으면 학원 수업시간보다 조금 일찍 와서 미리 질문을 했다. 이런 작은 변화만으로도 놀라운 일이었다.

매일 공부라면 질색을 하던 학생이었는데 말이다. 오죽하면 그 학생의 어머님께서 놀라서 전화를 하셨다. 아이가 이상하다고. 선생님과 수업을 하고 지속적인 멘토링을 한 후부터 완전히 달라졌다고 말이다. 실제로 결과는 이전과는 완전히 달랐다. 다른 성적들보다 수학 성적이 월등히 뛰어났다. 그 당시 나는 아이들에게 학원 수업이 끝나고 집에 돌아가서도 공부하다가 모르는 부분이 있으면 카메라로 찍어서 메시지로 보내라고 했다. 그러면 받은 문제를 보고 풀이를 해서 다시 학생들에게 보내주었다. 밤늦은 시간이든 새벽이든 관계없이 공부하는 학생들을 위해 성심껏 문제를 풀어주었다. 공부하려는 마음들이 너무 기특했기 때문에 도와주고 싶었다. 이 학생 역시 밤늦게까지 공부하다가 모르는 문제에 대해 질문을 하곤 했다. 질문이 해결되고 여러 번을 복습하고 나니 공부에 자신감이 붙었다. 친구를 가르쳐줄 수 있을 정도로 말이다.

이처럼 나는 새로운 내용을 가르칠 때 보통 두 번에서 세 번 정도 개념 설명을 해준다. 그리고 나면 처음부터 끝까지 문제를 풀게 했다. 평균적으로 6번 정도 반복하여 문제 풀이를 하는 편이었다. A라는 교재를 사용해서 해당 범위까지 풀이가 완료하면 그 다음 문제집을 미리 준비해 놓았다. 매번 난이도별로 교재를 선정하여 처음부터 다시 풀게끔 했다. 쉬운 문제부터 어려운 문제까지 모두 다 접할 수 있도록 했다. 그리고 틀린 문제는 오답노트를 활용하여 다시 복습하게끔 했다. 그렇게 해도 안 되는 부분은 유사유형을 모아 다시 풀렸다. 그 결과 나의 학생들은 각 학교별 수학대표가 되었을 정도로 성적이 향상되었다.

이렇듯 더 이상 복습을 가벼이 생각하며 넘겨서는 안 된다. 화려하고 대단한 공부법은 아니지만 시대를 막론하고 가장 쉽고 확실한 공부법이기 때문이다.

왜 1등은 하나같이
'기본'에 충실할까?

지금까지 우리는 1등의 공부비법에 대해 함께 살펴보았다. 그런데 사실 생각해보면 무언가 새롭고 특별한 방법이 있던 것은 아니다. 우리가 알고 있는 방법들을 조금 더 응용하거나 나에게 맞게끔 각색해서 공부를 했을 뿐이다. 처음 듣는 방법으로 공부를 하거나 신비로운 능력을 가지고 있기 보다는 가장 기본적인 것부터 시작해서 가장 기본적인 것으로 마무리했음을 알 수 있다. 그렇다면 왜 1등은 하나같이 기본에 충실한 것일까? 이유는 간단하다. 기교가 들어갈수록 본질이 변질되기 때문이다.

가수들을 예로 들어 보자. 우리나라 최고의 여가수 중 한 명을 꼽으라고 하면 '이선희'를 떠올릴 수 있다. 동시대의 가수는 아니지만 가끔 '이선희'의 노래를 들으면 정말 감탄이 절로 나온다. '어떻게 저런 발성과 음색을 가질 수 있을까'하며 놀라곤 한다. 그런데 이 가수의 가장 큰 장점이자 특징이 정직하게 노래한다는 것이다. 기교를 부리거나 화려하게 부르려 하기보다 진술하고 담백하기에 청중에게 더 진심으로 와 닿는 것이다. 화려하게만 부르려고 하면 노래를 통해 전달하고자 하는 메시지보다 방법적인 부분에 더 치중하게 된다. 때문에 진심이 왜곡되고 본질이 변질되는 것이다.

공부에서도 예외는 없다. 단기간에 공부를 잘하고 싶어서 잔꾀를 부리거나 빠르고 편한 방법만을 찾으려고 한다면 결코 1등을 할 수 없다. 머리가 좋은 편이라면 단기간에 좋은 성적을 낼 수는 있을 테지만 1등의 주인공이 되지는 못한다. 행여 된다 하더라도 오래 지속할 수 없다.

기본에 충실한 학생들은 매일 일정시간을 정해두고 공부한다. 한 시간이든 두 시간이든 배운 내용들을 스스로의 것으로 전환시키는 작업을 하는 것이다. 이해가 안 되는 부분은 없었는지 중요한 내용이 무엇인지를 파악하면서 자신의 것으로 저장하는 시간을 가진다.

또한 배운 내용을 내 것으로 정리하는 것도 잊지 않는다. 즉 앞서 말한 것처럼 지식을 나만의 것으로 각색하는 것이다. 이 과정에서 기본기가 없다면 과연 각색이 가능할까? 각색이라는 것은 기본적으로 참고 대상이 있어야만 가능하다. 때문에 기본 지식을 먼저 이해하고 파악하는 것이 우선시 된다. 건축을 예로 들면 건물을 짓기 위해서는 골조가 필요하다. 그 골조를 기반으로 벽도 세우고 벽돌도 쌓는 것이다. 기본적으로 정리라는 것은 그 골조에 해당한다. 그 외에 부수적인 것들은 벽이나 기타 작업들인 것이다. 골조가 약하면 건물은 어떻게 될까? 당연히 그 무게를 지탱하지 못하고 무너진다. 기초공사가 중요한 이유가 여기에 있다. 기초가 튼튼해야 응용이든 심화든 다양한 확장이 가능하기 때문이다.

정리가 끝나면 문제를 통해 내가 알고 있는 부분들이 어떻게 응용되고 적용되는지 확인하는 작업을 꼭 거친다. 개념만 이해하고 있다고 해서 공부를 완벽하게 한 것은 아니기 때문이다. 문제를 풀다 보면 반복해서 틀리는 유형이 있다. 그런 유형은 무조건 따로 정리를 해 놓는다. 그리고 비슷한 문제들을 찾아 본인이 다시 틀리지 않을 때까지 반복하여 풀어본다. 이것이 1등이 공부하는 방법이다. '매일 일정한 시간을 정하고 공부하기, 배운 내용 정리하기, 오답 노트 및 유사유형 풀이'의 3단계. 사실 이렇게 보고 있으면 크게 특별하거나 다를 건 없다. 그럼에도 불구하고 성적에 차이가 있는 이유는 기본기를 얼마나 더 강하게 다졌는가의 차이이다.

나는 위의 3단계 중에서도 특히 요약하여 정리하는 능력이 뛰어났다. 매일 공부를 하는 것도 공부를 하는 것이지만 조금 전에 수업을 들었거나 그날 수업을 들었던 내용은 무조건 각 과목별로 정리했다. 단순히 책을 베낀다거나 필기한 내용을 베끼는 것이 아니었다. 책에 나온 중요한 내용을 토대로 정리를 하되 추가 설명이 필요하거나 예시가 필요한 부분들을 찾아 가며 함께 적어놓았다. 이해가 안가는 부분이 있으면 관련 도서를 도서관에서 빌려왔다.

5~6권의 책들을 펼쳐놓고 내가 이해하기 쉬운 책을 찾는다. 그리고 나면 그대로 적어놓지 않고 다른 책들을 보면서 설명이 어떻게 다른지 비교하고 분석했다. 그렇게 하면 어렵게 느껴지던 말이 무슨 뜻

이었는지 확실하게 알 수 있었고 명확하게 내용에 대해 이해했다. 그리고 그 내용을 토대로 노트에 함께 첨삭해 놓았다. 이 세상 그 어디에도 없는 나만의 정리 노트를 만드는 것이다.

이렇게 정리된 노트는 시험기간만 되면 인기가 많았다. 복사를 하겠다고 빌려가거나 베껴 쓰기를 하는 친구들이 많았기 때문이다. 내 노트만 보고 공부해도 복습은 완벽했다. 정리가 잘 안 되는 친구나 스스로 정리하기 귀찮아하는 친구들은 특히 시험 때마다 노트를 빌려갔다. 내심 기분이 좋았다. 물론 노트를 빌려줬다고 해서 대가를 받지는 않았지만 많은 사람들에게 인정받았다는 기분과 함께 내가 제대로 공부를 하는 것 같아 뿌듯했다. 그래서 더 열심히 정리하기 시작했다. 그러다보니 자연스레 중요한 부분들은 암기가 되었다. 난 노트를 정리하고 그 내용을 다시 A4용지 한 장에 정리하며 공부를 했다. 여러 번 반복하여 적다보니 이미 공부한 내용이 머릿속에 저장되었다. 때문에 노트를 빌려준다고 해도 내가 공부하는데 있어서 큰 지장이 없었다.

그런데 여기서 중요한 것은 나와 그 친구들의 성적은 어땠냐하는 것이다. 아무리 내가 정리한 노트를 가져다가 복사를 해서 공부를 하거나 베껴 썼다고 해서 성적까지 같았을까? 아니다. 같은 노트를 보고 공부했지만 성적은 차이가 많이 났다. 그 이유가 무엇일까? 노트 정리를 하는 당사자는 그 과정에서 본인이 무엇을 모르는지 혹은 놓친 부분이 무엇인지 파악이 가능하다. 때문에 그 부분들을 정확하게 채워놓고 공부할 수 있었다. 그러나 정리된 노트를 보면서 공부를 하면 딱 그 내용들에 대해서만 공부하게 된다. 나의 경우는 여러 번 보았기에 굳이 더 공부하지 않아도 될 부분은 간단한 단어로만 표시해 두었다.

긴 설명이 없어도 단어만 보면 내용이 떠올랐기 때문이다. 하지만 내가 아닌 다른 사람들은 이해하는 부분이나 어렵게 느끼는 부분이 다르다. 내가 알고 있는 것을 상대는 어렵게 생각할 수 있고 반대로 상대는 쉽게 생각하고 이해하는 부분을 나는 어려워할 수도 있다. 내 노트는 철저히 나를 기준으로 정리가 된 것이기 때문에 타인의 입장에서는 놓치는 부분이 발생하는 것이다.

만약 지금 내가 친구의 노트를 복사해 온 입장이라면 조금 번거롭더라도 스스로 정리하는 것을 적극 추천한다. 기본적인 것만 실행한다면 그렇게 번거롭거나 어려운 일도 아니다. 사실 귀찮다고 미루다가 한꺼번에 정리하려고 하니 힘든 것이다. '이 많은 내용을 언제 다 정리하지?' 하면서 한숨부터 쉴 것이다. 그러다보니 더 쉽고 빠른 방법만을 찾으려고 한다. 운이 좋아 처음에는 그 방법으로도 결과가 좋게 나올 수 있다. 하지만 한 번 그 잔꾀의 맛을 보면 쉽게 헤어 나오기가 어렵다. 그 달콤함을 맛보았기 때문이다. 그러나 그 행복은 끝까지 유지되지 않는다. 결국 무너질 수밖에 없다.

공부는 절대 잔꾀로 하는 것이 아니다. 물론 그저 지금의 성적에 만족하고 더 높은 목표를 갖지 않을 것이라면 크게 상관없다. 하지만 이 책을 읽고 있다는 것은 제대로 공부해보고 싶은 마음을 가지고 있다는 것 아닐까? 그러니 속는 셈치고 한 번 시도해 보자. 비용이 드는 것도 아니다. 게다가 어렵지도 않다. 하루 딱 30분만 투자해보자. 그날 배운 내용을 그 날 정리하면서 내가 무엇을 배웠는지 한 번만 더 공부하면 된다. 생각보다 내용이 많지도 않다. 오히려 걱정만 하고 귀찮다고 미루다가 나중에 한꺼번에 정리하는 것보다 훨씬 수월할 것이다.

지금부터 제대로 공부를 하고 싶다면 기본부터 시작하자. 주위에서 감탄하고 박수 받을 만큼 화려하고 멋진 방법으로 시작할 필요는 없다. 미약한 시작일지라도 그 결과는 눈부시고 화려할 것이다. 그러니 더 이상 어떻게 해야 위대한 방법인지, 무엇이 빠르고 쉬운 방법인지 찾기 위해 고민하거나 생각하지말자. 여러분의 아까운 시간과 에너지를 소모하지 말자. 가장 기본적인 것이 가장 위대한 것이다. 그리고 이미 여러분은 충분히 위대하고 멋지다.

03

공부의 도움닫기는
공부법에 있다

우리가 새로운 장소에 가거나 새로운 것을 배울 때 가장 먼저 하는 것은 무엇일까? 어떻게 가야하는지 혹은 해야 하는지에 대한 방법을 찾는다. 대중교통이든 도보든 내가 특정 장소에 가기 위해서는 어떤 길로 가야 하는지에 대한 방법이 필요하다. 혹은 요리를 할 때도 준비 재료가 무엇이고 어떤 재료를 얼마나 넣어야 하는지에 대한 방법적인 것을 필요로 한다. 그래야 내가 원하는 장소에 도달하고 원하는 음식을 만들어낼 수 있기 때문이다.

무엇이든 처음 시작하는 것에는 도움이 필요하다. 여러분의 공부도 마찬가지이다. 지금까지 잘못된 방향으로 공부를 하고 있었다면, 혹은 이제부터 공부를 제대로 시작하고자 한다면 방법이 필요하다. 옳은 방향으로 나아가기 위한 제대로 된 방법이. 그리고 그 방법은 우리의 목표를 달성하기 위해 가장 중요한 가이드가 될 것이다.

나도 처음 이 책을 쓸 때 도대체 어떻게 책을 써야하는지에 대해 도무지 감이 잡히지 않았다. 책을 쓰기로 마음먹고 도전을 해야지 했는데 출판과 관련해서 지식이 전무 했다. 겁이 없었던 나는 일전에 텔레비전에서 드라마 원고를 공모하는 것을 보고 도전하기로 결심했던 적이 있다. 매일 글을 쓰겠다고 다짐했지만 결국 10장도 채 쓰지 못하고 그만 두었다. 그 때도 역시 나는 극본이 무엇인지 어떤 방법으로 써야하는지 아무것도 아는 것이 없었다. 그냥 내가 생각한대로 쓰기 시작한 것이다. 무식하면 용감하다 했던가. 정말 막무가내로 썼던 것 같다. A4 100장 분량을 써야했는데 10장을 쓰고는 두 손을 들었다.

등장인물이 누군지 상황이 어찌 흘러가야하는지 복선을 어디에 설치해야하는지 아는 게 없다보니 내용이 산으로 갔다. 예전에 유행하던 인터넷 소설과 비슷했다고 해야 하나. 어쨌든 더 이상 이어 쓸 수가 없어서 과감히 도전을 포기했다. 역시 글은 아무나 쓰는 게 아니라고 혀를 내둘렀다. 그렇게 다시 본업으로 돌아왔고 그 꿈은 서서히 잊혀졌다.

그렇게 작가의 꿈이 잊혀 갈 때쯤 친한 후배가 책을 냈다는 소식을 들었다. 호기심이 생긴 나는 그 후배에게 물어물어 책 쓰기에 대해 천천히 알아가기 시작했다. 하루는 그 특강을 들으러 갔다. 그때까지만 해도 내가 이렇게 책을 쓰고 있으리라고는 생각하지 못했다. 오히려 과연 내가 할 수 있을까 고민을 했다. 며칠 고민 끝에 지금이 아니면 절대 배울 기회가 없을 것 같아 결심했다. 책 쓰는 방법을 배우기로. 《한책협》이라는 책 쓰기 학교를 알게 된 것은 내게 행운이었다. 정확하고 확실하게 책을 쓰는 방법에 대해서 가르치기로 정평이 나 있

던 곳이었기 때문이다. 게다가 김태광 대표코치는 200여 권의 책을 써
낸 책 전문가였다. 책에 대해 하나도 알지 못했던 나는 전문가가 필요
했다.

살면서 '책'이라는 것을 읽기만 했지 써 본적이 없었기에 정확한 코
칭이 필요했다. 그렇지 않으면 내가 쓴 책의 내용은 또 산으로 가고 있
을 테니 말이다. 일주일에 한 번씩 책 쓰기에 대해 학습하고 실시간 피
드백을 받았다. 역시 전문가의 코칭은 남달랐다. 나는 동기들보다 빠
른 속도로 책을 쓸 수 있었다. 그것도 매우 즐기면서. 지금 여러분이
보고 있는 이 책이 바로 그 책이다. 나의 사례처럼 여러분의 공부도 마
찬가지이다.

공부를 제대로 안 해봤거나 아니면 한 번도 공부에 관심이 없었다
가 이제 막 해보려고 할 수도 있다. 기존에 공부를 했음에도 불구하고
성적이 오르지 않거나 변화가 없을 수도 있다. 다양한 학생들과 문제
들이 공존하지만 결국 해답은 하나다. 공부법이 바로 그 해답이다. 지
금까지 내가 어떠했든 그것은 중요하지 않다. 앞으로 여러분이 어떻
게 공부를 해야 하는지 방향을 제대로 잡는 것이 가장 중요하다. 그렇
게 해야만 나처럼 잘 나가다가 산으로 가는 일을 막을 수 있다. 공부하
는 방법만 제대로 익혀두어도 앞으로 나의 공부의 90%는 성공한 것
이다.

공부하는 방법이라고 해서 어렵게 생각할 필요는 없다. 말 그대로
내가 옳은 방향으로 공부하기 위한 내비게이션이라고 생각하면 된다.
우리는 특정 장소에 도착하기 위해서 내비게이션에 목적지를 지정한

다. 그리고 이동할 수단을 선택한다. 자동차를 타고 갈지 걸어서 갈지 대중교통을 이용할지 스스로 선택한다. 이러한 이동수단이 공부에서는 공부법에 해당된다.

하루에 무조건 8시간은 공부하기, 친구들과 함께 공부하기 혹은 학교나 학원 자습실에서 감시 하에 공부하기 등등. 이 다양한 공부법 중에서 어떻게 나에게 맞는 공부법을 선택하고 적용할 것인가가 지금부터 시작될 나의 공부의 속도와 방향을 결정한다. 고속도로를 타고 목적지에 도착할 것인지, 국도를 타고 목적지에 도착할 것인지 말이다. 때문에 최적화된 방법을 선택해야 한다.

나의 경우처럼 무조건 8번 복습하기로 공부법을 선택했다면 복습을 구체적으로 어떻게 할 것인지 까지도 생각해야 한다. 한 권의 책으로 반복할지 아니면 유사한 교재들로 반복을 할지 혹은 개념정리만 할 것인지 문제풀이도 할 것인지 등의 세부적인 것도 고려해야 한다. 이렇게 명확하고 뚜렷하게 복습할 때 비로소 공부의 성과가 나타나기 때문이다. 뿐만 아니라 공부 계획이나 효율적인 시간관리방법 등도 공부를 하는 데 있어 매우 중요하다.

지금까지는 공부를 하고 싶어도 이러한 방법을 제대로 몰랐을 것이다. 공부라는 것을 대체 어떻게 시작할지 몰라 막연히 그저 발만 동동 구르고 있지는 않았는가? 방법을 알면 공부는 그만큼 수월해진다. 대신 나에게 맞는 공부법이어야 한다는 것이 중요하다.

나는 공부를 할 때 무조건 복습이 최우선이었다. 앞에 4장에서 알 수 있듯이 한 권의 책을 8번 복습했다. 책이 통째로 외워질 때까지 보고 또 보았다. 물론 매번 방법을 다르게 적용하여 복습을 시도했다. 편하게 읽기, 소리 내어 읽기, 요점정리 등 다양한 방법을 통해서 말이다. 이 방법을 그대로 따라할 필요는 없다. 스스로 적용해 보았을 때 자신에게 맞는 방법이 있고 그렇지 않은 방법이 있을 수 있기 때문이다.

각자 가지고 있는 상황이나 성향이 다르기에 자신에게 맞게 응용을 해도 좋다. 다만 공부는 공부법을 기반으로 했을 때 훨씬 더 효율적이라는 것을 말하고 싶다. 공부의 원리를 이해하고 스스로 익힐 수 있을 때 비로소 공부가 즐거워지기 때문이다. 나의 경험상 공부라는 것이 어떻게 할 때 더 효과적인지 전체적인 흐름을 알려주고 싶은 것이 이 책의 핵심이다.

지금까지 말한 공부법이나 습관들은 모두 내 경험을 바탕으로 한 것이다. 10년 동안 수많은 학생들에게 적용했던 내용들이기도 하다. 선생님이라고 해서 처음부터 수학책을 들고 태어나지 않는다. 태어나자마자 근의 공식을 외우거나 방정식을 풀 수 있었던 것도 아니다. 여러분과 똑같이 공부가 어려웠고 때로는 하기 싫었다. 그래서 어떻게든 공부를 하지 않기 위해 도망도 다녀보았다. 반대로 죽을힘을 다해 공부에 매달려보기도 했다. 공부 때문에 천국과 지옥을 오가기도 했다. 하지만 포기하지는 않았다. 어떻게든 내 앞에 놓인 '공부'라는 큰 산을 넘기 위해 도전했다. 공부를 잘하는 친구를 따라 하기도 해보고 책에 나오는 방법을 따라 하기도 해봤다. 처음에는 나도 막막했으니까. 공부법이 대체 뭔지 혼란스러웠고 왜 중요한 것인지 이유도 몰랐다. 진짜 공부를 하다 보니 그 이유를 서서히 깨닫게 된 것이다.

내가 특별히 잘난 사람이라서 1등을 할 수 있었던 건 아니다. 오히려 바보 같았다. 공부하는 방법에 대해 잘 모르기 때문에 다른 사람들보다 조금 더 많은 방법을 시도했을 뿐이다. 그러다보니 점점 나만의 색깔을 가진 공부법을 찾았던 것이다. 무엇이든 한 번에 이루어지는 것은 없다. 어렵게 얻을수록 그만큼 자신에게 더 값진 것이다. 지금까지 나는 왜 이렇게 공부했을까 자책하거나 속상해하지 않아도 된다. 이제는 여러분 스스로에게 맞는 공부법이 무엇인지 방향이 보이고 길을 찾았을 테니.

우리는 앞으로 더 높이 올라가기 위한 발판을 스스로 찾았다. 나만의 공부법이라는 도움닫기를 이용하여 높은 곳을 향해 뛰어 오르기만 하면 된다. 모든 걱정을 내려놓고 높이 뛰어보자. 여러분은 분명 잘 해낼 것이다.

제대로 된 공부법은
절대 흔들리지 않는다

대학교 2학년이 되면서 앞으로 내가 어떤 일을 해야 평생 잘 먹고 잘 살 수 있을까에 대해 의문이 들기 시작했다. 공부에 재미가 들다보니 슬슬 내 미래는 어떤 모습으로 만들어질까 궁금했다. 잘 놀아보았고 이제 열심히 공부도 시작했지만 사실 그 때까지만 해도 내가 졸업 후에 무엇을 해야 할지 고민이 많았다. 어떤 친구들은 이미 어학연수를 떠났고 또 어떤 친구는 휴학을 하고 인턴쉽을 하며 미래를 준비하고 있었다. 나는 이제 막 학과공부에 전념하고 있었는데 말이다. 걱정이 많아졌다. 나는 어떠한 방법으로 내 미래를 준비해야 할지에 대해서. 일단 학과 공부를 제대로 마치는 것이 최우선이려니 싶다가 문득 자격증들을 취득해놓아야겠다는 생각이 들었다.

일반 고등학교를 나오다보니 그 당시 나는 그 흔한 워드프로세서 자격증도 없던 상태였다. 특성화 고등학교를 졸업한 친구들은 이미 여러 개의 자격증을 가지고 있었다. 하지만 내게는 내 이름으로 된 자격증이 단 하나도 없던 것이다. 그래서 그때부터 학과 공부와 자격증 공부를 병행하기로 마음먹었다. 일단 자격증의 종류가 무엇이 있는지 검색을 했다. 내가 알고 있던 자격증은 고작 워드, 컴퓨터 관련 몇 가지였는데 찾아보니 매우 많은 종류의 자격증이 존재했다. 어떤 자격증을 취득해야 할까 고민을 했다. 선택의 폭이 너무 넓었기 때문이다.

그래서 10년 뒤 유망 자격증을 검색해보았다. 이 역시 다양한 종류의 자격증이 있었지만 그 중에서 눈에 띄는 몇 가지를 선택했다. 그리고 당장 시험 일정이 언제인지 알아보았다. 학교 시험이 끝나고 바로 취득할 수 있는 일정부터 차분하게 정리했다. 그 중 하나가 '비서 자격증'이 있었다. 비서도 자격증이 필요하다는 사실을 그 때 처음 알았다. 물론 나는 비서가 될 생각으로 자격증 공부를 한 것이 아니었다. 유망 있는 직업군이라기에 무작정 취득해야겠다고 생각한 것이다.

비서 자격증은 1급과 2급으로 나뉜다. 나는 1급에 응시하기로 결정했다. 필기와 실기 시험이 있었는데 실기 시험은 워드프로세서 1급 자격증을 가지고 있으면 면제였다. 이게 웬 횡재냐 싶어서 당장 워드프로세서 1급 시험 일정부터 알아보았다. 다행히 내가 생각한대로 일정이 딱 맞았다. 게다가 어릴 때부터 컴퓨터를 많이 다뤘기에 문서 작성에는 일가견이 있었다. 그래서 큰 부담 없이 워드프로세서 자격증을 취득하기로 했다. 필기시험은 도서관에서 책을 빌려 공부했고 실기 역시 몇 번 실습 후 어렵지 않게 통과할 수 있었다.

문제는 비서 자격증이었다. 학교 시험이 끝나고 바로 이틀 후 필기 시험이 있었다. 첫 자격증을 너무 수월하게 통과한 탓에 나는 비서 시험 역시 그럴 것이라고 생각했다. 그래서 학과 공부에만 전념하기로 하고 자격증은 뒷전으로 미뤄두고 있었다.

특히나 지난 학기에 학과 수석이라는 놀라운 성과를 냈기 때문에 교수님들의 기대가 컸다. 나 역시 전액 장학금을 받고 나니 이번에도 꼭 받고 싶다는 욕심이 생겼다. 그 당시 우리학교는 평점 4.0 이상이 넘으면 수강신청을 할 때 3학점 정도를 더 들을 수 있는 혜택이 주어졌다. 그래서 나는 최대 신청 학점인 22학점을 꽉 채워 수강신청을 했다. 더구나 복수전공과 교직이수를 시작 했기에 공부할 과목들이 만만치 않았다. 직전 학기에는 17학점을 들었기에 공부할 과목이 이때보다 2과목 정도 적었기 때문에 수월했지만 이번에는 달랐다.

예상했던 것보다 공부할 양은 방대했고 교육학 강의에서는 매주 시범강의도 해야 했기에 과제가 넘쳐났다. 덕분에 자격증 시험을 신청해 놓은 것도 까맣게 잊을 정도였다. 쉴 새 없이 강의실을 뛰어다니며 아침부터 밤까지 수업을 들었다. 과제량이 많다보니 지난학기보다 더 잠 잘 시간이 없었다. 그래도 다행이었다. 어떻게 공부를 해야 하는지 이미 매우 잘 알고 있었기 때문이다. 만약 그 많은 공부를 아무 생각 없이 해야 했더라면 다 끝내지도 못했을 것이다. 하루가 30시간인 듯 나는 그렇게 바쁘게 지냈다.

중학교나 고등학교의 경우는 어차피 학교에서 시간표를 정해주고 수업 시간도 50분 후 10분 휴식이 고정되어 있지만 대학은 달랐다. 과목별 수업시간도 달랐고 세 시간짜리 전공 수업을 이틀에 나누어 하시는 교수님도 계셨다. 변수가 너무 많았기 때문에 자칫 잘못하면 시간표가 다 엉키는 불상사가 발생하기도 했다. 게다가 학년이 올라갈

수록 전공 수업의 난이도는 높아지고 공부분량 역시 걷잡을 수없이 늘었다. 그래서 철저한 시간계획이 필수였다.

나는 매일 잠들기 전 차분히 하루 일과를 계획했다. 자투리 시간을 최대한 활용하고 공부할 양을 늘려야 했다. 대부분 전공과목과 교직 과목이었기에 더 꼼꼼하게 공부해야 했기 때문이다. 지난학기에 공부 했던 것처럼 이번에도 각 과목당 8번을 복습하는 것을 목표로 세웠다. 3개월, 한 달, 한 주의 목표대로 실행해 나갔다. 내가 정해놓은 공부 법대로 여러 번 읽고 정리하며 복습해 나가다 보니 무사히 시험을 마칠 수 있었다. 그런데 나는 학과시험이 끝났다고 해서 모든 시험이 끝난 것은 아니었다. 몇 달 전 신청해놓은 자격증 시험이 기다리고 있었기 때문이다. 부랴부랴 도서관에 가서 자격증에 필요한 참고서를 찾기 시작했다. 그리고 나는 경악할 수밖에 없었다. 내 손에 들린 책의 두께는 생각했던 것보다 훨씬 두꺼웠다. 800쪽은 족히 넘었을 것이다. 남은 시간은 딱 36시간이었고 그 안에 이 책을 한 번이라도 보고 가야 했다.

자격증 시험을 신청만 해놓고 필기시험에 대해서는 전혀 알아보지 않았던 것이 화근이었다. 어차피 공부할 거 학과공부랑 비슷하겠지 생각하고 가볍게 넘겼던 것이다. 상상을 뛰어넘는 책의 두께와 공부 분량을 마주하니 머릿속이 하얘졌다. '그냥 시험을 보러가지 말까?' 하는 생각도 들었다. 막상 포기하려니 자존심이 상했다. 그래서 일단 되는대로 공부를 하기로 다짐하고 책을 안고 왔다. 너무 두꺼워서 한 손으로 들 수도 없을 정도였다. 책을 펴보니 크게 네 개의 과목으로 분류가 되어 있었다. 비서실무, 경영일반 등등. 그 중 하나라도 40점을 못 넘으면 시험에 떨어지는 것이었다.

가능할지 모르겠지만 일단 평소 공부 하던 대로 빠르게 책을 읽기로 했다. 낯선 과목이었기 때문에 처음부터 요약정리를 할 수 없었다. 한 번 읽기만 했는데도 4시간이 훌쩍 지나있었다. 남은 시간은 32시간. 물론 잠을 1분도 안 잔다고 가정했을 때 32시간이 남았던 것이다. 기출문제도 풀어봐야 하고 할 일이 태산이었다. 이렇게 할 게 많을 줄 알았으면 진작 해놓을 걸 후회가 막심했다.

어찌됐든 한 번 쭉 훑어보고 나니 전반적인 내용은 이해가 됐다. 단지 이 내용들이 어떻게 문제로 나올지 예측할 수가 없어서 문제였다. 각 과목별로 중요한 부분을 정리하면서 바로 외우기에 돌입했다. 거의 책을 씹어 먹는 수준으로 공부했다. 어슴푸레 기억이 날 정도로만 익혀두고 바로 문제를 풀었다. 1번 문제부터 헷갈리기 시작했다. 모두 맞는 말 같은데 틀린 것을 찾으라니 문제가 잘못된 건 아닌가 싶었다. 이대로는 문제도 못 풀고 바로 시험장에 가야할 것 같았다.

그래서 문제를 다 풀기보다 정답지를 확인한 후 문제를 읽고 그에 맞는 내용을 외웠다. 어차피 기출문제는 책에서 중요한 내용을 모아 출제한 것이니까 요점만 챙기기로 한 것이다. 그 어느 때보다 공부에 집중했다. 끼니도 거르고 잠도 두 시간만 잤다. 우여곡절 끝에 중요한 부분만 세 번 정도를 반복하고 시험을 보러 갔다.

응시 인원이 적다 보니 1급과 2급은 한 교실에서 같이 시험을 치렀다. 비서 1급을 응시하는 인원은 딱 5명이었다. 이렇게 어려운 시험인 줄은 꿈에도 몰랐다. 어찌됐든 시험지를 받아들었는데 숨이 턱 막혔다. 왜 다 똑같은 말 같은지 갑자기 식은땀이 흘렀다. 한 시간 동안 그 많은 문제를 다 풀어야 하는데 한 문제 풀 때마다 당황의 연속이었다. 마음이 급해졌다. 일단 아는 문제만 다 풀어놓고 남은 시간 동안 모르는 문제들을 해결해 나갔다. 정 모르는 문제는 그냥 운에 맡기기로 했다. 어차피 떨어질 거라고 예상하고 포기하고 나니 마음이 편했다. 한 달 후 시험 결과가 발표됐다. 결과는 합격이었다. 도무지 믿을 수 없었다.

그동안 제대로 공부를 해 온 덕에 공부의 내공이 쌓인 덕분이었다. 짧은 시간동안 몰입하고 그간 쌓아온 공부 내공으로 나에게 맞게 공부하였기에 가능했다. 극한의 상황이었음에도 불구하고 결과는 성공적이었다. 한 번 제대로 익혀두니 어떠한 상황에서도 흔들리지 않고 해낼 수 있음을 깨닫는 순간이었다.

05

자존감이 높아야
성적도 올라 간다

    공부와 자존감은 어떠한 상관관계를 가지고 있을까? 보통 공부는 머리가 좋은 학생들이 잘한다는 인식이 강하다. 물론 틀린 말은 아니다. 지능지수가 좋은 학생들은 정말 한 번 보면 다 기억할 정도로 기억력이 뛰어나다. 하지만 이런 경우는 흔하지 않다. 일반적으로 머리가 좋다고 하는 학생들도 본인의 노력 여하에 따라 성적이 좋기도 하고 나쁘기도 하다. 얼마나 열심히 공부를 하고 노력을 했느냐가 성적에 영향을 미친다는 것은 다들 알고 있는 사실이다. 그런데 한 가지 더, 공부에 강한 영향을 미치는 요소가 있다. 바로 자존감이다.

    여러 학생들과 수업을 하다보면 유독 자존감이 낮은 학생들이 가끔 있다. 자신감이 없는 것은 아니지만 스스로 매우 부족한 사람이라고 생각한다. 그래서 잘한다고 칭찬을 해줘도 "아닌데요, 저는 잘 못하는데요."라고 하며 받아들이지 못한다. 타인이 보는 자신과 본인이 바라보는 자신의 모습이 매우 다르다고 생각하기 때문이다.

보통 이런 성향의 학생은 성적이 많이 떨어졌었거나 학업 스트레스를 많이 받은 경우에 두드러지게 나타난다. 열심히 노력했다고 생각했는데 결과가 생각보다 좋지 않으면 '역시 나는 부족한 사람이구나.'라고 일반화 시킨다. 성적이 전부가 아니라고 이야기해줌에도 불구하고 스스로 자신을 못난 사람으로 단정 지어 버리는 것이다. 그러다보니 조금만 어려운 문제를 보면 "선생님, 저는 이 문제 못 풀어요. 난이도 '상'이라고 써 있는데요? 이렇게 어려운 문제를 어떻게 풀어요."라고 말하는 학생들도 있다.

무언가 시도도 하기 전에 겁을 먹고 한걸음 물러서려고 한다. 그러다보니 매번 비슷한 난이도의 문제에서만 머무르게 된다. 그 결과 당연히 공부의 폭이 좁아질 수밖에 없다. 조금만 어려운 문제를 풀게 할라치면 한숨부터 쉰다. 게다가 겨우 풀었어도 채점 후에 틀린 개수를 세어보면서 더 의기소침해진다. 결국 아이가 상처받고 힘들어하지 않게 하기 위해서는 비슷한 난이도의 문제들을 반복할 수밖에 없다. 스스로 한계를 단정 짓고 공부를 하기 때문에 그 범위를 벗어나면 감당하기 어려워한다. 그러다보니 학교 시험에서 난이도가 높은 문제가 나오면 풀지 못하고 그대로 포기하는 것은 당연한 결과이다.

이런 학생들의 경우는 일단 성적보다는 자신에 대한 신뢰도를 높이는 것이 최우선이다. 앞서 말한 것처럼 나는 잘하는 학생보다 공부를 힘들어하는 학생들과 더 많이 수업을 진행한 편이다. 사실 강사의 입장에서는 공부를 잘하는 학생이 훨씬 수업하기에 수월하다. 하지만 이렇게 공부가 어려운 학생들과 수업하는 것이 더 보람된다. 지금 가지고 있는 문제점들을 하나씩 같이 해결해나가면서 아이들이 자신감을 회복하고 점점 변화하는 모습이 그 어떤 상보다 값지기 때문이다.

한 예로 중학교 2학년이었던 남학생이 있었다. 체격도 좋고 활발해 보였지만 보기와는 다르게 굉장히 여성스럽고 세심한 성향의 학생이었다. 주변의 말에 민감하게 반응하고 작은 것에도 상처를 잘 받는 여린 성격이었다. 게다가 수학을 어려워하고 잘 못하다보니 수학공부를 하는 것에 있어서 매우 겁을 냈다. 수업 중에 내가 질문을 하면 틀릴까 봐 주위 친구들의 눈치를 한참 살피고 작은 목소리로 대답할 정도였다.

틀려도 괜찮으니 크게 대답하라고 해도 여간 어려운 게 아니었다. 더 큰 문제는 따로 있었다. 매 단원이 끝날 때마다 단원테스트를 실시했는데 결과가 잘 나오지 않으면 엄청난 스트레스를 받는 것이다. 본인은 공부를 한다고 하는 건데 성적이 너무 안 나온다면서 어떻게 해야 하냐고 답답해했다.

그래서 따로 시간을 내어 보충수업을 진행하기로 했다. 수업을 하면서 자연스럽게 집에서는 혼자 어떻게 공부를 하고 있는지부터 시작해서, 그 학생에 대해 여러 가지를 물어보았다. 그러던 중 이 학생이 자존감이 낮은 이유를 찾을 수 있었다. 자존감이 낮은 학생들의 특징 중 하나가 다른 사람과 비교를 매우 잘한다는 것이다. 비교를 하더라도 내가 다른 사람보다 무언가 더 잘한다는 식이 아니었다. 오히려 반대로 다른 사람들은 나보다 무엇을 더 잘하더라 하는 식의 비교가 일상이었다. 그러다보니 자신도 모르는 새 열등감이 생겼던 것이다. 그 영향으로 자신감도 떨어지고 본인은 노력해도 안 되는 사람이라며 단정 짓고 있었다.

이러한 생각을 바꾸지 않는 이상 공부를 해도 크게 달라질 것이 없었다. '어차피 내가 이렇게 공부를 한다고 한들 성적이 나오겠어? 난 역시 안 돼.'라고 생각하고 좌절할 것이 뻔하다. 그래서 공부보다도 마음을 다독이는 게 우선이었다. 하나를 맞더라도 다른 친구들보다 더 크게 칭찬했고 할 수 있다는 메시지를 강하게 전달했다.

1:1 상담을 할 때에도 사람은 각자 나름의 빛을 가지고 있으니 그 누구와도 비교하지 말라고 당부했다. 그리고 스스로를 믿어보라고, 넌 할 수 있다고 말했다. 그렇게 그 학생에게 스스로에 대한 확신을 가질 수 있는 말을 계속해서 해주었다. 그러자 점점 그 학생이 달라지는 것이 눈에 보였다.

수학 점수에 변화가 생기기 시작할 것이다. 처음엔 '내가 어떻게 수학을 잘하겠어.'라고 생각했던 학생이었다. 그러나 지속적으로 상담과 복습을 실시한 결과 학원 내 테스트에서도 눈에 띄게 성적이 올랐다. 그럴 때일수록 더 크게 칭찬하고 격려했다. 대신 스스로를 깎아내리는 말을 하면 단호하게 혼을 냈다.

마음이 안정이 되니 점점 표정도 밝아졌다. 더불어 성적도 오르니 수학공부에 욕심을 내기 시작했다. 그러더니 결국 사고를 쳤다. 그것도 대형 사고를. 이 학생의 수학 평균은 60점대였다. 수학을 가장 어려워하고 무서워하던 학생이었다. 그런데 본인의 자존감이 높아지기 시작하면서 공부에 흥미를 붙였다. 매번 숙제도 잘 안하던 학생이 누구보다 열심히 숙제를 해 왔다. 그렇게 열심히 노력한 결과 시험에서 100점을 맞았다. 믿어지지 않았다. 나보다 그 학생이 더 놀랐다. 한 번도 100점을 받아본 적이 없었기 때문이다. 놀랍지 않은가.

그렇다고 해서 어려운 심화문제를 풀린 것도 아니었다. 오히려 작은 성취감을 더 갖게 해주기 위해 중간 난이도의 문제를 반복적으로 풀렸을 뿐이다. 놀라운 것은 이게 다가 아니었다. 성적이 오르고 나니 눈빛과 태도가 $180°$ 변했다. 가만히 앉아서 공부하는 것을 힘들어하던 이 학생이 공부에 집중하고 몰입하고 있는 게 느껴졌다. 스스로 욕심을 내며 하나라도 더 배우려고 질문도 적극적으로 하기 시작했다. 오죽하면 그 학생 어머님께서 타 과목 공부도 할 수 있게 조언 좀 해달라고 하실 정도였다. 처음에는 수학이 두려웠던 학생이 이제는 수학 공부 대신 다른 과목도 공부를 하라고 이야기를 하는 것이 너무 신기했다.

물론 이론적으로 자신감과 자존감이 성적에 영향을 많이 미친다는 것은 익히 알고 있었다. 그 이전에도 다양한 사례들이 있었지만 나를 이렇게까지 놀라게 한 학생은 처음이었다. 이 학생을 통해 또 한 번 자존감이 공부에 주는 영향이 굉장하다는 것을 느꼈다. 마음이 든든하게 자리를 잡고 있어야 내가 공부를 하기 위한 힘도 생기는 것이다. 아무리 머리가 좋고 뛰어나다고 해도 마음이 여유롭지 못하고 스스로를 신뢰하지 못한다면 그 능력은 제대로 발휘되지 못한다. 이미 스스로 한계를 만들어서 딱 그만큼의 노력만 하기 때문이다. 더불어 '나는 할 수 없어.', '내가 어떻게 100점을 맞아?' 라고 부정을 하기 시작하면 그만큼 의욕도 상실하게 된다.

한 때는 나도 이런 생각들에 둘러싸여 공부를 할 때가 있었다. '다른 애들은 다 공부를 잘하는데 왜 나만 안 되는 걸까? 이렇게 머리가 나쁜 건가? 하면서 타인과 나를 비교하기 시작했다. 그러다보니 나는 참 부족한 사람이라는 생각이 머릿속에 온통 밀려들었다. 게다가 공부할 의욕이 사라지니 공부에 집중이 되지도 않았다. 나쁜 생각들이 모여 나를 갉아먹고 있었던 것이다. 이를 극복하기 위해서는 많은 시간과 노력이 필요했다. 물론 지금은 나 자신을 강하게 믿는 사람이지만 그 당시의 나는 그랬다.

여러분은 존재만으로도 빛나는 보석이다. 단지 각자가 내뿜은 색이 다를 뿐이다. 보석은 그 자체만으로도 충분히 높은 가치를 지닌다. 그러니 부디 그 어떤 누구와도 비교하지 말자. 그대는 이미 충분히 굉장하다.

06

매일 꾸준함의 힘을
믿어라

대학을 입학한지 얼마 안 되었을 때의 일이다. 새내기라는 명분을
내세워 매일 즐거운 나날을 보냈다. 책상 앞에 앉아 있다가 해방된 스
무 살에게 세상은 곳곳이 놀이터였다. 각종 모임과 행사들은 또 왜 이
리 많은지 쉴 새 없이 하루가 지나갔다. 학과 모임 및 동아리 모임 등
행사가 잦은 만큼 술자리도 잦았다. 그러다보니 매일 술을 마시게 되
었다. 한 학기가 쏜살같이 지나갔고 금세 방학이 찾아왔다. 하루는 고
등학교 때 친구를 만났다. 고등학교를 졸업하고 처음 만난 것이었다.
각자 학교생활에 대해 이야기도 나누고 같이 밥도 먹고 커피도 마시
고 재미있는 시간을 보냈다.

헤어져 돌아오는 길에 메시지를 주고받았다. 그러던 와중에 친구가
내게 한 가지 제안을 했다. 그 당시 너무 잘 먹고 다닌 탓에 고등학교
때보다 체중이 조금 늘었었다. 안 그래도 살을 빼겠다며 다짐을 했던

내게 한 달 동안 4kg 을 빼면 본인이 옷을 사주겠다는 것이 아닌가. 말이 4kg이지 나처럼 운동도 안하고 식단 조절도 해본 적 없는 내게는 매우 큰 도전이었다.

처음에는 친구의 제안을 듣고 '그냥 내가 사 입고 말지'라고 생각했다. 살은 내가 알아서 빼는 거지 군이 이렇게까지 할 필요가 있을까 싶었다. 그런데 곰곰이 생각해보니 이렇게 차일피일 미루고 있을 내 성격을 잘 알아서 자극이 될 만한 불씨를 던져준 거구나 싶었다. 다른 건 몰라도 운동은 정말 내게 취약점이기 때문에 '내일부터 운동해야지' 하면서 제대로 해본 적이 없었다. 고등학교 3년 내내 그런 나를 봐왔기 때문에 분명 혼자 그대로 두면 안할 거라는 것을 너무 잘 알고 있던 것이다. 자극을 주지 않는 이상 운동은 쳐다보지도 않았을 테니까.

그 날로부터 한 달을 약속 기한으로 잡고 나는 그 친구의 제안을 받아들이기로 했다. 4kg 이야 식단 조절도 하고 운동도 조금하면 빠지지 않을까 하고 일단 다이어트 식단부터 찾았다. 세상에 그렇게 많은 다이어트 식단과 방법들이 많다는 걸 그 때 알았다. 그리고 참 많은 사람들이 다이어트를 하는구나 싶었다. 일단 한참의 정보수집 끝에 내가 할 수 있을 것 같은 다이어트 식단과 식이조절 방법을 찾았다. 매일 식사는 시간에 맞춰서 먹되 밥을 한 숟가락 먹을 때는 100번 이상 꼭꼭 씹어야 했다. 간식과 설탕이 들어간 음료는 절대 먹고 마시지 말아야 했다. 짠 음식도 피해야 했다. 과연 내가 이걸 지킬 수 있을까 하는 의문이 들었지만 일단 해보기로 했다. 식단과 더불어 운동은 얼마 전 다른 친구에게 배웠던 스트레칭부터 가볍게 시작하기로 하고 본격적으로 다이어트에 돌입했다.

다이어트 1일차, 시간을 맞춰 밥을 먹는 것부터 시작했다. 워낙 불규칙한 식사 습관을 가지고 있었기 때문에 배가 고프지 않아도 밥을 먹어야 한다는 게 힘들었다. 삼시세끼를 다 챙겨 먹어야 하는 것부터 큰 산이었다. 일단 일어난 시간에 맞게 아침을 먹고 4시간 뒤에 점심을 먹는 것으로 규칙을 정했다. 저녁은 6시 이전에 먹고 그 뒤로는 일체 음식물은 섭취하지 않고 물만 마시기로 했다. 방학이다 보니 일어나는 시간이 보통 9시정도였다. 내가 정한 식사시간을 맞추기 위해 나는 일어나자마자 밥을 차렸다.

밥의 양은 평소의 반 정도였고 반찬은 최대한 짜지 않은 것들로만 선택했다. 국물을 매우 좋아하는 나였지만 그것도 포기하고 건더기만 골라서 그릇에 담았다. 한 숟가락 당 100번을 씹어야 하다 보니 한 끼를 먹는 데 40~50분 정도가 걸렸다. 어머니께서 나를 보시더니 "밥을 하루 종일 먹니?"라고 하실 정도였다. 해 본 사람은 알겠지만 한 숟가락의 밥을 100번을 씹는다는 것은 쉬운 일이 아니다. 자꾸 습관적으로 얼마 씹지 않고 삼키게 되기 때문이다. 그리고 그 쯤 되다보면 이미 입안에 쌀은 흔적이 없이 사라졌다. 이렇게 하루 세 번을 하라니 정말 미칠 노릇이었다.

그래도 기왕 마음먹고 시작한 거 해봐야지 하면서 하루를 보내던 참이었다. 문제는 밤이 되면서부터였다. 잦은 모임이나 약속 때문에 야식이 익숙한 내게 6시 이후 금식은 너무 괴로운 일이었다. 뱃속에서는 한바탕 전쟁이 났다. 먹을 것을 내놓으라고 위장이 아우성을 쳤다. 물을 2L는 마셨던 것 같다. 배고픔을 잊기 위해 빨리 잠자리에 들었다. 다음날 아침이 되니 어제 못 먹었던 것들이 생각났다. 아침부터 어머니께 이것저것 만들어달라고 하니 당황한 눈빛으로 바라보셨다. 어쨌든 그렇게 이틀 째 아침식사는 시작되었다. 일단 꼭꼭 씹어서 천천히 먹는 것을 몸에 익히기 위해 씹는 내내 숫자를 세고 있었다. 첫 날보다는 조금 수월했다. 여전히 6시 이후 금식은 괴로웠지만 말이다. 배가 고프니 음식 생각이 간절했다. 유혹을 뿌리치기 위해 자리를 박차고 일어났다.

스트레칭을 하기 위해 거실에 매트를 깔고 운동을 시작했다. 난생처음 보는 광경에 온 가족이 낯설어했다. 평소 운동이라면 질색을 했던 나였기에 그러한 반응은 당연했다. 전신 스트레칭, 하체 위주의 스트레칭, 윗몸일으키기 등을 하고 나니 40분이 훌쩍 지났다. 확실히 운동을 하고 나니 허기가 가셨다. 그렇게 또 하루가 지났다.

5일 째가 되자 조금씩 식사 습관이 익숙해지기 시작했다. 다이어트를 한다고 어떤 약속도 잡지 않고 집에만 있었기에 금방 익숙해질 수 있었다. 특히 한 숟가락 당 100번을 씹다보니 점점 '쌀이 이렇게 달았구나.' 하는 것을 느낄 정도였다. 허기진 배를 달래기 위해 밤에는 시간을 정해놓고 운동을 했다. 밤 10시가 가장 고비였기에 드라마를 보면서 스트레칭을 했다.

그렇게 일주일이 지나고 몸무게를 재보니 1kg정도가 빠졌다. 이대로라면 4kg 감량은 우스웠다. 설레는 마음으로 나는 식단을 조절하는 대신 운동량을 늘렸다. 윗몸일으키기 20개에서 30개로, 스쿼트 10회에서 15회로 운동량을 조절했다. 처음에는 운동을 하고난 다음날 온몸의 근육이 소리를 지르는 듯 너무 아파 움직이기도 힘들었다. 잠자던 근육을 온통 깨워놓았으니 당연한 일이었다.

그렇다고 해서 운동을 거르면 안 된다는 아버지의 말씀에 앓는 소리를 하며 운동을 했다. 역시 사람은 적응의 동물이라고 했던가. 그렇게 2주 정도가 지나자 나의 일상에 변화가 생겼다. 식사를 할 시간이 되면 알아서 배가 고팠고, 오후 6시가 지나면 음식생각이 그리 많이 나지 않았다. 못 만났던 친구들을 낮에 만났고 조금 과식을 했다고 생각하면 일부러 버스 한 정거장 정도 거리를 걸었다. 예전 같았으면 힘들다고 무조건 집 앞까지 버스를 타고 갔을 텐데 말이다.

매일 운동을 하다 보니 체형에도 변화가 생겼다. 그동안 노력한 흔적들이 슬슬 나타나기 시작했다. 눈으로 결과를 보게 되니 운동이 즐거웠다. 처음 느껴보는 기분이었다. 그래서 운동량을 더 늘리기 시작했다. 일주일 간격으로 정해놓은 운동량보다 딱 5개씩 더 늘렸다. 그러다보니 어느새 운동시간이 한 시간 정도로 늘어있었다. 그런데도 전혀 힘들다고 느껴지지 않았다. 오히려 스스로 운동을 즐기고 있었다. 덕분에 마음도 꽤 편해졌다. 운동을 하면 스트레스를 완화하는 호르몬이 분비되기 때문이다. 한 달 정도가 되자 낯설었던 습관들이 완벽하게 일상이 되었다. 심지어 운동을 하지 않으면 허전하고 낯설 정도였다. 친구와 약속했던 기한이 지났음에도 나는 꾸준히 이 습관을 유지했다.

개강을 한 후에는 식단 조절을 하는 것이 쉽지 않았지만 최대한 지키려고 했다. 당연히 목표한 감량 체중을 가뿐히 지켰고 그 뒤로도 3kg 정도를 더 감량했다. 1년 동안 하루도 빠짐없이 운동을 했다. 앞서 말한 것처럼 휴가를 갈 때도 운동을 포기하지 않았다. 하루 40분으로 시작한 운동은 어느 새 한 시간을 훌쩍 넘겨 두 시간 가까이 되었고, 나는 그 시간을 오롯이 즐겼다. 나중에는 운동을 하지 않아도 체중이 유지될 정도로 체질마저 바뀌었다.

매일 꾸준히 노력했던 결과였다. '과연 내가 해낼 수 있을까?' 하던 처음의 의심은 사라졌다. 오히려 '나도 할 수 있구나.'하는 확신으로 바꾸었다. 매일 꾸준하게 포기하지 않는다면 결국 해낼 수밖에 없다. 아무리 작은 일일지라도 하루도 빠짐없이 꾸준히 실행해보자. 그 작은 반복이 모이면 나중에는 여러분이 생각한 것보다 훨씬 더 큰 성과를 선물로 안겨 줄 것이다.

07

나를 가치 있게 만드는 공부가
진짜 공부다

우리는 공부를 왜 하는 것일까? 저마다 공부를 하는 이유와 목적은 다르다. 학생들의 경우 사실 선택의 여지가 없기 때문에 어쩔 수없이 한다고 말하는 경우가 많다. 나 역시 그런 부분 때문에 혼자 많은 시간을 방황했다. 그 작은 책상에 앉아, 알 수 없는 이야기들을 왜 듣고 있어야 하는지 굉장히 혼란스러운 시기가 있었다. 어쩌면 정말 공부를 할 생각이었다면 진작 했어야 할 생각들이었다. 남들보다 조금 늦게 그런 생각을 가지게 되었고 때문에 마음이 더 조급했다. 지금 드는 생각을 조금만 일찍 했더라면 어땠을까 하는 아쉬움도 있었다. 고3이라는 시기는 그렇게 여유로운 시간을 가질 수 없었기에.

공부의 목적과 이유를 찾지 못하다보니 점점 의욕은 사라졌다. 나는 공부하는 기계가 아니라는 생각에 괜한 반항심도 생겼다. 그동안의 공부는 단순히 보여주기 위한 공부라는 것을 새삼 깨달았다. 허탈

했다. 매일 꾸준히 노력한 것은 아니었지만 나름대로 해야 할 것들은 해왔다고 생각했는데 착각이었다. 그저 번듯한 성적표만을 위한 공부였고 그것만이 목표였던 것이다. 진정으로 나를 위한 것이 아니었다. 그렇다면 누구를 위한 것이었을까?

생각은 꼬리에 꼬리를 물었다. 파고들수록 내 상황이 너무 서러웠다. 12년의 노력이 수학능력시험이라는 단 하루의 시험만으로 평가된다는 사실이 억울했다. '왜 꼭 대학을 가야할까?' 하는 생각부터 시작해서 별의 별 생각이 다 들기 시작한 것이다. 그러다 결국 부모님께 '대학포기선언'을 했다. 만약 내가 그때의 부모님이었다면 어땠을까? 제정신이냐며 다그치고 혼내지 않았을까 싶다. 실컷 돈 들여 공부시켜놨더니 이제 와서 한다는 소리가 대학을 안가겠다니. 성적이라도 안 좋았으면 수긍하거나 납득하셨겠지만 못해도 반에서 7등, 평균 4등 정도를 하던 내가 이런 선언을 하니 두 분 모두 당황스러워하셨다.

선언 이후 아버지께서 차분히 나에게 왜 대학을 가야하는지에 대한 이유를 설명해 주셨다. 사회생활을 할 때 어떠한 영향을 미치는지 등등. 그 말씀을 듣고도 한동안 내 뜻을 굽히지 않았다. 어머니께서도 늘 나를 믿고 기다려주셨지만 이번만큼은 가만히 계시지 않으셨다. 무작정 혼내거나 다그치지 않으셨다. 다만 내가 명확하게 무엇을 하고 싶기에 그런 결심을 한 건지 단호하게 물으셨다. 납득할만한 이유라면 받아들이고 지지하겠지만 그 반대라면 입시를 준비하라고 말이다. 결국 나는 부모님을 납득시킬만한 이유를 찾지 못했다. 그렇게 일주일간의 방황과 반항은 끝이 났다.

다시 일상으로 돌아온 나는 일단 모의고사를 잘 봐야했다. 일주일간 손 놓고 있던 공부도 채워야 했기에 할 일이 태산 같았다. 학교를 마치면 학원에 가고 남은 시간은 자습을 하며 모의고사를 치렀다. 마음이 불안하니 위염과 장염이 동시에 왔다. 제대로 음식을 못 먹었고 그만큼 체력도 바닥나 있었다. 그 때까지도 방향을 잡지 못해 방황하던 나는 어쩔 수없이 주변에서 추천해 준 학과를 목표로 남은 시간을 공부했다.

그렇게 수능시험 당일이 되었다. 긴장감이라고는 하나도 없이 시험을 보았다. 오히려 모의고사로 착각할 정도였다. 이미 그 전에 육체적으로도 심리적으로도 많이 지쳐 있었기에 되는 대로 시험을 보기로 하고 마음을 비웠다. 시험 도중에는 마음이 편했는데 막상 시험이 끝나고 시험장을 나오며 내가 공부했던 시간들이 주마등처럼 스쳤다. 사람이 죽음을 맞이하면 자신의 일생이 보인다고 하던데. 나는 당시 딱 그런 기분이었다.

어머니가 계시는 정문 앞까지 걸어가는 길이 천 리처럼 멀게 느껴졌다. 걸어가는 내내 서러움이 폭발하였다. 차에 타자마자 대성통곡을 했다. 집에 도착할 때까지 난 울음을 멈출 수 없었다. 공부란 것이 이렇게 나를 허탈하고 허무하게 만든다는 사실이 괴로웠다. 결과적으로 4년제 대학에 입학했지만 그때까지도 나는 내 앞날에 대한 방향을 잡지 못했다.

그렇게 일 년이 지나고 나서야 내가 공부를 왜 해야 하는지에 대한 목적성을 갖게 되었다. 단순히 보여주기 식의 공부를 하고 싶지 않았다. 대학은 철저히 자율적이기 때문에 내가 공부를 하든지 안하든지 그 누구도 간섭하지 않았다. 내가 생각하고 행동하지 않으면 아무런 결과도 나오지 않는 곳이 대학이란 곳이었다. 고등학교 때처럼 누군가 독려하거나 같이 공부하자는 분위기도 아니었다. 모든 것을 스스로 선택을 해야 했다. 나 역시 스스로 나의 한계를 시험해 보기로 결심했다. 그 무엇도 아닌, 내게 도움이 되는 진짜 공부를 하기로 한 것이다.

여러 번 언급한대로 나는 매일 꾸준히 공부를 하기 시작했다. 처음에는 책상에 바로 앉아 있는 것도 매우 힘들었다. 그렇게 공부를 해 본 습관자체가 없었기 때문이다. 그래서 천천히 일상에서 공부하는 습관을 익혀갔고 그 결과는 매우 성공적이었다. 단순히 장학금을 받고 1등을 해서 성공했다는 것이 아니었다. 그렇게 공부한 결과 내 머릿속엔 각 과목별 책의 내용들이 그대로 남아있었다. 방학이 지나고 새 학기가 시작해도 공부한 내용들이 선명하게 떠올랐다. 그러다보니 공부가 점점 즐거웠다. 내가 채워지는 기분이 들었기 때문이리라.

자기 만족도가 높아지다 보니 내 표정은 점점 더 밝아졌다. 생각도 긍정적으로 변했다. '이걸 할 수 있을까?'하고 겁을 냈던 내가 아니었다. 어려워 보이는 일이어도 '한 번 해보자!'하는 도전의식이 생겼다. 모두 제대로 공부한 덕분이었다. 만약 내가 스스로를 위한 공부를 하겠다고 선택하지 않았다면 느껴보지 못했을 감정이었다. 공부에 흥미가 생기다보니 이번에는 어떤 공부를 할지 일부러 찾아보기도 했다. 매학기 2개의 자격증을 취득해야겠다는 목표도 세웠다.

한자 능력시험, 학과와 관련된 자격증 뿐 아니라 여러 방면의 자격증에 관심을 가졌다. 매 학기가 갈수록 취득하는 자격증은 더 늘었다. 어떤 공부를 해도 자신이 있었다. 오죽하면 진짜 공부에 미쳐보고 싶다는 생각에 사법고시를 보고 싶다는 생각을 할 정도였다. 물론 도전하지는 못했지만 말이다. 이런 생각을 한다는 자체가 스스로 놀라웠다. 책상 앞에 앉아 '대체 공부가 무엇 이길래.' 하며 한숨만 쉬던 고등학생이었으니까 말이다. 누구도 내가 이렇게 변하리라고 상상하지 못했다.

내가 수업하는 학생들에게도 나의 일화를 많이 들려준다. 그리고 나면 자신들 앞에 서 있는 나를 굉장히 신기하게 바라본다. "어떻게 이렇게 공부를 잘하게 되었어요?"라는 질문부터 시작해서 온갖 질문들이 쏟아진다. 그런데 가장 중요한 것은 '나'이기 때문에 할 수 있었던 것이 아니다. 누구나 가능하다. 공부를 싫어하고 심지어 미워하더라도 공부가 일상이 되고 즐거워질 수 있다. 성적을 위해 공부하는 것이 아니라 진정으로 나의 미래를 위해 공부를 하는 것이라면 당연히 가능하다.

성적만을 바라보고 공부를 하지 말라고 하는 데는 다 이유가 있다. 목표 성적을 정해놓고 공부하는 것이 나쁜 것은 아니지만 그것을 달성하지 못했을 때의 후유증을 감당하지 못하는 경우가 많기 때문이다. 나름대로 열심히 노력을 한 것 같은데 그 성적을 달성하지 못하면 그것이 자신이 부족해서라고 생각한다. 더 나아가서 '노력을 해도 나는 할 수 없다'라고 단정을 지어 버린다. 고작 그 숫자 하나에 말이다. 결국 스스로 한계를 그어버리고 나아가려고도 하지 않는다. 그렇게 되면 그 공부는 결코 나에게 의미가 없다. 오히려 나를 다치게 하고 망치는 공부가 된다.

공부라는 것은 오직 성적만을 위한 것이 아니라는 것을 다시 한 번 이야기해주고 싶다. 여러분이 꾸는 그 꿈을 이루어주기 위한 하나의 도구인 것이다. 지금 당장 꿈이 없다고 슬퍼하지도 않았으면 좋겠다. 스스로를 채우는 공부를 하다보면 마음이 채워진다. 그러면 세상을 바라보는 관점에도 영향을 미친다. 그 당시는 관심이 없던 일도 다시 보이기 시작하는 시기가 있다. 그럴 때 선택을 하면 된다. 내가 하고 싶은 것을. 단, 그러기 위해서는 그때부터가 아니라 지금부터 노력이 필요한 것이다. 한 걸음 한 걸음 꿈을 향해 다가가는 공부가 여러분을 위한 진짜 공부임을 꼭 기억하길 바란다.

사소한 차이가 1등을 만든다

초판인쇄	2018년 6월 11일
초판발행	2018년 6월 18일
지은이	김도희
발행인	조현수
펴낸곳	도서출판 프로방스
마케팅	최관호 최문섭 신성웅
편집	황지혜
디자인	호기심고양이
주소	경기도 고양시 일산동구 백석2동 1301-2
	넥스빌오피스텔 704호
전화	031-925-5366~7
팩스	031-925-5368
이메일	provence70@naver.com
등록번호	제2015-000135호
등록	2015년 06월 18일

정가 15,000
ISBN 979-11-88204-55-7 03810